ΌΛΑ ΕΞΑΙΤΊΑΣ ΣΟΥ

ISOBEL BLACKTHORN

Μετάφραση

NIKOLETTA SAMOILI

ΕΥΧΑΡΙΣΤΊΕΣ

Οι περισσότερες από αυτές τις ιστορίες προέρχονταν από τα πιο σκοτεινά βάθη της εμπειρίας μου. Ορισμένες είναι σχεδόν αυτοβιογραφικές. Άλλες αποτυπώνουν τις εμπειρίες των κοντινών μου προσώπων. Το "Το Δώρο" διαφέρει στο ότι είναι εντελώς φανταστικό. Είμαι υπόχρεη στην ηθοποιό και τραγουδίστρια Carol McCoy που με ενέπνευσε να γράψω αυτή την ιστορία, η οποία είχε τη γέννησή της στην αποτυχημένη προσπάθειά μου να γράψω ένα θεατρικό έργο γι' αυτήν. Ευχαριστώ από καρδιάς τον τραγουδοποιό και μουσικό Alex Legg, ο οποίος με βοήθησε να δημιουργήσω πολλές από αυτές τις ιστορίες και αποτελεί τη βάση έμπνευσης για δύο: "Blue Skies Over Bendigo" και την ομώνυμη ιστορία, "Όλα εξαιτίας σου ", που ονομάστηκε έτσι από ένα από τα τραγούδια του Alex Legg. Θα ήθελα να ευχαριστήσω την Elizabeth Blackthorn που ασχολήθηκε υπομονετικά με τις λέξεις μου και προσέφερε πολλές προτάσεις για βελτίωση.

Αρκετές από αυτές τις ιστορίες ενέπνευσαν τη δημιουργία μυθιστορημάτων. Τα "Απολιθώματα" βρήκαν σύντομα το δρόμο τους στο *Δέντρο του Ντράγκο*, ο αφηγητής του "Όλα εξαιτίας σου" γίνεται το φάντασμα στο σκοτεινό ψυχολογικό θρίλερ μου *Οι συνεδρίες στην καμπίνα* και το "Τρολ" ενέπνευσε την παράλληλη αφήγηση στο *Ένα τέλειο τετράγωνο*. Το 'Τίπ'τα να Δηλώσω' ήταν υποψήφιο για το Ada Cambridge Prose Prize 2019 και πρωτοεμφανίστηκε στο *The Adas 2019*. Αυτή η ιστορία αποτελεί το πρώτο κεφάλαιο ενός επερχόμενου μυθιστορήματος. Το 'Το Καταφύγιο' πρωτοεμφανίστηκε στη λογοτεχνική επιθεώρηση *Mused*, Δεκέμβριος 2014. Τα 'Οι παντόφλες της Μάργκο' και 'Τακτοποίηση των Πραγμάτων' δημοσιεύτηκαν για πρώτη φορά από το *Fictive Dream*.

ΠΕΡΙΕΧΟΜΕΝΑ

Για τον Άλεξ

ΚΑΤΑΦΎΓΙΑ

Το "Η Ημέρα της Μητέρας " είναι μια ημι-αυτοβιογραφική ιστορία που περιλαμβάνει τρεις μήνες που πέρασα με τη μητέρα μου και τις κόρες μου σε ένα καταφύγιο γυναικών στην Τασμανία. Ορισμένα ονόματα έχουν αλλάξει.

ΗΜ'ΕΡΑ ΤΗΣ ΜΗΤ'ΕΡΑΣ

Είναι ξαπλωμένη σε ένα μονόκλινο κρεβάτι ένα μέτρο από το δικό μου, αναπαυτικά ντυμένη με πυτζάμες από φανέλα, κουμπωμένες μέχρι το λαιμό. Οι δικές της είναι ροζ. Τα δικά μου είναι μαύρα. Κοιμόμαστε δίπλα-δίπλα σε αυτά τα μονά κρεβάτια εδώ και έξι εβδομάδες, φαντάζοντας τους εαυτούς μας δύο προσκόπους που κάνουν διακοπές περιπέτειας. Αυτές δεν είναι διακοπές. Κάπου σε αυτή την πόλη ένας ελεύθερος καουμπόι κρατάει ένα λάσο πάνω από τα κεφάλια των κοριτσιών μου- το σχοινί αιωρείται, έτοιμο να τις τραβήξει, με τα χέρια να κουνιούνται, από το προστατευτικό δαχτυλίδι της οικειότητας μου.

"Καληνύχτα, μαμά.

Ούτε μια χαραμάδα φεγγαρόφωτος δεν διαπερνά τις μπεζ κουρτίνες. Έχουμε στριμώξει παλιά σεντόνια πίσω από το κουρτινόξυλο και έχουμε κολλήσει στρώματα εφημερίδας στο στενό παράθυρο πάνω από τα κρεβάτια μας. Η μαμά δεν μπορεί να κοιμηθεί αν υπάρχει ένα φως. Και η γυναίκα στη διπλανή μονάδα έχει αναμμένο το εξωτερικό φως της όλη τη νύχτα. Φοβάται ότι ο φίλος της θα εμφανιστεί με τσεκούρι. Η μαμά δεν μπορεί να καταλάβει τι διαφορά κάνει να αφήνει το φως αναμμένο. Ένα ροτβάιλερ που βρυχάται - ναι. Αλλά ο φόβος δεν γνωρίζει την κοινή λογική.

Ο δικός μου φόβος τρέμει μέσα μου, ένα ανεπιθύμητο στοιχείο. Τραβάω τα σκεπάσματα στο πηγούνι μου, κλείνω τα μάτια μου και θέλω να κοιμηθώ. Εύχομαι να ήμουν στο δικό μου κρεβάτι στο σπίτι. Ότι θα μπορούσα να αντιστρέψω το χρόνο. Ότι ένα φορτηγό θα τον χτυπούσε. Και δεν θα χρειαζόταν να είμαστε σ' αυτό το μέρος.

Η μονάδα μας είναι ένα από τα έξι κτίρια από κοκκινόξανθα τούβλα που γειτνιάζουν με το καταφύγιο γυναικών. Βραχυπρόθεσμη προστατευμένη στέγαση. Χωρίς αλκοόλ. Όχι άνδρες. Η μαμά πιστεύει ότι ο κανόνας της απαγόρευσης του αλκοόλ είναι γελοίος. Πώς, για όνομα του Θεού, θα καταφέρναμε να φτάσουμε στο τέλος κάθε ημέρας χωρίς ένα ποτό; Δεν διαφωνώ. Είναι αυτή που πηγαίνει στο κατάστημα με τα μπουκάλια με άδειο σακίδιο. Είναι ένας μακρύς περίπατος, κάτω από το λόφο, πάνω από τα φανάρια, πέρα από μια μεγάλη παρέλαση μικρών καταστημάτων, μέσα από ένα πάρκινγκ και γύρω από το πίσω μέρος του Coles. Επιστρέφει, κόκκινη στο πρόσωπο και ξεφυσώντας, με ένα βαρέλι κρασί φουσκωμένο στην πλάτη της. Riesling. Είναι ένας συμβιβασμός. Εμένα μου αρέσει το Merlot και της αρέσει το Moselle. Πρέπει να προσποιούμαστε στα κορίτσια ότι πίνουμε χυμό μήλου. Στα οκτώμισι δεν ξεγελιούνται. Ποτέ δεν ζητούν μια γουλιά.

Το φως του πρωινού αγωνίζεται μέσα από τις κουρτίνες. Η μαμά ροχαλίζει με ήπια βογγητά, με το κεφάλι της βυθισμένο στο καφέ κάλυμμα του κρεβατιού της. Είμαι ξύπνιος χωρίς να αισθάνομαι ξεκούραστος. Η απειλή κουβαλάει το αμείλικτο βάρος της σε όλο μου το σώμα, ακόμα και όταν κοιμάμαι.

Ακούω ψιθύρους έξω από την πόρτα του

υπνοδωματίου μας και βλέπω το χερούλι να γυρίζει. Η πόρτα ανοίγει. "Χρόνια πολλά για τη γιορτή της μητέρας!" φωνάζουν τα κορίτσια ομόφωνα. Η μαμά ξυπνάει αμέσως. "Σας ευχαριστώ, αγαπημένα μου", λέει και σηκώνεται στα μαξιλάρια της. Η Μαίρη και η Σάρα περπατούν τελετουργικά στο διάδρομο ανάμεσα στα κρεβάτια, κρατώντας η καθεμιά ένα δώρο και μια κάρτα σε ανασηκωμένες παλάμες. Η μαμά χαμογελάει. Τα μαλλιά της, λευκά και σγουρά, είναι πεπλατυσμένα στο πίσω μέρος του κεφαλιού της, με μια ορθογώνια τούφα να ξεπροβάλλει πάνω από κάθε αυτί. Είναι λίγο μακρύτερα απ' ό,τι της αρέσει. Δεν θα τα κόψει μέχρι να σκεφτεί ότι η όψη τους είναι ανυπόφορη.

Η Σάρα τοποθετεί το δώρο της στην αγκαλιά της μαμάς και σφίγγει τα χέρια της πίσω από την πλάτη της. Παίρνω τα δικά μου από τη Μαίρη και της χαμογελάω. Με παρακολουθεί με ανυπομονησία καθώς ανοίγω τον φάκελο και βγάζω μια σκληρή λευκή κάρτα με ανάγλυφα ροζ τριαντάφυλλα. Μέσα, με τα καλύτερα γράμματα της Μαίρης, είναι η φράση: "Είσαι η καλύτερη μαμά στον κόσμο". Από κάτω υπάρχει μια πλειάδα από καρδιές αγάπης και φιλιά σε κόκκινο Texta. Η τρυφερότητα φτερουγίζει αχνά στην καρδιά μου, τα φτερά της κόβονται από την αίσθηση ότι τα απογοήτευσα, με την επιλογή του πατέρα τους.

'Άνοιξε το δικό σου ΓιαγιάΓιαγιά,' λέει η Σάρα. Το πρόσωπό της, στρογγυλό και αθώο, είναι αναψοκοκκινισμένο από ενθουσιασμό. Η μαμά σφίγγει τον φάκελο με προσοχή και βγάζει την κάρτα της. Είναι ανάγλυφη με κόκκινα τριαντάφυλλα. Μέσα, το "Είσαι η καλύτερη γιαγιά στον κόσμο" περιβάλλεται από δεκάδες φιλιά και όμορφες ροζ καρδιές αγάπης σε μια πλούσια επίδειξη αγάπης. Δεν είναι ευνοιοκρατία. Αλλά πρέπει να καταπνίξω την αίσθηση ότι είναι.

Η μαμά βάζει την κάρτα της στην αγκαλιά της. Απογοητεύομαι που ξέχασα να της πάρω μια κάρτα. Πάντα της αγοράζω μια κάρτα. Έπρεπε να είχα κάνει κάτι για να εκφράσω πόσο ανακουφισμένος είμαι που επέλεξε να είναι εδώ. Δεν θα τα κατάφερνα ποτέ χωρίς αυτήν.

"Ανοίξτε τα δώρα σας", λέει η Σάρα με ανυπομονησία.

Η μαμά ανοίγει το περιτύλιγμα και κρατάει μια σειρά από κίτρινα κεριά μέσα σε γυάλινα σκεύη, σφραγισμένα σε διάφανο πλαστικό. Το δώρο μου είναι ένα βραχιόλι από αμέθυστο. Το τεντώνω ανάμεσα στα δάχτυλά μου και το φοράω.

"Ο αμέθυστος σημαίνει καλή τύχη", λέει η μαμά.

"Έτσι δεν είναι; Της χαμογελάω και μετά κοιτάζω το βραχιόλι. Ένα γούρι για καλή τύχη; Δεν χρειαζόμαστε τύχη. Είναι η δικαιοσύνη. Γυρίζω προς τα κορίτσια. "Ευχαριστώ για τα δώρα", λέω, δίνοντας στη φωνή μου λίγη ζεστασιά.

Μετά το πρωινό η μαμά λέει ότι πρέπει να πάμε στην παραλία. Χρειαζόμαστε καθαρό αέρα και άσκηση. Τα κορίτσια συμφωνούν. Τρέχουν στο δωμάτιό τους για τα μπουφάν και τα αθλητικά τους παπούτσια. Η μαμά βάζει το κλειδί της πόρτας σε μια τσέπη της μωβ φόρμας της. Την κοιτάζω κατευθείαν.

"Αλλά σήμερα;

"Θα έχει κερδίσει αν κλειστούμε σε κλουβί".

Διστάζω. Έχει δίκιο. 'Να αλλάξω;'

"Γιατί να ασχοληθώ;

Κοιτάζω το μπροστινό μέρος της τιρκουάζ φόρμας που μου έδωσε η μαμά όταν φτάσαμε εδώ. Θεώρησε ότι το περιεχόμενο της βαλίτσας μου -κομμένο παντελόνι, εφαρμοστό πουκάμισο, έξυπνο σακάκι- δεν ήταν πρακτικό υπό αυτές τις συνθήκες. Φύλαξέ τα όλα αυτά για τη μέρα σου στο δικαστήριο, είχε πει. Δεν φοράω ποτέ φόρμες. Αλλά δεν είναι ματαιοδοξία. Τιρκουάζ; Σε ανοιχτή περιοχή; Θα ήμασταν λιγότερο εμφανείς με γκρι πεζοδρόμιο.

Η παραλία απέχει μισή ώρα με τα πόδια. Η μαμά κρατάει το χέρι της Σάρας. Εγώ κρατάω το χέρι της Μαίρης. Κατεβαίνουμε με γοργούς ρυθμούς το λόφο μέχρι τα φανάρια, τέσσερις μαζί. Υπάρχει μικρή κάλυψη. Τα δεντράκια που πλαισιώνουν την παρέλαση των καταστημάτων δεν μειώνουν καθόλου την αίσθηση της έκθεσής μου.

Η Μαίρη και εγώ μένουμε πίσω από τη μαμά και τη Σάρα στο σημείο όπου το πεζοδρόμιο στενεύει κοντά στα Coles. Εδώ το τοπίο του δρόμου είναι ένα σκληρό μείγμα ασφάλτου και τσιμέντου. Και τώρα η επαγρύπνησή μου είναι έντονη. Εξετάζω κάθε αυτοκίνητο, παρκαρισμένο ή κινούμενο, σίγουρη ότι θα σχεδιάζει να το σκάσει με αυτά πριν την αυριανή δίκη. Μπορεί να είναι η τελευταία του ευκαιρία. Καθώς περνάμε τον ψηλό τσιμεντένιο τοίχο του Coles, είμαστε ευάλωτοι σαν πάπιες σε σκοπευτήριο. Προσποιούμαι ότι είμαι ήρεμος για χάρη των κοριτσιών. Προσποιούμαι κάτι σαν *joie de vivre*. Η μαμά προσποιείται αυτοπεποίθηση. Ξέρουμε και οι δύο ότι δεν κοροϊδεύουμε κανέναν.

Στρίβουμε σε μια στροφή και η μαμά προσπερνά τη Σάρα για να αποφύγει μια σκάλα. Η μαμά επιμένει ότι είναι γρουσουζιά να περπατάς κάτω από σκάλες. Αφήνω το χέρι της Μαίρης και την οδηγώ μπροστά μου. Δεν είμαι προληπτική σαν τη μαμά. Αλλά περπατάω κι εγώ γύρω από τη σκάλα.

Ο δρόμος προς την πλαζ είναι γεμάτος σκιερά δέντρα, ενώ το πεζοδρόμιο διατρέχει μια φυσική λωρίδα με κουρεμένο γρασίδι. Είναι ιδανικός για περίπατο. Αλλά η μαμά προχωράει. Η Σάρα κάνει μεγάλα βήματα για να συμβαδίσει και πρέπει να τραβάω το χέρι της Μαίρης κάθε φορά που μένει πίσω. Είναι αυτός ο αθλητικός ρυθμός προς όφελος της καρδιάς της μαμάς ή την ωθεί ο φόβος; Κοιτάζω στους παράδρομους, μέσα από τους φράχτες, στους μπροστινούς κήπους, στις βεράντες και στις βεράντες. Μετά κοιτάζω ευθεία μπροστά, βλέποντας τους στρογγυλούς γλουτούς της μαμάς να κουνιούνται μέσα στο παντελόνι της, τρομάζοντας στη σκέψη ότι και οι δικοί μου μπορεί να κάνουν το ίδιο.

Τα κορίτσια κάθονται σε έναν χαμηλό τσιμεντένιο τοίχο πάνω από την παραλία και βγάζουν τα αθλητικά τους παπούτσια. Σαρώνω την πλατεία. Ένας νεαρός άνδρας με μπλουζάκι και σορτσάκι τρέχει μακριά μας. Φαίνεται ακίνδυνος. Μια μεσήλικη γυναίκα έρχεται προς το μέρος μας με το λαμπραντόρ της με λουρί. Σίγουρα δεν αποτελεί απειλή. Στην απέναντι πλευρά της πλατείας το γαλακτοπωλείο είναι άδειο. Δύο αγόρια περπατούν σε έναν παράδρομο γλείφοντας παγωτά. Είναι παιδιά, απλά παιδιά.

Η παραλία είναι έρημη. Ένας γλάρος γλιστρά χαμηλά πάνω από την κίτρινη αμμουδιά. Η θάλασσα, που έχει χρώμα καστανόξανθο, χτυπάει απαλά την ακτή. Η Σάρα και η Μαίρη τρέχουν στην άκρη της θάλασσας. Εγώ ακολουθώ τη μαμά. Διατηρεί έναν σταθερό ρυθμό ακόμα και στην άμμο, σταματώντας μόνο όταν η Σάρα τρέχει προς το μέρος μας με ένα κοχύλι.

"Κοίτα, Ναν, κοίτα! φωνάζει η Σάρα.

"Αυτό είναι πολύ όμορφο", λέει η μαμά. "Θα το κρατήσουμε". Το βάζει σε μια από τις τσέπες της. Περπατάμε προς τα κεφάλια και επιστρέφουμε. Μέχρι να φτάσουμε στην πλατεία, οι τσέπες μας έχουν φουσκώσει, και τα βήματά μας χαρακτηρίζονται από ρυθμικά κρουστά χτυπήματα.

Η μαμά βουρτσίζει την άμμο από τα πόδια των κοριτσιών. Κοιτάζω πίσω κατά μήκος της παραλίας, και πάνω και κάτω στην πλατεία, άγρυπνος όπως πάντα. Έχει ξαναπροσπαθήσει να τα αρπάξει. Και μπορεί να μην είναι καν αυτός που πρέπει να προσέχω. Μπορεί να έχει συνεργό. Μπορεί να είναι οποιοσδήποτε. Είναι σουρεαλιστικό. Ζω μέσα σε μια ταινία τρόμου, μόνο που δεν υπάρχει περίπτωση να σηκωθώ και να ανάψω τον βραστήρα όταν πέσουν οι τίτλοι τέλους.

Η μπάρα με το γάλα είναι ακόμα άδεια. "Παγωτό; Λέω, θέλοντας η μέρα να μοιάζει φυσιολογική.

"Paddlepops", λέει η Μαίρη.

"Θέλω ένα Magnum", λέει η Σάρα.

"Δεν θέλω να καταλάβω", λέει η μαμά. 'Paddlepop ή τίποτα'.

"Δεν θα πάρω τίποτα", λέω, νιώθοντας ξαφνικά ναυτία.

Η μαμά γλείφει το σοκολατένιο Paddlepop της από το μπαστούνι μέχρι την άκρη. Ο ρυθμός της, τώρα που ανηφορίζουμε, είναι πιο αργός. Η Μαίρη γλύφει το Paddlepop της μέχρι να μείνει μόνο ένα γλοιώδες κομμάτι γύρω από το ξυλάκι.

"Θέλεις λίγο, μαμά;" λέει, απλώνοντας το χέρι της.

"Όχι, ευχαριστώ", λέω χαμογελώντας στο σοκολατένιο πηγούνι της.

"Μη!" λέει απότομα η μαμά, γυρνώντας με ένα χαρτομάντιλο στο χέρι.

Η Μαίρη παγώνει με το μανίκι της μπροστά στο πρόσωπό της. Ποτέ δεν θα καταλάβω πώς η μαμά προλαβαίνει αυτά τα πράγματα.

Δεν μπορώ να πω ότι ανακουφίστηκα όταν επιστρέψαμε στη μονάδα. Ένα καταφύγιο υποτίθεται ότι είναι ένα ασφαλές μέρος, αλλά μοιάζει περισσότερο με φυλακή, η απειλή κλειδωμένη έξω, ο φόβος κλειδωμένος μέσα.

Στο πίσω σκαλοπάτι, η μαμά και εγώ αδειάζουμε τις τσέπες μας από τα κοχύλια και τινάζουμε την άμμο. "Ώρα για φαγητό", λέει. Την ακολουθώ στην κουζίνα, ακουμπάω στον πάγκο και κοιτάζω το βουνό στον ορίζοντα. Στον ουρανό πάνω από την κορυφή ένα χνουδωτό λευκό κανίς σηκώνεται στα καπούλια του, χτυπώντας θριαμβευτικά τα πόδια του, σαν να έχει μόλις ξεπεράσει το βουνό με ένα μόνο βήμα. Δεν θα το δείξω στη μαμά. Θα το θεωρήσει καλό οιωνό, ένα σύννεφο-σύμβολο της επιτυχίας μου στο δικαστήριο αύριο. Ανάβω τον βραστήρα.

Μαμά φέτες τυρί και μία ντομάτα, ψιλοκομμένες, τοποθετώντας τις φέτες σε φέτες μισοψημένου ψωμιού. "Φώναξε τα κορίτσια", λέει.

"Πού είναι;

"Έξω.

Δίνω τόπο σε έναν ξαφνικό πανικό στα σωθικά μου.

Ο κήπος είναι μια στενή λωρίδα γρασιδιού που πλαισιώνεται από έναν ψηλό τοίχο από τούβλα. Στρίβοντας στη γωνία, βλέπω τη Μαίρη να χτυπάει κάτι με ένα ραβδί και να φωνάζει: "Αφήστε μας ήσυχους!".

Παγώνω.

"Σειρά σου", λέει.

Η Σάρα προχωράει μπροστά για να χτυπήσει και να ψάλλει με το ραβδί της ξανά και ξανά. Πλησιάζω. Πιεσμένο στο κονίαμα ανάμεσα στα τούβλα είναι ένα σχοινί που χοροπηδάει στο προφίλ ενός προσώπου. Δεν χρειάζεται να ρωτήσω ποιανού το πρόσωπο.

Το απόγευμα περνάει με τη βοήθεια έξι γύρων Sevens και *Babe*. Κοιτάζω με κενό βλέμμα την οθόνη. Το μυαλό μου δεν με αφήνει να ασχοληθώ με μια ταινία για να νιώσω καλά. Διακόπτει την κινηματογραφική ροή πιο συχνά και από τα διαφημιστικά διαλείμματα. Δεν μπορώ να κοιτάζω για πολύ τα πλούσια πράσινα της ευτυχίας όταν τα δικά μου πόδια σκαρφαλώνουν στην καταρρέουσα άκρη μιας αβύσσου.

Οι άλλοι φαίνονται απορροφημένοι. Η Μαίρη και η Σάρα κάθονται δίπλα-δίπλα στο σκούρο γκρι σαλόνι. Η μαμά φαίνεται άνετη στην πολυθρόνα. Φαντάζομαι τους τρεις τους στο σπίτι, στο ξύλινο εξοχικό μας στην εξοχή. Η μονάδα κάθε άλλο παρά οικεία είναι. Το καθιστικό είναι επιπλωμένο λιτά με ένα τετράγωνο τραπέζι του καφέ από καλάμι και μια τηλεόραση σε ένα βάθρο. Το μπεζ χαλί με το βρόχινο πέλος και οι τυπωμένες με λουλούδια περσίδες ενισχύουν την ατμόσφαιρα ενός ξενοδοχείου δύο αστέρων. Τα χαλιά και οι περσίδες είναι εμποτισμένα με την αγωνία κάθε γυναίκας που έχει περάσει από αυτό το μέρος.

Το βουνό σχηματίζει σιλουέτα σε έναν αχνό ουρανό. Κλείνω τις περσίδες. Η Σάρα τοποθετεί τα κίτρινα κεριά της μαμάς στο κέντρο της τραπεζαρίας. Η Μαίρη είναι προσεκτική, με τα μακριά κόκκινα μαλλιά της να καλύπτουν το πρόσωπό της σαν μισοτραβηγμένη κουρτίνα. Προς τιμήν της ημέρας, η μαμά έχει φτιάξει στιφάδο από αρνί. Είναι στην κουζίνα και σερβίρει. Θα έχει μοιράσει, ακριβώς, τι θα φάει ο καθένας μας -όχι κρεμμύδι για τη Σάρα, όχι καρότο για τη Μαίρη, και δύο πατάτες ο καθένας. Η λιτότητα της μαμάς έχει αναγεννηθεί. Αποθηκεύουμε ένα εξαιρετικό μέρος των πληρωμών μας από το Centrelink για να πληρώσουμε τους πραγματογνώμονες.

Τρώμε σιωπηλά. Στη μαμά δεν αρέσει να μιλάνε οι άνθρωποι με γεμάτο στόμα. Κάθεται όρθια, κόβοντας προσεκτικά το αρνί της από το περιττό λίπος. Η Μαίρη βάζει ένα μεγάλο κομμάτι κρέας στο στόμα της. Η μαμά της ρίχνει ένα βλέμμα αποδοκιμασίας πριν η έκφρασή της μαλακώσει.

Η Σάρα τελειώνει πρώτη και πηγαίνει το πιάτο της στην κουζίνα. "Γιαγιά. Μπορούμε να παίξουμε Μονόπολη; Χωρίς να περιμένει απάντηση, η Σάρα πιάνει το παιχνίδι Monopoly που έχει δανειστεί από το καταφύγιο.

Το παίζουμε κάθε μέρα, συνήθως για να περνάμε τα απογεύματα αφού έχω μαζέψει τα κορίτσια από το σχολείο. Η διευθύντρια, η οποία διατηρεί ένα ρόπαλο του μπέιζμπολ στο γραφείο της σε περίπτωση που εμφανιστεί ένας διαταραγμένος πατέρας, εγγυάται την ασφάλεια των κοριτσιών μόνο μέχρι το μεσημέρι.

Η Μαρία τακτοποιεί τον πίνακα. Είναι η σειρά της να γίνει η τράπεζα. Στη Σάρα αρέσει το πολεμικό πλοίο, στη Μαίρη το σκωτσέζικο σκυλί, εγώ είμαι η παλιά μπότα και η μαμά το καπέλο, πάντα.

Τελειώνω πρώτος. Παραιτούμαι από όλη μου την περιουσία, χρεοκοπώ και είμαι ελεύθερος να ρουφήξω το ποτήρι Riesling που έχω κρύψει στο ντουλάπι πίσω από το φυστικοβούτυρο. Η μαμά είναι πάλι στη φυλακή. Η Μαίρη αισθάνεται ενισχυμένη, αφού κατάφερε, με τη βοήθεια ενός διπλού εξάρι, να περάσει μέσα από την λαδοπράσινη και σκούρα μπλε αυτοκρατορία της Σάρας. Έχει ξενοδοχεία σε όλα τα ακίνητα από τη Ρίτζεντ Στριτ μέχρι το Μειφέαρ

Δύο ακόμη σφαίρες και η μαμά παραδίδει όλη την περιουσία της στη Σάρα αφού προσγειωθεί στο Park Lane. Της μένει ένα χαρτονόμισμα των δέκα δολαρίων. Η Μαίρη χασμουριέται. "Η Σάρα κέρδισε", λέω. "Τα δόντια και μετά το κρεβάτι".

"Και ένα κεφάλαιο", λέει η Μαίρη.

Κλείνω μια χαραμάδα στις κουρτίνες του υπνοδωματίου των κοριτσιών. Είναι κάπου εκεί έξω στο σκοτάδι. Κανένα τζάμι ή κουρτίνα δεν θα μπορούσε να τον αποκλείσει από αυτή τη μονάδα, αν ήθελε να μπει μέσα. Ακόμα χειρότερα, τίποτα δεν μπορεί να τον αποκλείσει από το μυαλό μου. Είμαι εξαντλημένη. Πολύ εξαντλημένος για να νιώσω την οργή που ξέρω ότι έχω μέσα μου. Η ομαλότητα δεν θα έπρεπε να είναι θέατρο. Αυτή η συνεχής απειλή ότι θα πάρει τα κορίτσια μου έχει ήδη πάρει την ευτυχία μου, με έχει στραγγίξει τόσο αποτελεσματικά από κάθε αίσθηση ευεξίας. Αναρωτιέμαι αν θα την ξαναβρώ ποτέ. Και αύριο θα είναι εκεί, στο δικαστήριο, με τα ψέματά του, την πονηριά του, τη δικαιοσύνη του. Και θα προσποιούμαι κι εγώ, σεμνή, μετρημένη, με πλήρη έλεγχο του εαυτού μου, ενώ στην πραγματικότητα θα ουρλιάζω μέσα μου.

Κοιτάζω τα κορίτσια. Το κάνω γι' αυτές. Είναι η δύναμή μου. Επειδή είμαι η μητέρα τους.

Ξαπλώνω στο πάτωμα ανάμεσα στα κρεβάτια τους, με το κεφάλι μου στο τεράστιο αρκουδάκι της Μαίρης. Ανοίγω το *Λιοντάρι, τη Μάγισσα και την Ντουλάπα*. Η Μαίρη είναι ξαπλωμένη στο πλάι, με τα χέρια ενωμένα κάτω από το μάγουλό της. Τα γαλάζια μάτια της, μεγάλα σαν τον ωκεανό, κοιτάζουν το βιβλίο. Η Σάρα σηκώνεται για να δει τις εικόνες, με τα ξανθά της μαλλιά πιασμένα πίσω από τα αυτιά της. Δύο σελίδες στο βιβλίο και είναι ξαπλωμένη ανάσκελα με τα μάτια μισόκλειστα. Στο τέλος του κεφαλαίου βάζω το σελιδοδείκτη και αγκαλιάζω και φιλάω τα κορίτσια, πρώτα τη Μαίρη και μετά τη Σάρα, η οποία τυλίγει τα χέρια της γύρω από το λαιμό μου και με φιλάει δυνατά και στα δύο μάγουλα. 'Καληνύχτα, ο Θεός να σας ευλογεί, όνειρα γλυκά, σας αγαπώ, είναι άπειρα λαμπρό να είμαι μαζί σας', λέει.

"Κι εσύ.

"Πες το.

"Καληνύχτα, ο Θεός να σας ευλογεί, όνειρα γλυκά, σας αγαπώ, είναι απείρως λαμπρό να είμαι μαζί σας".

"Καληνύχτα, μαμά. Πού είναι η γιαγιά;

"Θα τη φέρω εγώ.

Η μαμά κλείνει απαλά την πόρτα των κοριτσιών

και κατευθύνεται προς την κουζίνα. Ακούω το κρασί να εκτοξεύεται στα ποτήρια. Η μαμά μου δίνει ένα ποτήρι και χαλαρώνει στην πολυθρόνα. Σηκώνει το ποτήρι της προς το μέρος μου, πίνει μια μεγάλη γουλιά και το αφήνει στο πάτωμα. Το πλεκτό της είναι τυλιγμένο σε μια τσάντα στα πόδια της. Της δίνω το σχέδιο. Πλέκουμε το ίδιο πουλόβερ, το δικό της σε καφέ χρώμα, το δικό μου σε κόκκινο. Καθόμαστε, εγώ στον καναπέ κι εκείνη στην πολυθρόνα, όπως κάνουμε πάντα όταν τα κορίτσια είναι στο σχολείο ή στο κρεβάτι, κάνοντας κλικ-κλικ-κλικ μέσα στο χρόνο. Εγώ είμαι στα μισά του δρόμου από το μπροστινό μέρος του πουλόβερ μου. Έχω απομνημονεύσει το μοτίβο. Η μαμά δυσκολεύεται με αυτό. Είναι ακόμα στο πίσω μέρος. Βρήκε ένα λάθος γύρω από τις μασχάλες και έπρεπε να ξεκολλήσει δέκα εκατοστά. Η μαμά λέει ότι τουλάχιστον είμαστε παραγωγικοί. Δεν μπορώ να το αμφισβητήσω. Στο τραπέζι με το μπαστούνι, τα μυθιστορήματα που έφερα κάθονται αδιάβαστα κάτω από ένα μισοάδειο κουτί χαρτομάντιλων.

Η μαμά αφήνει το πλεκτό της στο πάτωμα δίπλα στην καρέκλα της και ανοίγει την τηλεόραση στο κανάλι επτά. "Δεν σε πειράζει να δούμε τένις", μου λέει η μαμά.

Δεν λέω τίποτα.

"Είναι το Wimbledon. Πρέπει να δούμε το Wimbledon.'

"Αλήθεια;

Η μαμά δεν απαντά. Καθίσταται πίσω, με τα χέρια διπλωμένα στα γόνατά της. Συνεχίζω να πλέκω.

"Είναι η Σερένα Γουίλιαμς στα ημιτελικά", λέει.

Μια ώρα αργότερα είμαι μέχρι το λαιμό του πουλόβερ μου. Τελειώνω το κρασί μου και φεύγω για να ετοιμαστώ για ύπνο.

Όταν επιστρέφω, η μαμά λέει: "Έχασες το τάι μπρέικ. Η Σερένα κέρδισε.

"Αυτό είναι υπέροχο", λέω χωρίς ενθουσιασμό.

"Είναι καλός οιωνός.

"Ω, μαμά.

"Είχα ένα προαίσθημα ότι θα κέρδιζε. Έχω ένα προαίσθημα ότι θα κερδίσεις κι εσύ".

Είναι τρελό να προφητεύω; Είναι απελπισία; Δεν ξέρω. Γυρίζω τον πόνο από τους ώμους μου, τεντώνω τα χέρια μου και χασμουριέμαι. Τα μάτια της μαμάς κλείνουν, το κεφάλι της γέρνει και η αναπνοή της βαθαίνει. Φαίνεται τόσο χαλαρή. Πώς το κάνει αυτό;

"Καληνύχτα, μαμά.

Τρίβω το βραχιόλι από αμέθυστο.

Το "Ο Κύκλος του Φεγγαριού", που διαδραματίζεται σε ένα καταφύγιο γυναικών στην Αυστραλία, είναι μια φανταστική απόδοση πραγματικών γεγονότων που έλαβαν χώρα στη ζωή μου. Όλα τα ονόματα έχουν αλλάξει. Αυτή η ιστορία, η πρώτη μου, γράφτηκε το 2010.

Ο ΚΎΚΛΟΣ ΤΟΥ ΦΕΓΓΑΡΙΟΎ

"Είπες μόλις τώρα γαμώτο; Η Τάμι φαίνεται έκπληκτη. Τα σκούρα μάτια της σαρώνουν το πρόσωπό μου. Γυναίκες σαν εμένα δεν βρίζουν. Η έκπληξή της συμβαδίζει με τα βλέμματα "Τι κάνεις εδώ;" που δέχομαι από τότε που έφτασα. Γυναίκες σαν εμένα δεν ανήκουν σε καταφύγιο- γυναίκες της μεσαίας τάξης με υποθήκες, οι μητέρες τους με ελεύθερα υπνοδωμάτια.

Δεν θα βρει απάντηση στο βλέμμα μου, όλο κακουχία, με τα κουρεμένα χάλκινα μαλλιά αχτένιστα από τον χθεσινό ανήσυχο ύπνο. Ή στο τζιν μου, νούμερο οκτώ και φαρδύ, ή στο φαρδύ μάλλινο πουλόβερ που έπλεξα τον περασμένο χειμώνα για να σβήσω την ένταση, τα κοφτερά λόγια, τα μάτια του που διαπερνούν κάτω από τα κουκουλωμένα βλέφαρα. Κλικ-κλικ έκαναν οι βελόνες μου, κλικ-κλικ έκανε το μυαλό μου.

"Είπα γαμώτο.

Η Τάμι με παρατηρεί με γνήσιο σεβασμό, με τα γεμάτα χείλη της να τεντώνονται σε ένα χαμόγελο με κλειστό στόμα, που κατσαρώνει ελαφρώς στις γωνίες. Το πρόσωπό της είναι φθαρμένο πέρα από τα νιάτα του. Έχει ένα λεπτεπίλεπτο βλέμμα, κουρνιασμένη στη βεράντα με ένα άθλιο μαύρο παλτό και τα χέρια της τυλιγμένα γύρω από τα γόνατά της: ένα παιδί στο σώμα μιας γυναίκας, μια εγκαταλελειμμένη φιγούρα, μαύρη στα μαύρα, που μένει εδώ, καταφύγιο από τους δρόμους, καταφύγιο από τον φίλο της που βγαίνει σύντομα από τη φυλακή.

Καθισμένος πλάγια σε μια πλαστική καρέκλα, με το κεφάλι μου να στηρίζεται στην αγκαλιά του μπράτσου μου, νιώθω ένα τρεμόπαιγμα τύψεων στην καρδιά μου πριν το σφίξιμο στην κοιλιά μου το υπερνικήσει. Πέρα από τη στέγη της βεράντας τα σύννεφα είναι μολυβένια- μια ξαφνική αχτίδα φωτός από τον σχεδόν δύοντα ήλιο διαχέει μια ασημένια ομιχλώδη φωτεινότητα. Χοντρές σταγόνες βροχής πιτσιλίζουν τα ξύλινα σκαλοπάτια που κατεβαίνουν στην αυλή. Η βροχή στη στέγη, στακάτο, και είναι πάλι εκείνο το τρεμόπαιγμα στην καρδιά μου.

Η Τάμι σβήνει το τσιγάρο της στο στύλο της βεράντας και το πετάει σε ένα κακοποιημένο ατσάλινο τασάκι γεμάτο αποτσίγαρα. Ανήσυχη, τραβάει μια χαλαρή κλωστή που κρέμεται από ένα από τα γάντια της χωρίς δάχτυλα. Βάζω το χέρι μου στην τσέπη του τζιν μου και βγάζω ένα σακουλάκι με καπνό. Καπνίζω - θα έπρεπε να το κόψω. Αλλά δεν μπορώ να φανταστώ να μην καπνίζω εδώ. Στρίβω ένα τσιγάρο στο τραπέζι από πεύκο που καταλαμβάνει σχεδόν όλο το χώρο στη βεράντα. Το τραπέζι είναι στρογγυλό σαν το φεγγάρι, η επιφάνειά του χαραγμένη με τα τεθλασμένα ίχνη των στυλό, τις διασταυρούμενες γραμμές των μαχαιριών. Η Τάμι βγάζει άλλο ένα κομμένο στα μέτρα της από το σακίδιό της και σκύβει μπροστά, κρατώντας τον αναπτήρα της. Την πλησιάζω προς το μέρος της και εισπνέω.

"Δεν θα έπρεπε να βρίσκεσαι σε ένα τέτοιο μέρος", λέει.

"Δεν είχα πού αλλού να πάω.

Δεν είναι αλήθεια. Μπορεί να είχα φύγει στο σπίτι της μητέρας μου. Αλλά η ταπείνωση θα ήταν πολύ μεγάλη. Αντ' αυτού, σε μια στιγμή αγωνίας, μάζεψα ό,τι μπορούσα να χωρέσω στο μικρό κόκκινο αυτοκίνητό μου και έφυγα. Είμαι ακόμα ζαλισμένη. Συνέβη τόσο γρήγορα.

Γιατί είμαι εδώ; Η απάντηση βρίσκεται σε ένα τηλεφώνημα, μια σύντομη συνομιλία με την κυρία Μπράουν, μια γυναίκα που γνωρίζει τη δυστυχία της κατάστασής μου, μια δασκάλα εκπαιδευμένη στην αντιμετώπιση της δυστυχίας, μια συνάδελφος, σχεδόν φίλη.

Έφτασα στο σχολείο στις τρεις. Και εκεί καθόμουν μπροστά στο γραφείο της κυρίας Μπράουν με την κόρη μου, την Έμιλι. Κοιτάζαμε και οι δύο άναυδοι ένα κουτί χαρτομάντιλα, ενώ η κυρία Μπράουν έφτιαχνε ζεστό, γλυκό τσάι.

"Πώς μπόρεσες να μου το κάνεις αυτό; Η Emily σφύριξε κάτω από την αναπνοή της.

Χάιδεψα τα μαλλιά της, τα ξανθά κύματα που έπεφταν στους ώμους της. Είναι δεκαεπτά χρονών και έξυπνη. Φαινόταν πιο δυνατή από μένα τότε, προκλητική, καθισμένη εκεί με το πρόσωπό της στραμμένο προς το παράθυρο. Δεν θα έρθει μαζί μου. Δεν είναι πίστη, όχι σ' αυτόν, σ' αυτόν τον πατριώτη που την έβρισε. Τρεις μήνες της απομένουν για το 12ο έτος. Δεν θα μπορούσα να περιμένω μέχρι τότε; Όχι. Δεν μπορώ να την αναγκάσω. Δεν μπορώ να πιστέψω ότι την αφήνω. Μπορώ μόνο να ελπίζω ότι θα χαλιναγωγήσει την ιδιοσυγκρασία του. Περιμέναμε την κυρία Μπράουν να κάνει το τηλεφώνημα στο καταφύγιο, παγιδευμένοι σε έναν αιωρούμενο κύκλο δακρύων και μουδιάσματος. Εκείνη η στιγμή έμεινε στην καρδιά μου, μια δυσάρεστη ανάμνηση που πρέπει να καταχωριστεί στην κατηγορία "απώλεια".

Το καταφύγιο ήταν κάποτε τράπεζα- ένα κτίριο από τούβλα, στιβαρά χτισμένο, με ταβάνια τριών μέτρων, γύψινα καλούπια και ψηλά σοβατεπιά. Όταν έφτασα, μια καλοκάγαθη γυναίκα με μακριά ξανθά μαλλιά με υποδέχτηκε στην πλαϊνή είσοδο και με οδήγησε στο γραφείο της.

"Είμαι η Κάρεν", είπε. Έδειξε προς έναν καναπέ με φλοράλ μοτίβο. Στα δεξιά μου υπήρχαν δύο σειρές από πευκόφυτα ράφια γεμάτα με βιβλία. Οι ράχες τους μετέδιδαν μια αφήγηση για την επιβίωση και τη θεραπεία. Στον μακρινό τοίχο, ένα συρμάτινο ράφι με φυλλάδια -νομική βοήθεια, Anglicare, αντιμετώπιση της κατάθλιψης- έδινε ένα πιο άμεσο μήνυμα, πώς να αντιμετωπίσεις την κρίση. Δίπλα μου στον καναπέ υπήρχε ένα τεράστιο αρκουδάκι με ένα ταρταρούγα παπιγιόν στο λαιμό του. Ακόμα πιο άμεσο. Αλλά δεν μπορούσα να αγκαλιάσω το αρκουδάκι. Καθόμασταν και οι δύο όρθιοι με σταθερό βλέμμα.

Η Κάρεν μου έδωσε μια κούπα τσάι. "Μπορείς να μου πεις τι συνέβη;

Αγωνίστηκα να δώσω φωνή στις εικόνες στο μυαλό μου. Το παραλήρημα των μισητών του λέξεων, η διαστρεβλωμένη λογική, οι ευθύνες του. Τι γοητευτικός που ήταν όταν τον γνώρισα. Πέντε χρόνια παντρεμένος με την κλειδαριά και γύρισα το κλειδί. Ελεύθερος.

Η Κάρεν άκουσε, υπομονετικά, μέχρι να βεβαιωθεί ότι είχα το δικαίωμα να βρίσκομαι εκεί. Τότε μου είπε ότι το καταφύγιο ήταν γεμάτο. Θα μείνεις στο μοτέλ δίπλα. Αλλά μπορείτε να χρησιμοποιήσετε τις εγκαταστάσεις μας. Θα σε ξεναγήσω.

Με οδήγησε μέσα σε ένα σαλόνι, αμυδρά φωτισμένο με μονότονους βινυλικούς καναπέδες, ράφια αραιά γεμάτα με παλιά βιβλία, περιοδικά και παιχνίδια, μια τηλεόραση να βροντοφωνάζει τις ανοησίες της και μια γυναίκα με ρόμπα ξαπλωμένη σε ένα μαξιλάρι να κοιμάται.

Η κουζίνα ήταν ένα χάος από πλαστικά ποτήρια, βρώμικα πιάτα και κούπες. Στον πάγκο, μισοφαγωμένα τρίγωνα τοστ πασαλειμμένα με χορτοφαγικό. Η χθεσινοβραδινή σάλτσα μπολονέζ πήζει στην άκρη ενός τηγανιού χωρίς λαβή. Κάθε επιφάνεια στο πλυντήριο, συμπεριλαμβανομένου του μεγαλύτερου μέρους του ξύλινου δαπέδου, ήταν γεμάτη με σκιουράκια και φόρμες σε μια σειρά ξεθωριασμένων χρωμάτων, σεντόνια από φανέλα, λεπτές ξεφτισμένες πετσέτες και κάλτσες γεμάτες λάσπη.

Στη βεράντα είναι πιο ήρεμα. Εδώ έξω νιώθω ότι μπορώ να αναπνεύσω. Η Τάμυ σβήνει άλλο ένα τσιγάρο. "Σε χτύπησε;" ρωτάει ωμά.

Οι λέξεις ήταν οι γροθιές του. Κι εσύ;

"Προσπάθησε να με σκοτώσει. Σηκώνει το λαιμό της, αποκαλύπτοντας τα πυκνά σημάδια και τους μωβ μώλωπες με τα αποτυπώματα του αντίχειρα.

"Γαμώτο.

"Το είπες ξανά. Δεν φαίνεσαι να ορκίζεσαι".

Ακουμπάει σε έναν στύλο. Στην αυλή, τρία παλιά ποδήλατα, παιδικού μεγέθους, ακουμπούν σε ένα υπόστεγο από σανίδα. Υπάρχει ένα παλιό ξύλινο παγκάκι που κουρνιάζει σε ένα μικρό τετράγωνο με γρασίδι και μερικά φουντωτά φυτά σπανακιού και μαϊντανού σε ένα παρτέρι λαχανικών κατά μήκος του πλαϊνού φράχτη. Στον δικό μου κήπο, αυτό που ήταν κάποτε ο κήπος μου, τα κόκκινα λάχανα φουσκώνουν, ο αρακάς πέφτει πάνω από το συρματόπλεγμα, τα μαρούλια φυτρώνουν στο γκαζόν.

. . .

Το δέντρο έξω από το δωμάτιο του μοτέλ μου είναι ψηλό και απλώνεται· τα γυαλιστερά φύλλα του λαμπυρίζουν στον πρωινό ήλιο. Δύο πλαστικές καρέκλες και ένα μικρό στρογγυλό τραπέζι κάθονται στη σκιά. Αν μπορούσα να καταπνίξω τις αναμνήσεις που σηκώνονται μέσα μου σαν σύννεφα θα μπορούσα σχεδόν να ξεγελάσω τον εαυτό μου ότι βρίσκομαι σε διακοπές. Μέσα στο δωμάτιό μου υπάρχει μια τηλεόραση, ένα ψυγείο και ένα μπάνιο. Δεν είναι ένα άθλιο δωμάτιο γεμάτο κουκέτες. Πίσω από τις κάθετες περσίδες δεν υπάρχουν μεταλλικά πλέγματα στα παράθυρα.

Τελειώνω το τσιγάρο μου και πηγαίνω στο καταφύγιο για να συναντήσω την Κάρεν. Θα με πάει στο Vinnies για κουπόνια φαγητού. Είναι μέρος του πακέτου υποστήριξης, μαζί με τις πληρωμές κρίσης του Centrelink, τη στέγαση έκτακτης ανάγκης και τη συμβουλευτική.

Η Κάρεν με προειδοποιεί καθ' οδόν ότι αυτοί στο Vinnies δεν φημίζονται για τη γενναιοδωρία τους. Οι υπεύθυνοι για τα κουπόνια θεωρούν ότι οι γυναίκες που περνούν από το καταφύγιο είναι λαμόγια. Περπατάμε μέσα στο μαγαζί, μουχλιασμένο και γεμάτο με ένα συνονθύλευμα ρούχων που κρέμονται σε κυκλικά ράφια, και μπαίνουμε σε ένα μικρό δωμάτιο χωρίς παράθυρα.

Μια γυναίκα με γκρίζα μαλλιά με μπούστο κάθεται σε ένα παλιό ξύλινο γραφείο. Κοιτάζω πάνω από το κεφάλι της μια κορνιζαρισμένη εκτύπωση του Αγίου Βικεντίου του Παύλου δίπλα σε μια άλλη του Ιησού.

"Φαίνονται τόσο ευγενικοί", λέω, προσποιούμενος τον θαυμασμό με την απαλή, μορφωμένη φωνή μου.

Η γυναίκα εγκρίνει την παρατήρησή μου. Τα χείλη της, λεπτά και σφιγμένα, διευρύνονται ελαφρώς, προτού επιστρέψει στο πρόσωπό της ένα ύφος δυσπιστίας.

Κάθομαι σε μια καρέκλα με ίσια πλάτη, με τα χέρια μου πιασμένα στα γόνατά μου. Η γυναίκα ρωτάει για τις συνθήκες που επικρατούν. Το μυαλό μου μπερδεύει τις απαντήσεις μου. Σφίγγω τα χείλη μου και χαμηλώνω τα μάτια μου στο πάτωμα. Επικρατεί μια αμήχανη σιωπή.

"Δεν πειράζει, αγαπητή μου", λέει η γυναίκα και, σε μια πράξη αχρείαστης γενναιοδωρίας, μου δίνει δύο κουπόνια των πενήντα δολαρίων και με καλεί να διαλέξω όποιο ρούχο επιθυμώ στο κατάστημα.

Ψάχνω τα ράφια με μισή καρδιά μέχρι να με κατακλύσει η μπαγιάτικη μυρωδιά των παλιών ρούχων. Είμαι έτοιμη να φύγω όταν παρατηρώ ένα καινούργιο και έξυπνο κοτλέ μπουφάν από το Rockmans, νούμερο οκτώ. Μπορεί να μου ταιριάζει. Το πετάω στο αριστερό μου χέρι και κατευθύνομαι προς τον πάγκο.

Η Τάμι σκύβει στα σκαλιά της βεράντας κρατώντας μια κούπα με γαλακτώδη καφέ. Στην αυλή, δύο παχουλές νεαρές γυναίκες με φθαρμένες μαύρες φόρμες, κατά κάποιο τρόπο αδελφές της Τάμι, είναι σκυμμένες στον παλιό ξύλινο πάγκο. Στρίβω ένα τσιγάρο, διαισθανόμενος την ανησυχία τους. Φαίνονται απρόθυμες να δεχτούν την παρουσία μου. Αισθάνομαι εξίσου αμήχανα. Η Τάμι μιλάει στις γυναίκες για λίγο. πριν ανέβουν με τα πόδια τα σκαλιά της βεράντας προς το πλυντήριο, αναγνωρίζοντας το χαμόγελό μου καθώς περνούν με μια σκυθρωπή κλίση του κεφαλιού τους.

Η Τάμι ανάβει ένα τσιγάρο από το αποτσίγαρο του τσιγάρου που μόλις κάπνισε. Τα χέρια της τρέμουν. "Οι αδελφές μου δεν σου μιλάνε αν είσαι λευκός", λέει. "Αυτό με θυμώνει τόσο πολύ". Σηκώνεται και περπατάει σπασμωδικά μπρος-πίσω.

"Είμαστε όλοι ίδιοι. Αυτό σκέφτομαι. Δεν έχει σημασία ποιος είσαι, μαύρος, λευκός, όλοι αιμορραγούμε το ίδιο, όλοι πρέπει να φάμε".

"Αλλά έχουν δίκιο κατά κάποιο τρόπο. Δεν ανήκω εδώ. Δεν ταιριάζω.

"Κανείς δεν ταιριάζει. Στέκεται ακίνητη, με την προκλητικότητα να αναβοσβήνει στα μάτια της. "Γι' αυτό θέλω να πω την ιστορία μου", λέει με έμφαση. "Σε ένα βιβλίο.

Δυσκολεύομαι να την πάρω στα σοβαρά. Τότε νιώθω κάτι σαν φθόνο. Οι αδικίες και οι προδοσίες στη ζωή μου με κάνουν μερικές φορές να θέλω να ξεκαθαρίσω. Αλλά ποιος θα ήθελε να διαβάσει τα ξεσπάσματα μιας λευκής μεσήλικης γυναίκας με διδακτορικό στον μυστικισμό. Εξάλλου, αισθάνομαι σαν απατεώνας. Δεν είχα ποτέ στη ζωή μου μια μυστικιστική εμπειρία.

Η συμπόνια υπερισχύει της αυτολύπησης όταν λέει: "Αλλά δεν μπορώ να γράψω πραγματικά καλά". Υποθέτω ότι δεν μπορεί να διαβάσει πολύ καλά. Ξαφνικά με κατακλύζει η επιθυμία να το γράψω γι' αυτήν, αλλά η πρόταση μπορεί να φανεί συγκαταβατική. "Ακούω", είναι το μόνο που μπορώ να της προσφέρω.

Κάθεται δίπλα μου και μου εκμυστηρεύεται με βιαστικές προτάσεις. Ξεφεύγει από την τυραννία ενός παιδόφιλου θείου του οποίου οι αρρωστημένες σχέσεις άρχισαν όταν ήταν τριών ετών. Στεγάζεται σε ένα εγκαταλελειμμένο στέισον βάγκον στη Νόβρα, κλέβοντας, κλέβοντας από μαγαζιά και ψάχνοντας στα σκουπίδια για να επιβιώσει. Η αλυσίδα των κακών φίλων της, ο ένας πιο βίαιος από τον άλλον, ο αθυρόστομος σέρυ-σουίλερ, ο παγωμένος νταβατζής, ο παρανοϊκός σχιζοφρενής με τα ναρκωτικά. Αυτός είναι που κάνει φυλακή.

"Χριστέ μου, τι ιστορία!

Τα μάτια της γεμίζουν λαχτάρα. "Θέλω την οικογένειά μου", λέει. Απαριθμεί τις αδελφές, τους αδελφούς, τους θείους και τις θείες της που είναι διασκορπισμένες κατά μήκος της ακτής. Μετά κοιτάζει σκεπτόμενη. "Είμαστε σαν ομελέτα χωρίς τοστ στον πάτο για να μας κρατήσει ενωμένους".

Καλή μεταφορά. "Το δικό μου είναι ψητά φασόλια", λέω με ευφάνταστο πνεύμα. Είμαστε όλοι από την ίδια κονσέρβα. Μόνο που εγώ νιώθω σαν ένα μπιζέλι μέσα σε μια κονσέρβα φασολιών".

Γελάμε και τα μάτια μας συναντιούνται. Κοιτάζοντας το πρόσωπό της κοιτάζω τον εαυτό μου: τη χαμένη αθωότητα, το κενό όπου κάποτε ήταν ολόκληρη.

"Σου παίρνει κάτι, έτσι δεν είναι; Κοιτάζει λυπημένη, σκεπτόμενη- στη συνέχεια κρατιέται ψηλότερα, μια αδύναμη γυναίκα, γεμάτη πάθος και πεποίθηση. Θέλω πραγματικά να βοηθήσω τους άλλους.

"Τι θα έκανες εσύ;

Δεν ξέρω. Να διευθύνω ένα κέντρο νεολαίας, να υιοθετήσω ορφανά παιδιά ή κάτι τέτοιο. Είναι υπέροχο συναίσθημα όταν βοηθάς τους ανθρώπους".

"Είναι.

"Και πάντα υπάρχει κάποιος που είναι σε χειρότερη θέση.

Αναρωτιέμαι πώς κρατάει αυτή την πεποίθηση στις πιο σκοτεινές στιγμές της.

"Αλλά αυτή τη στιγμή, πρέπει να βρω ένα μέρος να μείνω". Περπατάει κατά μήκος του καταστρώματος με τα χέρια της χωμένα στο παλτό της, με τους ώμους της σκυφτούς. "Έχω όλες τις συστάσεις μου. Και υπάρχει αυτό το μέρος στην ακτή. Το βρήκα στο διαδίκτυο στη βιβλιοθήκη. Θέλεις να το δεις;

Η βιβλιοθήκη, που πλαισιώνεται από έναν κήπο με αυτοφυείς θάμνους, είναι ένα σύγχρονο κτίριο με επίπεδη στέγη. Μπαίνουμε σε ένα κλιματιζόμενο φουαγιέ μέσα από συρόμενες γυάλινες πόρτες. Η Τάμι κατευθύνεται προς έναν μοναχικό υπολογιστή που βρίσκεται σε μια γωνιά δίπλα στα παιδικά βιβλία. Ακολουθώ, ρίχνοντας μια ματιά σε μια σειρά από άδειους υπολογιστές στην άλλη άκρη του δωματίου, ανάμεσα στον πάγκο και το τμήμα αναφοράς.

Το διαμέρισμα διαθέτει ένα κομψό μπάνιο με πλακάκια και ένα καθιστικό με έναν μωβ χαρακτηριστικό τοίχο. "Αυτό είναι το χρώμα μου", λέει η Τάμι, που στέκεται πίσω μου. "Σου αρέσει;

"Το λατρεύω.

"Θα κλείσω ραντεβού για να το δω αύριο".

Κοιτάζω την οθόνη και την αισθάνομαι εκεί πίσω μου, θέλοντας, χωρίς προσδοκία εκπλήρωσης, να διατηρήσω την επαφή, αποζητώντας μονιμότητα από μια σύνδεση που χαρακτηρίζεται προσωρινή.

Θέλεις να μείνεις σε επαφή; Μπορώ να σου φτιάξω έναν λογαριασμό Hotmail.'

"Βέβαια. Παίρνει μια καρέκλα.

Κλικάρω μέσα από τις οδηγίες με εκείνη να κάθεται δίπλα μου, τραβώντας τα νήματα που ξετυλίγονται στα γάντια της χωρίς δάχτυλα. Η μυρωδιά της, ένα καυστικό μείγμα καπνού και ιδρώτα, και είναι σαν να βρίσκομαι μέσα της, να βιώνω τα τραύματά της, να ονειρεύομαι τα όνειρά της.

"Ορίστε. Θα σου στείλω email. Τότε θα έχεις τη διεύθυνσή μου.

"Ευχαριστώ. Σηκώνεται απότομα και αρχίζει να ψάχνει τις τσέπες της. Πρέπει να φύγω. Ο κλιματισμός με ενοχλεί".

Κατευθύνομαι στον κεντρικό δρόμο σε ένα είδος έκστασης. Μπαίνω σε ένα περίπτερο και ξεφυλλίζω τα λεξικά. Επιλέγω ένα Collins σε μέγεθος τσέπης. Δεν έχω ιδέα σε τι θα της χρησιμεύσει ένα λεξικό, παρά μόνο ως σύμβολο ενός πιθανού μέλλοντος. Αλλά πρέπει να της αγοράσω ένα δώρο. Είναι μια παρόρμηση, σχεδόν καταναγκασμός. Μια φωνή κάπου μέσα μου με προειδοποιεί ενάντια σε απρόσκλητες πράξεις, τι; - φιλανθρωπίας; Αλλά με οδηγεί κάτι άλλο: αγοράζω το βιβλίο και γράφω στο εξώφυλλο. Θέλω να με θυμάται.

Είναι ήδη σκοτεινά όταν βρίσκω την Τάμι να κάθεται μόνη της στη βεράντα.

"Έχω μερικά πράγματα για σένα. Διστάζω. "Ελπίζω να μην σε πειράζει.

Της δίνω το λεξικό μέσα σε μια λευκή χάρτινη σακούλα.

Σκίζει το χαρτί και ξεφυλλίζει τις σελίδες. "Γαμώτο", λέει και λάμπει. "Ευχαριστώ.

Ανακουφίστηκα. "Και αυτό. Κρατάω το σακάκι στο στήθος μου. Το πήρα από τον Βίνις. Μόνο που δεν μου κάνει. Σκέφτηκα ότι μπορεί να σου αρέσει.

"Είναι έξυπνο.

"Μπορεί να είναι καλό για την επιθεώρηση των ακινήτων σας.

Η Τάμι φαίνεται σκεπτόμενη. "Δεν έχω τίποτα να σου δώσω".

"Το να παίρνεις κάτι πίσω δεν είναι ο λόγος που δίνεις.

"Λοιπόν, αισθάνομαι σαν να έχω γενέθλια.

Αμέσως βλέπω την Έμιλι, τα μάτια της γεμάτα χαρά, το στόμα της ορθάνοιχτο, να σβήνει τα κεράκια στην τούρτα με το σοκολατένιο αρκουδάκι που έφτιαξα στα τρίτα της γενέθλια. Πρέπει να αναπνεύσω, βαθιά, για να καταπνίξω τον πόνο που συσπειρώνεται μέσα μου σαν φίδι.

"Θέλεις έναν καφέ; Λέει η Τάμι. 'Λευκός, χωρίς ζάχαρη, έτσι δεν είναι;' Μαζεύει τα δώρα της κάτω από το μπράτσο της. "Θα τα πάω στο δωμάτιό μου".

Επιστρέφει με δύο κούπες στιγμιαίου καφέ. Καθόμαστε με το τραπέζι, στρογγυλό σαν το φεγγάρι, ανάμεσά μας, με το κιτρινωπό φως που κρέμεται από την οροφή της βεράντας να φωτίζει τα ίχνη των στυλό και τις διασταυρούμενες γραμμές. Πέρα από τα κάγκελα η αυλή είναι σκοτεινή. Σαν άγνωστοι γύρω από μια φωτιά μοιραζόμαστε βινιέτες, τις αστείες στιγμές, πράγματα που μάθαμε να κάνουμε για να επιβιώσουμε, να τα βγάλουμε πέρα- για τη ζωή σε σκηνές, τροχόσπιτα και παράγκες- για τις γιαγιάδες μας που μας μάθαιναν να πλέκουμε και να ράβουμε- για το βουνό της και για το ότι δεν έχει ανέβει ποτέ εκεί πάνω. Για την πνευματικότητα, τη δική της και τη δική μου. Μιλάμε για ώρες, οι κλωστές των δύο ζωών μας, τόσο διαφορετικές, υφαίνονται μαζί, το στημόνι και το υφάδι ενός υφάσματος.

Στο βουβό φως της αυγής, κλείνω την πόρτα του δωματίου μου στο μοτέλ, ανακουφισμένος που κλείνω μέσα μου τα απομεινάρια της ζωής μου. Η Τάμι είναι στη βεράντα, σκυμμένη σε μια καρέκλα, με τα γόνατά της στο στήθος, και παίζει με το τηλέφωνό της. Κάθομαι δίπλα της. "Είναι το ίδιο τηλέφωνο με το δικό μου", λέω. Δεν απαντάει. Το κεφάλι της είναι σκυμμένο χαμηλά, τα μαύρα κυματιστά μαλλιά της καλύπτουν κατά το ήμισυ το πρόσωπό της.

"Τρέμεις.

"Βγαίνει από τη φυλακή σύντομα. Φοβάμαι ότι θα με σκοτώσει".

Έβαλα το χέρι μου στην πλάτη της. Τη νιώθω να σκληραίνει κάτω από το άγγιγμά μου. Ίσως δεν με θέλει τόσο κοντά της.

"Δεν πειράζει να κλαις", ψιθυρίζω.

Σφίγγω τον ώμο της με το χέρι μου και την τραβάω κοντά μου με ένα απαλό τράβηγμα. Το σώμα της πέφτει πάνω στο δικό μου. Κλαίει και ανατριχιάζει. Μετά απομακρύνεται και παίζει ξανά με το τηλέφωνό της. Ίσως θα ήθελε τον αριθμό μου. "Θα το βάλω στο τηλέφωνό μου", λέει.

Το φεγγάρι είναι γεμάτο, ο ουρανός καθαρός. Ανατριχιάζω στα σκαλιά της βεράντας στον κρύο αέρα, κρατώντας με τα δυο μου χέρια μια κούπα καφέ. Είμαι νευρικός, κάπως πανικόβλητος και καταπνίγω το ανεβοκατέβασμα της καρδιάς μου. Είναι η τελευταία μου νύχτα εδώ. Αύριο ξεκινάω για την εθνική οδό. Κατευθύνομαι προς το άγνωστο. Για να ξαναβρώ τον εαυτό μου. Να θρηνήσω. Η Τάμι είναι στην αυλή, βηματίζει. Στέκεται ακίνητη για μια στιγμή για να κοιτάξει το φεγγάρι. Τώρα κουνιέται σαν παιδί. "Έλα εδώ έξω και κοίτα αυτό!

"Τι είναι;

"Έλα!

Το φεγγάρι λάμπει με το γαλακτώδες λευκό φως του μέσα στο indigo.

"Τι κοιτάζω;

Δεν το βλέπετε; Ο κύκλος του φεγγαριού.'

Πρέπει να εννοεί φωτοστέφανο. Κοιτάζω μέχρι που ο λαιμός μου γίνεται άκαμπτος. Δεν υπάρχει κανένα νεφελώδες δαχτυλίδι που να περιβάλλει την περιφέρεια του φεγγαριού. Για ποιο πράγμα παραληρεί; Τότε το βλέπω, μακριά από το φεγγάρι, έναν τέλειο κύκλο από μαργαριταρένιο σύννεφο. Είναι φωτοστέφανο; Δεν είμαι σίγουρος.

"Αναρωτιέμαι αν το βλέπει κανείς άλλος αυτό. Η Τάμυ εξακολουθεί να χοροπηδάει τριγύρω.

"Όχι. Είναι εννέα και μισή τη Δευτέρα. Όλοι θα βλέπουν τηλεόραση.

Τραβάμε μαζί, καθηλωμένοι. Η Τάμι παίρνει τα χέρια μου στα δικά της. "Τώρα κοίτα αυτό. Ετοιμάσου να ανατινάξεις. Ένα. Δύο. Τρία. Φύσα!

Η αναπνοή μας συγχωνεύεται και ρέει προς τα

πάνω, αλλά σίγουρα όχι μέχρι τον κύκλο του φεγγαριού. Αυτό δεν είναι δυνατόν. Αλλά τα σύννεφα το πιστεύουν έτσι- σπείρα επί σπείρας διαχέεται και εξαφανίζεται μέχρι που είναι μόνο το φεγγάρι που λάμπει γαλακτώδες στον ουρανό.

Το τελευταίο από τα τρία διηγήματά μου που διαδραματίζονται σε καταφύγια γυναικών, το "Το Καταφύγιο" δημοσιεύτηκε για πρώτη φορά στη λογοτεχνική επιθεώρηση *Mused*. Ακολουθεί μια μυθιστορηματική αφήγηση που βασίζεται σε μεγάλο βαθμό στη δική μου εμπειρία. Όλοι οι χαρακτήρες είναι επινοημένοι, μαζί με την πλοκή. Μόνο το σκηνικό, το οποίο πρέπει να παραμείνει απροσδιόριστο, είναι πραγματικό.

ΤΟ ΚΑΤΑΦΎΓΙΟ

Η πόρτα ασφαλείας έκλεισε με θόρυβο. Κλειδωμένη στη βεράντα κοίταξε πίσω μέσα από τα κάθετα μεταλλικά κάγκελα στον τακτοποιημένο κήπο των προαστίων, προς το Mazda της που ήταν παρκαρισμένο στη λωρίδα της φύσης. Τα απομεινάρια της προηγούμενης ζωής της στριμωγμένα στην οροφή του: μια βαλίτσα και δύο χάρτινες τσάντες γεμάτες με ρούχα-κλινοσκεπάσματα, φωτογραφικά άλμπουμ, όλες τις ταυτότητές της- και ο γορίλας με τα βαθιά μάτια που της είχε χαρίσει ένα Χριστουγεννιάτικο δώρο το αφεντικό της στο κατάστημα σιδηρικών. Πρώην αφεντικό.

"Μείνε! Σκέψου το όμορφο σπίτι σου! Το σήκωσες από τα θεμέλιά του, μετέτρεψες εκείνο το βοσκοτόπι σε στρέμματα κήπων", την είχε παροτρύνει η Σόνια. Είπε ότι αυτός ήταν που έπρεπε να φύγει.

Θα μπορούσε να πάρει AVO.

"Θα με σκοτώσει και αυτό το κομμάτι χαρτί δεν θα τον σταματήσει". Ούτε το παιχνίδι γορίλας της. Σφίγγοντας την ταξιδιωτική της τσάντα στράφηκε στο σκοτάδι της βεράντας και περίμενε να ανοίξει η κλειδαριά.

Ένα βουητό και μπήκε σε έναν προθάλαμο. Στα

δεξιά της, μια γκρίζα γυναίκα γύρω στα πενήντα της την έγνεψε στο γραφείο με ένα ανυπόμονο κούνημα του χεριού της, μόλις που γύρισε στην περιστρεφόμενη καρέκλα της από ένα γραφείο που ήταν τοποθετημένο κάτω από ένα παράθυρο. Η Στέλλα υπάκουσε και κάθισε σε μια καρέκλα με πλάτη σκάλας δίπλα στο γραφείο. Η εργαζόμενη στην κρίση διέταζε μια στοίβα έντυπα, δίπλα της μια βαριά δέσμη κλειδιών.

Ο εργαζόμενος γύρισε προς το μέρος της και της είπε: "Είμαι η Μπεθ", με τη γκριζωπή φωνή που περίμενε.

Στέλλα.

Ναι. Από την εθνική οδό. Ήταν *τόσο* κακός;

Συνειδητοποιώντας ότι οι μελανιές δεν φαίνονταν κάτω από το μακιγιάζ της είπε: "Είσαι η πιο κοντινή. Οι άλλοι έχουν κλείσει".

"Έτσι, παίρνουμε τους πρόσφυγες τους. Περίμενε σαν να περίμενε μια πιο ικανοποιητική *απάντηση*. Μετά είπε, "θα είστε μόνοι σας εδώ. Θα σας ενοχλήσει αυτό;

"Το προτιμώ", είπε ψέματα.

Ακόμα και έξω, περπατώντας στο μονοπάτι προς εκείνη την κλουβισμένη βεράντα, είχε αμφιβολίες. Αυτό το μέρος δεν είχε την αίσθηση ενός γυναικείου καταφυγίου- ο περιποιημένος κήπος, το αρχοντικό σπίτι. Περίμενε κάτι ερειπωμένο και γεμάτο γυναίκες, τα παιδιά τους και άφθονο καλοπροαίρετο προσωπικό.

Η Μπεθ επέστρεψε στο έντυπο στο γραφείο της, έγραψε μερικές πρόχειρες σημειώσεις και στη συνέχεια διάβασε έναν κατάλογο κανόνων.

"Όχι αλκοόλ, όχι άνδρες και όχι επισκέπτες χωρίς προηγούμενη έγκριση", είπε η Στέλλα, θεωρώντας ότι ο κανόνας της απαγόρευσης των επισκεπτών φαινόταν αυστηρός.

"Σωστά.

"Και απαγόρευση της κυκλοφορίας στις επτά.

"Ναι.

Γιατί τόσο νωρίς; Γιατί καθόλου απαγόρευση κυκλοφορίας; Ήταν απαραίτητο να κλειδώσουν τις γυναίκες που κινδυνεύουν μέσα σε αυτό το ωραίο σπίτι που μετατράπηκε σε φυλακή; Όπως οι κότες κλεισμένες σε κλουβί από μια επιδρομική αλεπού.

Πρέπει να συνοφρυώθηκε. "Υπάρχει πρόβλημα;" είπε η Μπεθ, σαν το συνοφρύωμα να ήταν απειλή μη συμμόρφωσης.

Η Στέλλα θέλησε να την καθησυχάσει.

"Εκατό δολάρια την εβδομάδα για φαγητό. Δύο εβδομάδες εκ των προτέρων. Μετά θα κάνω ένα μαγαζί. Μπορείς να κάνεις αίτηση στο Centrelink για βοήθεια. Υπογράψτε εδώ. Η Μπεθ έσπρωξε το έντυπο κατά μήκος του γραφείου, έδειξε το κάτω μέρος της σελίδας και πρόσφερε ένα στυλό.

Η Στέλλα υπέγραψε και έσπρωξε πίσω το έντυπο και μετά περίμενε όσο η Μπεθ ξαναπαραγγέλνει τα χαρτιά. Ένας χειμωνιάτικος ήλιος έσπασε μέσα από τα σύννεφα, φιλτράροντας μέσα από τη σχάρα ασφαλείας και τα διαμαντένια τζάμια των παραθύρων, ρίχνοντας ένα συγκεχυμένο πλέγμα στον ανατολικό τοίχο.

Ικανοποιημένη επιτέλους, η Μπεθ σήκωσε το ογκώδες σώμα της στα πόδια της και άρπαξε τα κλειδιά. "Έλα μαζί μου".

Η Στέλλα την ακολούθησε μέσα από τον προθάλαμο, που χωριζόταν από την εσωτερική αίθουσα με γαλλικές πόρτες από κυματιστό γυαλί μέσα σε περίτεχνη ξύλινη επένδυση. Η ευρύχωρη αίθουσα διακλαδίστηκε στους πρόποδες φαρδιών σκαλοπατιών με μοκέτα. Η Μπεθ πέρασε τις σκάλες και έδειξε μια πόρτα στα αριστερά της. "Τα μπάνια είναι από εκεί.

Προχώρησε ευθεία σε ένα στενό δωμάτιο με δυσανάλογα ψηλό ταβάνι. Στο κέντρο, κάτω από το παράθυρο στον απέναντι τοίχο, βρισκόταν ένα μονό κρεβάτι καλυμμένο με ένα έντονο ροζ κάλυμμα. Βιομηχανικό γκρίζο χαλί, λευκοί τοίχοι, κουτσές κουρτίνες που πλαισίωναν το παράθυρο και τη σχάρα πέρα από αυτό, και η Στέλλα φαντάστηκε τον εαυτό της δεμένο στο κρεβάτι, ένα σώμα με ζουρλομανδύα. "Υπάρχει άλλο δωμάτιο;

Η Μπεθ έβγαλε ένα γρύλισμα με κλειστό στόμα και την προσπέρασε στην πόρτα. "Ακολουθήστε με.

Σήκωσε την κλειδαριά της παιδικής πόρτας ασφαλείας στο κάτω μέρος της σκάλας και ανέβηκε αργά, αγκομαχώντας όταν έφτασε στο τελευταίο σκαλοπάτι. Σταμάτησε για να ανοίξει μια δεύτερη πύλη που οδηγούσε σε ένα φαρδύ πλατύσκαλο. "Αυτό το δωμάτιο είναι για γυναίκες με παιδιά", είπε δείχνοντας προς τα δεξιά της. Διέσχισε το κεφαλόσκαλο και άνοιξε την πόρτα σε ένα μικρό δωμάτιο με χαμηλό ταβάνι και ένα παράθυρο με δώματα. Το μονό κρεβάτι με το λουλουδάτο κάλυμμα, τα κρεμ βαμμένα έπιπλα και το μπεζ χαλί, και παρά τη γρίλια έξω από το παράθυρο, το δωμάτιο έμοιαζε οικείο.

"Θα είμαι κάτω.

Η Στέλλα έβαλε την τσάντα της στο κρεβάτι και κάθισε δίπλα της. Το ζωνάρι του παντελονιού της το ένιωθε άβολα σφιχτό. Τα αντικαταθλιπτικά που κατάπινε τον τελευταίο χρόνο είχαν φουσκώσει την κοιλιά της. Το αντίδοτο του γιατρού στον Φίλιπ. Ήταν μια καλλίγραμμη γυναίκα που διατηρούσε τον εαυτό της καλά, τα περιττά αποσκευάσματα αποτελούσαν πηγή μεγάλης ανησυχίας, αλλά δεν πίστευε ότι θα τα κατάφερνε χωρίς τα χάπια. Ξεκούμπωσε το φερμουάρ της τσάντας της και έψαξε μέσα για ένα παντελόνι γυμναστικής πριν επιστρέψει στο αυτοκίνητό της για τα τιμαλφή της.

Αργότερα, αφού ξάπλωσε στο μονόκλινο κρεβάτι

της, ακούγοντας το κελάηδισμα και το φτερούγισμα των πουλιών στην ταράτσα, κατέβηκε κάτω.

Το σαλόνι ήταν ευρύχωρο, κατάλληλο για πολλούς επισκέπτες. Στη μία άκρη, τρία σαλόνια club ήταν τοποθετημένα μπροστά σε μια τηλεόραση, στην άλλη, ένας παιδότοπος που περιφράσσεται από έναν φράχτη ασφαλείας. Δεν υπήρχε κανείς τριγύρω. Μπροστά, δύο πόρτες ήταν χωμένες στον μακρινό τοίχο. "Αυτά τα υπνοδωμάτια είναι για οικογένειες. Η φωνή της Μπεθ πίσω της ήταν τόσο απροσδόκητη που της προκάλεσε ρίγος στην κοιλιά. Έκανε μια προσπάθεια να ηρεμήσει τον εαυτό της. Η γυναίκα δεν ήθελε να της κάνει κακό.

"Πριν φύγω, θα σας δείξω την κουζίνα".

Πέρασαν από την τραπεζαρία, όπου σειρές καρεκλών ήταν χωμένες κάτω από ένα τραπέζι.

Άλλη μια πύλη ασφαλείας, ανάμεσα στον πάγκο και τη μπάρα πρωινού, και η Μπεθ άνοιξε το ψυγείο, τον καταψύκτη και το ντουλάπι, όλα καλά εφοδιασμένα.

Τόσο πολύ φαγητό και μόνο αυτή εδώ για να το φάει.

Η Μπεθ χτύπησε τα κλειδιά στο χέρι της. Η Στέλλα την ακολούθησε μέχρι την μπροστινή πόρτα. Το βουβό χτύπημα της κλειδαριάς, ένα μεταλλικό τρίξιμο της κλειδαριάς στην πόρτα ασφαλείας και ένα σφύριγμα εκτός πλήκτρου υποχωρούσαν καθώς η Μπεθ συνέχιζε το δρόμο της.

Μόνη της, έκλεισε τις μπαλκονόπορτες του προθαλάμου. Ο διάδρομος φωτιζόταν αμυδρά από τη λάμψη νέον μιας πινακίδας εξόδου κινδύνου. Γύρισε και έριξε μια ματιά στις σκάλες. Η πόρτα της κρεβατοκάμαρας ήταν μισάνοιχτη. Θέλοντας να κλείσει μέσα ό,τι παρέμενε εκεί μέσα, έκλεισε την πόρτα καλά και πήγε στην κουζίνα.

Μοναξιά που λαχταρούσε, χώρο για να ξορκίσει τη φωνή του μέσα στο κεφάλι της που εξακολουθούσε να χτυπάει σαν κομπρεσέρ. Αλλά η σιωπή την τύλιξε. Είχε επίγνωση ολόκληρου του σπιτιού, των άδειων δωματίων. Έπρεπε να αντισταθεί στην παρόρμηση να ανάψει κάθε φως και να τσεκάρει στις ντουλάπες, κάτω από τα κρεβάτια. Ωστόσο, κανείς δεν μπορούσε να μπει σε αυτό το μέρος. Αν το έκαναν, θα έβρισκαν γρήγορα τρόπο να βγουν έξω.

Άνοιξε το ραδιόφωνο με μια θρασύτατη φωνή να φωνάζει. Γύρισε τον επιλογέα, ψάχνοντας για μουσική, αλλά το σήμα ήταν αδύναμο. Κινούμενη μέσα στο δωμάτιο το σώμα της παρενέβαινε και οι νότες γίνονταν κρότοι. Έκλεισε το ραδιόφωνο και άνοιξε το ψυγείο, αρπάζοντας τυρί, γάλα και μπρόκολο. Στον καταψύκτη, κρυμμένη κάτω από τις ριζόλες και τα κατεψυγμένα πατατάκια, βρήκε ένα μικρό σακουλάκι μπιζέλια. Ανακουφιστικό φαγητό, απλό στη μαγειρική, σε αντίθεση με εκείνο το τελευταίο δείπνο.

Ο Γκούλας και ο Φίλιπ ήταν σε κακή διάθεση από τότε που είχε σπάσει μια χορδή της κιθάρας στο χτύπημά του.

Το Maton είχε εγκατασταθεί στην αγκαλιά του από την ημέρα που γύρισε σπίτι, κρατώντας τη θήκη του και χαμογελώντας με εφηβική ευχαρίστηση. Το πάθος του, που βασιζόταν σε νοσταλγικές αναφορές σε μια χαμένη νεότητα και μια μη ανεκτική μητέρα, μεγάλωσε σαν το χορτάρι κικούρου στον κήπο τους, επίμονο και ξεπερνώντας όλες τις άλλες ασχολίες, κερδίζοντας την υπεροχή την ημέρα που βρήκε τη φωνή του και άρχισε να αυτοαποκαλείται τραγουδοποιός. Σύντομα έγινε τακτικός συμμετέχων στο ανοιχτό μικρόφωνο που γινόταν στο τοπικό ξενοδοχείο.

Πέρυσι είχε μετατρέψει το εφεδρικό υπνοδωμάτιο

σε αυτοσχέδιο στούντιο. Ήταν μια ακαταστασία από εξοπλισμό υπολογιστή, ηχεία, γραφείο μίξης και βάσεις μικροφώνου. Το κουφάρι μιας ντουλάπας επενδεδυμένο με χαρτόνια αυγών χρησίμευε ως θάλαμος φωνής, με μαύρο καμβά να καλύπτει το παράθυρο. Ένας χώρος σκονισμένος, με μπαγιάτικη μυρωδιά, στον οποίο έμπαινε μόνο όταν την καλούσαν.

Κατόπιν τέτοιας εντολής, εκείνη καθόταν στο οθωματάκι με την πλάτη στον τοίχο, ενώ ο Φίλιπ είχε πάρει την περιστρεφόμενη καρέκλα στο γραφείο του. Όσο εκείνος κουρδίζει τις χορδές, εκείνη καρφώνει το βλέμμα της στο βερνικωμένο κόντρα πλακέ σώμα της κιθάρας στα γόνατά του, ενώ το μυαλό της περιπλανιέται στο γκούλας που είχε αφήσει να σιγοβράζει στη σόμπα. Εκείνος στραβοκοίταξε το κουρδιστήρι που ήταν καρφωμένο στο κεφαλοκάρφωμα και γύρισε τη χορδή του Μι και μετά συνέχισε προς τα κάτω, επιστρέφοντας στο χαμηλό Μι και εκτελώντας τη διαδικασία ξανά, δύο φορές. Μετά έπαιξε το τραγούδι που έγραψε γι' αυτήν. Το τραγούδι που έγραψε για την πρώτη του αγάπη. Και το τραγούδι που έγραψε για τον Eric Clapton. Δεν είχε ακούσει ποτέ κανένα από τα τραγούδια του και δεν τα άκουγε ούτε τώρα. Την προσοχή της απασχολούσε η μυρωδιά του καμένου γκούλας. Αλλά δεν μπορούσε να φύγει μέχρι να τελειώσει. Τα δάχτυλα του δεξιού του χεριού έπαιζαν και χτυπούσαν, ενώ το αριστερό του γλιστρούσε και έσφιγγε κατά μήκος της σανίδας με τα τάστα. Ήταν ελαφρύς, αδύνατος, ευκίνητος, το πρόσωπό του λίγο σκανταλιάρικο, μια σωματική διάπλαση και εμφάνιση που διέψευδαν μια γιγαντιαία θέληση. Τη στιγμή που χτύπησε την τελευταία συγχορδία πήδηξε από το οθωματάκι και πήγε στην πόρτα.

"Τι σκέφτηκες;

"Είναι το γκούλας. Χαμογέλασε.

Το πρόσωπό του σκοτείνιασε. "Γύρνα πίσω", είπε. "Θέλω να τα ξαναδούμε.

Το γκούλας είχε μια πικρή γεύση. Τα ζυμαρικά πατάτας ήταν ζυμωτά, το κοκκινιστό λάχανο μούσκεμα. Αυτό που επρόκειτο να είναι ένας φόρος τιμής στην κουζίνα της πεθεράς της αποδείχθηκε ένα εντελώς μη ορεκτικό γεύμα, αποτέλεσμα πολλών διακοπών. Πιστεύετε ότι αυτό το ριφ λειτουργεί εδώ; Προτιμάτε αυτή την εισαγωγή; Έχω αλλάξει τους στίχους στο ρεφρέν - Τι νομίζετε; Όταν επιτέλους κάθισαν για το δείπνο, είχε χάσει την όρεξή της, περνώντας τις μύτες του πιρουνιού της μπρος-πίσω τραβώντας κλωστές λάχανου μέσα από το καμένο κρέας. Ο Φίλιπ έφαγε χωρίς επαίνους ή παράπονα. Το γεύμα καταναλώθηκε με ομοφωνία, μια αμοιβαία αποδοχή της αναπόφευκτης καταστροφής της μαγειρικής της προσπάθειας, η σιωπή διακόπηκε μόνο από τα χτυπήματα του πιρουνιού του στο πιάτο του.

Σπρώχνει το πιάτο της στην άκρη και ρίχνει το βλέμμα της γύρω από το δωμάτιο, παρατηρώντας τις κουρτίνες που ήταν τραβηγμένες στο παράθυρο στον απέναντι τοίχο. Με την τελευταία μπουκιά του στόματος έβαλε μαζί το μαχαίρι και το πιρούνι του με ένα ευγενικό "ευχαριστώ". Σηκώθηκε και πήγε να κλείσει το παράθυρο, κόβοντας την καρέκλα του καθώς περνούσε.

Πώς έφτασαν από ένα τυχαίο σκούντημα σε μελανιές μεγαλύτερες από τις γροθιές του στα χέρια της και στο στήθος και στο πρόσωπό της; Μια λάθος κίνησή της και την χτυπούσε σαν τύμπανο. Αργότερα, καθώς στεκόταν ασθμαίνοντας πάνω από εκείνη που είχε σωριαστεί στο πάτωμα, της είπε ότι ήταν αυτό το χαμόγελό της που τον ξεσήκωσε. Έπρεπε να ξέρει να μην του χαμογελάει έτσι.

• • •

Άνοιξε τα μάτια της και άκουσε το χτύπημα των ποδιών των πουλιών στην οροφή. Μετά ησυχία. Το μουντό φως της αυγής διαπέρασε τις κουρτίνες. Ένιωθε ήρεμη μέχρι που μια πόρτα χτύπησε κάτω. Σηκώθηκε, αγκάλιασε τον γορίλα της στο στήθος της, βυθίζοντας τα δάχτυλά της στη βελούδινη γούνα. Τα βήματα, για μια στιγμή έντονα, σύντομα έγιναν υπόκωφα. Φόρεσε μια ρόμπα, άνοιξε την πόρτα της, διέσχισε το κεφαλόσκαλο και σταμάτησε. Ακούγοντας γυναικείες φωνές, σήκωσε τον σύρτη της πύλης στην κορυφή της σκάλας.

Η Μπεθ ακουμπούσε στον νεροχύτη της κουζίνας, με τα κλειδιά να χτυπούν στο χέρι της. Μια γυναίκα, όχι πάνω από είκοσι πέντε χρονών, στεκόταν δίπλα στο μπαρ του πρωινού, όρθια και ακίνητη μέσα σε ένα στενό μαύρο σακάκι και παντελόνι. Τα κορακοειδή μάτια της κοιτούσαν επίμονα την κουζίνα. Το δέρμα στο πρόσωπό της είχε ένα τεντωμένο βλέμμα, τεντωμένο πάνω σε πρόσφατα αποκτηθείσα σάρκα. Άλλο ένα φουσκωμένο στομάχι.

"Μέισι, θα είσαι μια χαρά εδώ". Η Μπεθ στράφηκε προς τη Στέλλα με ένα εκπληκτικά ενθουσιώδες, 'Έχεις παρέα', που την άφησε να νιώθει επιφυλακτική. Στη συνέχεια, τους ευχήθηκε και στις δύο ένα καλό Σαββατοκύριακο με τον ίδιο ψεύτικο ενθουσιασμό και έφυγε. Οι υποψίες της Στέλλας επιβεβαιώθηκαν όταν η Μέισι είπε χωρίς πρόλογο: "Βλέπω αέριο".

"Αέριο;

"Διαρροή από τσάντες.

Η Στέλλα της χάρισε ένα επιφυλακτικό χαμόγελο. Άναψε τον βραστήρα. "Τσάι; Η Μέισι κάθισε σε ένα σκαμνί στο μπαρ του πρωινού, με το βλέμμα της, τα μάτια της να μην αφήνουν ποτέ τη Στέλλα, να προκαλεί σύγχυση. 'Σε χτύπησε', είπε και η Στέλλα έκανε ένα γρήγορο νεύμα ως απάντηση. "Βλέπω κι εγώ μέσα από τα πέπλα. Το δωμάτιό σου είναι επάνω;" και η Στέλλα είδε την καταλληλότητα εκείνου του δωματίου του ασύλου που είχε παραμελήσει.

Το φως του ήλιου ερχόταν και έφευγε. Η Στέλλα άναβε κάθε φως που περνούσε. Στο λυκόφως μαγείρευε για δύο, προσελκύοντας αυτό το πλάσμα με τα μάτια που καθόταν στο σκαμνί. Μια συγγενική ψυχή. Κατά τη διάρκεια της ημέρας η Μέισι της είχε εκμυστηρευτεί ότι ήταν χαφιές γκάνγκστερ, ένα άγριο κορίτσι που συνεργαζόταν με ένα κακό αγόρι διπλάσιο από την ηλικία της. Άνθρωπος του καζίνο που έδειχνε τον πλούτο του, χτυπώντας με τις χρυσοποίκιλτες γροθιές του το πρόσωπό της. Πώς κατέληξε μαζί του; Ως το κορίτσι του μπαμπά, ήταν η απόρριψη της μητέρας, μια άστεγη, πανέμορφη όσο δεν πάει, μέχρι που την πήρε ο Μαξ και την νάρκωσε. "Το τραύμα σε επανασυνδέει", είπε με φωνή που ξεπερνούσε την ηλικία της, "και αν συνεχιστεί αρκετά, η καλωδίωση διορθώνεται".

Παραλείποντας την τραπεζαρία, η Στέλλα κάθισε με τη Μέισι στον πάγκο της κουζίνας και έφαγαν τα ριζόλες και τα πατατάκια φούρνου που είχε ζητήσει η Μέισι. Λίγη κουβέντα έγινε ανάμεσά τους. Η Μέισι ήταν άγρυπνη και η Στέλλα ανταποκρινόταν στο βλέμμα της- η παράξενη νοικοκυροσύνη τους, οι δυο τους παγιδευμένες σε συνθήκες που καμία από τις δυο τους δεν δημιούργησε. Καθώς καθάριζε τα πιάτα, σκέφτηκε ότι θα ήταν ωραίο να ξαπλώσουν στον καναπέ και να δουν τηλεόραση, όταν η Μέισι σηκώθηκε απότομα.

"Τι ήταν αυτό;

"Δεν άκουσα τίποτα.

"Ορίστε.

Η Στέλλα προσπάθησε να ακούσει.

"Φαντάζεσαι πράγματα.

Ο ήχος δεν είναι αέριο. Η ακοή μου είναι άψογη. Πρέπει να είσαι κουφός.

Η Στέλλα πήγε στο νεροχύτη για να πλύνει τα πιάτα.

"Σσσς!

"Η ξυλεία συστέλλεται.

"Αυτό το σπίτι είναι από τούβλα.

Τα μάτια της, που είχαν ανοίξει σαν πιατάκια, ήταν καρφωμένα στην πίσω πόρτα. Δεν πειράζει που ήταν τρομοκρατημένη. Ήταν τρομακτική. "Έλα. Πήγε προς την πόρτα.

"Περίμενε. Η Στέλλα έδωσε στη Μέισι μια σκούπα και άρπαξε ένα μαχαίρι για σκάλισμα.

Η πόρτα άνοιξε με την προαίσθηση ενός εφιάλτη.

Με αργά βήματα κατέβηκαν στο γκαζόν και στο αμυδρό φως ενός φανού του δρόμου κοίταξαν πίσω στο σπίτι. Στη στέγη πάνω από την πίσω πόρτα, σκυμμένος δίπλα στην υδρορροή, ήταν ένας τριχωτός όγκος

"Είναι ένα πόσουμ.

"Είναι μια γάτα.

Αυτιά πλατιά, μάτια σαν λάμπες.

"Δεν έχει τσάντα.

"Δεν υπάρχει αέριο.

Γέλασαν και οι δύο.

"Πάμε μέσα. Παρόλο που το έξω μέρος φαινόταν ξαφνικά πιο ασφαλές.

Πέρασαν το βράδυ σκυμμένοι στους καναπέδες βλέποντας τηλεόραση, ενώ η Μέισι έτρωγε μια σακούλα πατατάκια με αλάτι και ξύδι και ένα μπουκάλι κόκα κόλα. Οι ώρες περνούσαν και η Στέλλα χασμουριόταν. "Πάω για ύπνο. Εσύ τι θα κάνεις;

"Δεν κοιμάμαι τη νύχτα.

Η σκέψη ότι η Μέισι ήταν ξύπνια κάτω... και έκλεισε την πόρτα του δωματίου της. Δεν υπήρχε κλειδαριά. Χρησιμοποίησε την ταξιδιωτική της τσάντα ως φραγμό. Βουρτσίζοντας τα δόντια και φορώντας πιτζάμες, κουλουριάστηκε με τον γορίλα της στο μονό κρεβάτι της. Ο ύπνος ήρθε δύσκολα.

Το φως του ήλιου ήρθε και η Μέισι έφυγε. Η αστυνομία έφτασε το μεσημέρι και μεταφέρθηκε πίσω στο ψυχιατρείο της πόλης. Ήταν μια ανακούφιση που την ξεφορτώθηκαν. Ωστόσο, καθώς την έβγαζαν έξω από την πόρτα, η Στέλλα ανέβηκε τρέχοντας τις σκάλες, άρπαξε τις παιδικές πόρτες ασφαλείας κάτω και πάνω και άρπαξε τον γορίλα της από το κρεβάτι της.

Στον προθάλαμο πίεσε το παιχνίδι στο χέρι της Μέισι. Η Μέισι κοίταξε κάτω και ο γορίλας κοίταξε πίσω. Είχαν τα ίδια μάτια.

Ηλιοβασίλεμα, και μέσα από το παράθυρο της κουζίνας στο φως που χάνεται σκιές σέρνονταν και η ανησυχία κυμάτιζε στην κοιλιά της. Η γάτα, αθόρυβα, πέρασε. Απομακρύνθηκε και πέρασε μέσα από το σπίτι ανάβοντας όλα τα φώτα.

Αργότερα, με την τηλεόραση κλειστή, το σπίτι ήταν ήσυχο. Περνώντας από τις σκάλες πηγαίνοντας στο μπάνιο ήταν σίγουρη ότι άκουσε βήματα στο κεφαλόσκαλο. Πάγωσε εκεί που στεκόταν και κράτησε την αναπνοή της. Το ρυθμικό τρίξιμο ενός βαρέως βήματος που κατευθυνόταν προς την κορυφή της σκάλας. Έφυγε με τις μύτες των ποδιών της προς τα πίσω, εκτός του οπτικού πεδίου του περιπλανώμενου. Πώς μπήκε εδώ μέσα; Κι άλλοι τριγμοί. Πίσω από τον δρόμο που είχαν έρθει. Τότε ο βαρετός θόρυβος μιας πόρτας που έκλεινε. Αγνοώντας τη γεμάτη κύστη της και τα γούνινα δόντια της, πήγε στο δωμάτιο της Μέισι και έκλεισε την πόρτα πίσω της. Δεν υπήρχε και πάλι κλειδαριά κι έτσι έσυρε το κρεβάτι, όσο πιο αθόρυβα μπορούσε, και το έσπρωξε στην πόρτα.

Σκαρφάλωσε κάτω από το έντονο ροζ κάλυμμα του κρεβατιού, με την ακοή της οξυμένη σε κάθε ήχο. Άκουσε ξανά τη γάτα στη στέγη, αλλά δεν άκουσε βήματα ως απάντηση. Μετά σιωπή.

Δεν κοιμήθηκε. Ο φόβος έβαζε το μαύρο μελάνι του σε κάθε νήμα της. Δεν είναι περίεργο που τα ντουλάπια της κουζίνας ήταν γεμάτα φαγητό. Κάθε γυναίκα που έμενε εκεί πρέπει να είχε φύγει πολύ πριν την ώρα της. Το σπίτι δεν ήταν καταφύγιο. Ήταν αποτρεπτικό, προειδοποιούσε κάθε γυναίκα που σχεδίαζε να φύγει από το σπίτι της.

Το φως του ήλιου ήρθε και μαζί του και η Μπεθ. Η Στέλλα άκουσε το σφύριγμά της καθώς έμπαινε στον προθάλαμο. Απομάκρυνε το κρεβάτι από την πόρτα και έφυγε από το δωμάτιο, ανεβαίνοντας κρυφά τις σκάλες. Κανένας τρόμος που θα μπορούσε να της προκαλέσει ο Φίλιπ δεν άξιζε να μείνει εδώ. Θα γύριζε πίσω, πίσω στο σπίτι της. Θα ακολουθούσε τη συμβουλή της Σόνια και θα περνούσε από το αστυνομικό τμήμα. Τα μάζεψε, αφήνοντας τα αντικαταθλιπτικά στο κομοδίνο.

Έφυγε πριν από το μεσημέρι, σταματώντας στο βενζινάδικο στη γωνία του κεντρικού δρόμου. Με το ακροφύσιο στο ρεζερβουάρ, κοίταξε γύρω από το προαύλιο. Μια στοίβα από λάστιχα σε ειδική συσκευασία, πάγο και μια στοίβα από καυσόξυλα με ένα κομμάτι από κάτι μαύρο στην κορυφή.

Καθώς πήγαινε να πληρώσει, ο μαύρος όγκος πήρε μορφή.

Κατά την επιστροφή της στο αυτοκίνητό της άρπαξε τον γορίλα και τον έδεσε δίπλα της.

Μπαίνοντας στον κεντρικό δρόμο, δίστασε. Το σπίτι σήμαινε να στρίψει αριστερά. Η Μέισι θα πήγαινε δεξιά, στο ψυχιατρείο της πόλης. "...και αν αυτό συνεχιστεί αρκετά, τα καλώδια θα φτιαχτούν.

ЕПІГРАФ

Το "Είναι μόνο μια φάση" βασίζεται πολύ χαλαρά σε καταστάσεις στις οποίες μπλέχτηκαν οι κόρες μου όταν ήταν έφηβες. Όλοι μας ξεπερνάμε τα όρια μεγαλώνοντας, κάποιοι πιο σκληρά από άλλους, και ως γονιός μπορεί να είναι δύσκολο να βρεις υποστήριξη.

ΕΊΝΑΙ ΑΠΛΏΣ ΜΙΑ ΦΆΣΗ

Ψηλά το μεσημέρι, ο ήλιος λάμπει σε μια έρημο από μπετόν και τούβλα. Εκτυφλωτικός, ακόμα και πίσω από τα γυαλιά ηλίου μου. Τσαλαβουτάω την πλαστική μου καρέκλα στη στενή λωρίδα σκιάς που ρίχνει κάτι που θα μπορούσε κάλλιστα να είναι ένα μαντήλι από πανί. Οι άλλες τρεις γυναίκες που είναι συγκεντρωμένες στο μπαλκόνι φαίνονται ικανοποιημένες που αφήνουν το εκτεθειμένο δέρμα τους να καίγεται. Στα αριστερά μου κάθεται η Μπέθανι. Έχει κανονίσει ένα παρατεταμένο διάλειμμα για μεσημεριανό γεύμα από την τράπεζα για να συζητήσει το ρόλο της κόρης της Χάνα σε αυτό. Η Μπέθανι δείχνει κομψή με την τραπεζική της στολή, με τα πυκνά μαλλιά της πιασμένα πίσω από το περιποιημένο πρόσωπό της. Ήμασταν στην ίδια τάξη στο δημοτικό. Δεν έχει αλλάξει. Είναι το ίδιο απαιτητική τώρα όπως ήταν στην τρίτη τάξη, όταν τσακωνόταν για το πλάτος του περιθωρίου στο βιβλίο των μαθηματικών.

Η Κάρεν με προσπερνάει για να καθίσει στην καρέκλα στα δεξιά μου. Το μπλουζάκι της με τα κορδόνια της εκθέτει τη νωχελική σάρκα των μπράτσων της, το σορτσάκι της σφίγγει σφιχτά κάτω από την κοιλιά της. Σφίγγω το δικό μου στομάχι και ρυθμίζω την πτώση της μπλούζας μου με ένα γρήγορο τράβηγμα. Ήταν ιδέα της Κάρεν να συναντηθούμε στο σπίτι της. Εδώ έγιναν όλα. Είναι καινούργια στην περιοχή, μια μαμά που μένει στο σπίτι και έχει φετίχ με τα ψώνια μέσω διαδικτύου. Η κόρη της Κέιτλιν είναι η καλύτερη φίλη της κόρης μου. Αν δεν συνέβαινε αυτό, αμφιβάλλω αν θα μιλούσα στην Κάρεν πέρα από ένα ευγενικό γεια που θα έλεγα περνώντας την στο δρόμο. Δεν είναι ο τύπος μου.

Μέσα από τις γυάλινες πόρτες, σαρώνω το άχαρο εσωτερικό του σαλονιού της Κάρεν. Μια τηλεόραση επίπεδης οθόνης κινηματογραφικού μεγέθους και μια οθόνη υπολογιστή ανταγωνίζονται για το χώρο στην άλλη γωνία. Δεν υπάρχουν βιβλία, περιοδικά, εφημερίδες, παιχνίδια, δεν υπάρχουν ενδείξεις για ασχολίες όπως το πλέξιμο, ούτε και μικροαντικείμενα. Μια μοναχική εκτύπωση κοσμεί έναν τοίχο: το καμπυλωτό κύμα που συντρίβεται πίσω από έναν φάρο, με τη μικροσκοπική φιγούρα ενός άνδρα στο κατώφλι, που δεν γνωρίζει ότι πρόκειται να παρασυρθεί.

Πιάνω τη Μπέθανι να χαμογελάει στην Κάρεν. Με αποσυντονίζει. Αυτό υποτίθεται ότι είναι ένα πολεμικό συμβούλιο. Έτσι περιέγραψε η Κάρεν τη συνάντηση στο τηλέφωνο. Μετά ακούστηκε έξαλλη. Τώρα φαίνεται λιγότερο προβληματισμένη. Ακριβώς μπροστά μου είναι η Μαίρη, η πρόεδρος της P&C. Η λιγότερο προβληματισμένη από όλους. Είναι ακλόνητη. Τη γνώρισα στην περσινή βραδιά παρουσίασης. Πουλούσε λαχνούς στην πόρτα. Η εθελοντική της εργασία στο σχολείο ταιριάζει με το υπερφορτωμένο ωρολόγιο πρόγραμμα της κόρης της Bree της 11ης τάξης. Μια απότομη γυναίκα, γεμάτη αυτοπεποίθηση. Κάθεται όρθια φορώντας ένα μπλουζάκι με λαιμόκοψη πόλο και τζιν, πίνοντας παγωμένη λεμονάδα από καλαμάκι, με την ξανθιά της κόμη να πλαισιώνει ένα γεροδεμένο πρόσωπο.

"Δεν θα πάρετε αναψυκτικό; Μου λέει η Karen.

"Το νερό είναι μια χαρά. Καταφέρνω να χαμογελάσω για λίγο.

"Σίγουρα ήταν απλώς μια ακίνδυνη διασκέδαση", μουρμουρίζει η Mary με το καλαμάκι ανάμεσα στα δόντια της, πριν αφήσει το άδειο ποτήρι και κοιτάξει επίμονα το τραπέζι με τα μωσαϊκά ανάμεσα μας.

"Η κόρη σας έκοψε το πόδι της κόρης μου με ένα χαρτοκόπτη", λέω. 'Αυτό δεν είναι ακίνδυνη διασκέδαση'.

Η Μαρία διπλώνει τα χέρια της κάτω από την καμπύλη του στήθους της.

Στρέφομαι προς τους άλλους για υποστήριξη. Η Μπέθανι κοιτάζει με άδειο βλέμμα προς την κατεύθυνση του γκαράζ με την κυλιόμενη πόρτα που βρίσκεται απέναντι από το δρόμο.

Η Κάρεν τρίβει τα χέρια της κατά μήκος των μηρών της. "Δεν το καταλαβαίνω", λέει. 'Η Κέιτλιν είναι καλό κορίτσι. Είναι όλες καλές κοπέλες".

"Η Μαντλέν μου είπε ότι οι κόρες σας ήπιαν το αίμα της". Ανατριχιάζω καθώς το λέω.

"Και ανησυχούσα ότι η Χάνα έπινε ποτά! Η Bethany λέει με ένα ειρωνικό γέλιο. Ρίχνει μια ματιά στην Κάρεν και κλείνει το μάτι.

Γιατί η Μπεθάνη το ευτελίζει αυτό; Μήπως απλά δεν με πιστεύει;

Αλλάζω τον τόνο μου σε γρύλισμα. 'Εκτελούσαν μια σατανιστική τελετή'.

"Στο γκαράζ μου", λέει η Κάρεν. Κατσουφιάζει, λες και αυτό το γεγονός την ενοχλεί περισσότερο απ' ό,τι αν είχαν κάνει την τελετή σε ένα νεκροταφείο.

"Απλώς έπαιζαν", λέει η Μαίρη και κουνάει το χέρι της. "Τα παιδιά κάνουν τέτοια πράγματα όλη την ώρα".

'Παίζεις;! Αυτό δεν είναι χοροπηδητό!

Η Bethany κοιτάζει το ρολόι της. "Θα μιλήσω με τη Χάνα όταν γυρίσω σπίτι".

Η Μαρία σηκώνεται από τη θέση της, σαν να ολοκληρώνεται η συνάντηση με τη δήλωση της Βηθανίας. "Και θα κάνω την Μπρι να ζητήσει συγγνώμη".

Μια συγγνώμη; Δεν το παίρνουν στα σοβαρά. Μια ποινή φυλάκισης θα ήταν πιο κατάλληλη. Ή ένα άσυλο. Το κορίτσι είναι ψυχοπαθής.

Η σήτα κλείνει. Πετάω την τσάντα μου στον πάγκο της κουζίνας, ανάβω τον βραστήρα και κατευθύνομαι στο διάδρομο προς το μπάνιο. Η πόρτα του υπνοδωματίου της Μαντλέν είναι μισάνοιχτη. Ένα ρέψιμο που ρουφάει συνοδεύει έναν τοίχο από δυσαρμονικές κιθάρες. Αυτή το αποκαλεί αυτό μουσική. Σπρώχνω την πόρτα της. Είναι σκυμμένη στο πάτωμα με το τηλέφωνό της στα γόνατά της, με τα βαμμένα μαύρα μαλλιά να σκεπάζουν το πρόσωπό της. Η πάνινη κούκλα που έφτιαξα για τα τρίτα γενέθλιά της κάθεται όρθια πάνω στο ηλεκτρικό της πιάνο, περήφανη με το ταρταρούγα γιλέκο που έφτιαξε γι' αυτήν, μόλις πέρυσι. Κοιτάζει ψηλά, αγριοκοιτάζοντας από τα κέντρα των μαύρων ελλειψοειδών.

"Τι;" λέει. Δεν είναι ερώτηση, είναι περισσότερο μια δήλωση "άντε γαμήσου".

"Η μουσική είναι ωραία.

"Μη λες ψέματα. Είναι Μεταφρασμένα τραγούδια. Και το μισείς.

Υπάρχει μια αμήχανη σιωπή. Η Μαντλέν σκαλίζει θυμωμένα τα νύχια της.

"Μόλις επέστρεψα από το σπίτι της Κάρεν", λέω.

"Το ξέρω. Η Κέιτλιν μου έστειλε ένα μήνυμα. Είναι τιμωρημένη.

"Μικρή τιμωρία.

Η Μαντλέν με κοιτάζει επίμονα. "Που σημαίνει ότι δεν μπορώ να τη δω μετά το σχολείο".

Είναι θυμωμένη μαζί μου που παρεμβαίνω. Πρέπει να φύγω. Αλλά δεν μπορώ να μην πω: "Δεν καταλαβαίνω γιατί επιλέγεις να περνάς χρόνο με κάποιον που θέλει να πιει το αίμα σου".

"Είναι φίλη μου.

Κι εγώ είμαι η μητέρα σου. Κλείνω την πόρτα στην οργή της. Αλλά το ρέψιμο, οι κραυγές, η διχόνοια, διαχέονται σε όλο το σπίτι, διαπερνώντας το σαλόνι, την κουζίνα, τους συμπαγείς τοίχους από λασπότουβλα. Έξω, όπου ο αέρας είναι δροσερός, πίνω τσάι ατενίζοντας έναν θάμνο με τσίλι που ωριμάζει. Η σάρκα πάνω από τον αριστερό μου αστράγαλο τσιμπάει σε συμπάθεια με την πληγή της κόρης μου. Οι εικόνες της λεπίδας, το ρυάκι του αίματος, τα χείλη που γλείφουν και ρουφάνε, έχουν χαραχτεί στο μυαλό μου.

Η Κέιτλιν δεν είναι τιμωρημένη για πολύ.

Η Μαντλέν μπαίνει στην κουζίνα ένα πρωί Παρασκευής, πετάει τη σχολική της τσάντα στο πάτωμα και ανοίγει το ψυγείο. Σκύβοντας από τη μέση, με το κεφάλι χωμένο στα μαλλιά της, λέει: "Η Κέιτλιν με κάλεσε για να κοιμηθώ απόψε".

"Γιατί δεν την καλείς εδώ; Τουλάχιστον θα έχω κάποιο έλεγχο. Αλλά ξέρω ήδη πώς θα αντιδράσει.

"Δεν υπάρχει τίποτα να κάνεις εδώ. Κλείνει την πόρτα του ψυγείου και με κοιτάζει κατάματα, με τα χέρια της διπλωμένα στο στήθος. 'Λοιπόν; Μπορώ να φύγω;

Αναστενάζω, ηττημένος πριν αρχίσω να την προκαλώ. "Θα έρθω να σε πάρω αύριο το μεσημέρι".

Φεύγει για να προλάβει το σχολικό λεωφορείο. Την παρακολουθώ να ανεβαίνει το μονοπάτι προς την μπροστινή πύλη με την κουκούλα της και τα Doc

Martens, θυμάμαι τα χαριτωμένα της χρόνια, τον τρόπο που αγκαλιαζόταν στην αγκαλιά μου, και μου λείπει το όμορφο πρόσωπό της που ακτινοβολούσε στο δικό μου. Μια περίεργη ηρεμία επικρατεί στο σπίτι κατά την απουσία της. Περιπλανιέμαι από δωμάτιο σε δωμάτιο. Ανακατεύω μια στοίβα από σκίτσα στο στούντιό μου, σκέφτομαι να καθαρίσω την κουζίνα, να μαζέψω τα τραπουλόχαρτα στο τραπεζάκι του σαλονιού, να πλέξω, να ψάξω στα ράφια των βιβλίων για μια συλλογή ρομαντικής ποίησης, να βγάλω μερικά ζιζάνια από τον κήπο με τα βότανα και να μαζέψω φασολάκια. Κοιτάζω το ρολόι. Εννιά και μισή, δεν είναι ακόμα ώρα για πρωινό τσάι. Και αντιμετωπίζω ένα ολόκληρο εικοσιτετράωρο μοναξιάς, προσπαθώντας να ζωγραφίσω λουλούδια από θάμνους για μια έκθεση στην αίθουσα της Σχολής Τεχνών την επόμενη εβδομάδα. Προσπαθώ να μην ασχοληθώ με τη Μαντλέν.

Την επόμενη μέρα, φτάνω στο δρόμο της Κάρεν λίγο μετά τις δώδεκα. Η Κάρεν εμφανίζεται στην πόρτα. Μου κάνει νόημα να μπω μέσα. Περνώντας πίσω της, διακρίνω τη Χάνα και την Μπρι. Η Μαντλέν παρέλειψε να αναφέρει ότι το πάρτι ήταν τετράδα.

Το σαλόνι είναι αποπνικτικό και μυρίζει καμένο βούτυρο. Στην άλλη άκρη του δωματίου, η Κάρεν ξεφυλλίζει έναν κατάλογο με τα ψώνια που είναι απλωμένος σε ένα τραπέζι Laminex. Στα αριστερά της, πίσω από μια μπάρα πρωινού, η Κέιτλιν ανακατεύει το περιεχόμενο ενός μεγάλου γυάλινου μπολ με μια ξύλινη κουτάλα. Στέκεται, σκυμμένη πάνω από το μπολ, με τις μανσέτες της μαύρης μπλούζας της να κρέμονται μέσα στο μείγμα.

"Γεια", λέω στο δωμάτιο. "Πού είναι η Μαντλέν;

Η Κέιτλιν με κοιτάζει, σφίγγοντας τα μάτια της,

και μετά πιάνει το κουτάλι και επιτίθεται στο μείγμα με νέο σθένος.

Η Κάρεν με φωνάζει και μου δείχνει την καρέκλα δίπλα της. 'Κέιτλιν. Πες στη Μαντλέν ότι η μητέρα της είναι εδώ".

"Κάν' το εσύ", λέει η Κέιτλιν. "Φτιάχνω πρωινό".

"Μην είσαι αγενής, Κέιτλιν".

'Άντε γαμήσου.'

Η Κάρεν την αγνοεί, μου γουρλώνει τα μάτια και χαμογελάει απολογητικά. Είμαι έκπληκτος. Γιατί ανέχεται να της μιλάνε έτσι;

Ακούω τον ήχο μιας τηλεόρασης από ένα δωμάτιο στην άλλη πλευρά της κουζίνας. "Μπορεί να είναι εκεί μέσα", λέω στην Κάρεν και περνάω δίπλα από την Κέιτλιν που τώρα βάζει το μείγμα σε ένα τηγάνι.

Το δωμάτιο είναι αμυδρό, το φως του ήλιου φιλτράρεται από τις κλειστές περσίδες. Η Χάνα είναι σκυμμένη με τις πιτζάμες της και παρακολουθεί τηλεόραση, με τα πόδια της να είναι ακουμπισμένα στο μπράτσο του καναπέ. Κοιτάζει ντροπαλά προς το μέρος μου και μετά βυθίζεται πιο χαμηλά, έξω από το οπτικό μου πεδίο. Η Μπρι με χαιρετάει, σφίγγοντας το κατακόκκινο πρόσωπό της σε ένα ψεύτικο χαμόγελο. Με ένα παστέλ μπλε μπλουζάκι, μια φλοκωτή μαύρη φούστα, κάλτσες μέχρι τον αστράγαλο και βρώμικα παπούτσια φαίνεται συνολικά αποκρουστική.

Η Μαντλέν μπαίνει στο δωμάτιο και με προσπερνάει για να πάρει την τσάντα της. "Τα λέμε", λέει στους άλλους, σκύβοντας πάνω από τον καναπέ για να αγκαλιάσει τη Χάνα.

Η Μπρι φιλάει τη Μαντλέν στο μάγουλο. "Τα λέμε την επόμενη φορά", ψιθυρίζει αρκετά δυνατά για να την ακούσω.

Η Μαντλένμε ακολουθεί πίσω στην κουζίνα. Την αφήνω να συνομιλεί με την Κέιτλιν, ανταλλάσσω ένα σύντομο αντίο με την Κάρεν και βγαίνω έξω.

Λίγα λεπτά αργότερα η Μαντλένανοίγει την πόρτα του αυτοκινήτου και πέφτει στη θέση του συνοδηγού χωρίς να με κοιτάξει. Τα βύσματα του MP3 player της καλά στα αυτιά της, με τη μουσική της να ακούγεται πάνω από τη μηχανή.

"Είναι αυτή η Septic Flesh; Λέω δυνατά, ανησυχώντας για τη ζημιά που κάνει στην ακοή της το τείχος του ήχου.

'Είναι το Dying Fetus.'

Πρέπει να είναι ένα αστείο, ένα αρρωστημένο αστείο. Κάνοντας την κοινοτοπία του μακάβριου. Ρίχνω μια ματιά στην κόρη μου, σκυθρωπή και αποτραβηγμένη. Ελπίζω, χωρίς πεποίθηση, ότι η διάθεσή της οφείλεται στην έλλειψη ύπνου. Χίλιες εκδοχές της μίας και μοναδικής ερώτησης σχηματίζονται στο μυαλό μου. Τις απορρίπτω όλες. Θα ακουγόταν σαν ανάκριση. Αλλά δεν υπάρχει λόγος να προσποιούμαι την αδιαφορία- η ανησυχία μου γι' αυτήν είναι εμφανής. Και, όπως κι εγώ, είναι έξυπνη.

Αργότερα, περνάω τη Μαντλέν να βγαίνει από το μπάνιο τυλιγμένη σε μια πετσέτα. Ξαφνιασμένη, τρέχει προς την πόρτα του υπνοδωματίου της. Η πετσέτα γλιστράει στην πλάτη της. Τη σφίγγει, αλλά όχι προτού διακρίνω ένα φλεγμονώδες δέρμα κάτω από τον αριστερό της ώμο. Μοιάζει με εξάγραμμο.

"Μαντλέν! Τι είναι αυτό;

Ψάχνει το χερούλι της πόρτας κρατώντας την πετσέτα ψηλά γύρω από τον κορμό της.

"Είναι μια σφραγίδα. Γυρίζει και με κοιτάζει κατάματα. Η Μπρι ήθελε να καλέσει έναν δαίμονα.

Πριν προλάβω να απαντήσω, μου χτυπάει την πόρτα κατάμουτρα. Τα λόγια της τσουρουφλίζουν στη φαντασία μου. Τη μια στιγμή θέλω να σκοτώσω την Μπρι, και την άλλη τρομάζω που μου πέρασε από το μυαλό. Βηματίζω σε όλο το μήκος της κουζίνας. Η κοπέλα δεν υπολογίζει καθόλου το σώμα της; Θα μείνει σημαδεμένη για όλη της τη ζωή.

Αναγκάζομαι να επιστρέψω στο στούντιό μου. Σέρνω την άκρη του παλιού οστέινου κουταλιού μου κατά μήκος του χρώματος ομπερλέ σε έναν κορμό δέντρου για να αποκαλύψω τις ραβδώσεις του εβένινου ξύλου από κάτω. Κανονικά είναι μια καταπραϋντική, διαλογιστική δουλειά, αλλά όχι τώρα. Δεν μπορώ να μην φανταστώ την Μπρι με αυτό το ύπουλο χαμόγελο στο πρόσωπό της, να σαρώνει τη σάρκα της Μαντλέν. Η εικόνα είναι πολύ ενοχλητική. Πετάω το κουτάλι και βγαίνω έξω για να πάρω αέρα.

Όλο το απόγευμα δεν μπορώ να κατασταλάξω σε τίποτα. Η Μαντλέν μένει στο δωμάτιό της.

Ανάβωτην ξυλόσομπα με ένα μεγάλο κούτσουρο κόκκινης τσίχλας και ζεσταίνω την πλάτη μου στην ακτινοβολούμενη θερμότητα, προσπαθώντας να αγνοήσω την ενοχλητική ατμόσφαιρα που δημιουργεί στο σπίτι. Μέσα από τον τοίχο του υπνοδωματίου της ακούω τον επίμονο, απαιτητικό ήχο των δαχτύλων της να καρφώνουν χορδές πιάνου σε χαμηλές οκτάβες. Είναι η τελευταία της σύνθεση, μια σκοτεινή κακοφωνία εμπνευσμένη από την πρόσφατη ανακάλυψη της μειωμένης κλίμακας. Είναι δύσκολο να το ακούσω, αλλά κάθε πρόταση να φορέσει ακουστικά είναι επίθεση στη δημιουργικότητά της. Η καθηγήτρια μουσικής της την αποκαλεί ιδιοφυΐα εν τη γενέσει της. Ίσως να είναι, αλλά ανυπομονώ για τη μέρα που θα αναπτύξει φινέτσα.

Όταν την καλώ για δείπνο, μπαίνει στην κουζίνα και πέφτει σε μια καρέκλα. Δεν μπορώ να αντέξω την ένταση ανάμεσά μας.

"Τι χρησιμοποίησε; Λέω.

"Ένα χειρουργικό νυστέρι. Η Μαντλέν είναι

προσηλωμένη στα ζυμαρικά που ανακατεύει στο πιάτο της.

"Νυστέρι;! Παραλίγο να πνιγώ.

"Το έκλεψε από την πρακτική της άσκηση στον κτηνίατρο".

"Πώς μπόρεσες να την αφήσεις να σου το κάνει αυτό;

"Θα πρέπει να ανακουφιστείς. Με κοιτάζει ψυχρά. 'Τουλάχιστον ήταν καθαρό'.

'Καθαρό; Σου έκοψε την πλάτη με νυστέρι. Αυτό το κορίτσι είναι επικίνδυνο.

"Ενδιαφέρεται για τη σάρκα, αυτό είναι όλο. Αναβοσβήνει τα μάτια της με μια θρασύτατη γκριμάτσα. Μετά βίας αναγνωρίζω το πρόσωπό της. "Πρέπει να δεις κάτω από το σπίτι της", λέει. "Γεμίζει τα πτώματα του δρόμου.

"Αυτό είναι τρομερό...

"Και έχει μια φοβερή σπονδυλική στήλη ενός ποντικιού μέσα σε ένα βάζο με μεθό.

Την κοιτάζω τρομαγμένη.

"Είναι για την τέχνη της", συνεχίζει σαρδόνια. "Θα το εκτιμούσες αυτό. Συλλέγεις παρασυρόμενα ξύλα για τον ίδιο λόγο".

Στις οκτώ η ώρα, η Μαντλέν είναι στο δωμάτιό της και μπορώ να ακούσω τα ρουφηχτά φωνητικά του death metal μέσα από τους τοίχους της κρεβατοκάμαράς της. Σηκώνω το τηλέφωνο, γνωρίζοντας καθώς πληκτρολογώ τον αριθμό της Μπέθανι ότι δεν θα βρω τη συμπάθεια που ψάχνω.

"Κοίτα, Τζουντ, ανησυχείς πάρα πολύ", λέει η Μπέθανι με εκείνο το συγκαταβατικό ύφος που χρησιμοποιούν οι γυναίκες όταν πιστεύουν ότι έχουν μεγαλύτερη εμπειρία στην ανατροφή των παιδιών. "Μίλησα με τη Χάνα και με διαβεβαίωσε ότι απλώς διασκεδάζουν. Δεν μας θυμάσαι που παίζαμε με το Ouija;

"Εγώ το κάνω. Ήταν τρομακτικό". Έχει ξεχάσει τη στιγμή που το τραπέζι κουνήθηκε και το ποτήρι εξερράγη; Έτρεξε ουρλιάζοντας από το σπίτι μου. Εξάλλου, αυτό είναι διαφορετικό. Ποτέ δεν κόψαμε ο ένας τον άλλον.

"Μην παίρνεις τα πράγματα τόσο σοβαρά. Είναι απλά μια φάση.

"Φάση ή όχι, τα τραύματα της κόρης μου είναι σοβαρά". Της λέω για το τελετουργικό.

"Ίσως η Μαντλέν να υπερβάλλει", λέει. Ή μήπως εννοεί εμένα;

"Δυσκολεύομαι να τους εμπιστευτώ.

"Πρέπει να τους εμπιστεύεστε", λέει. "Είναι καλά κορίτσια".

Ένας από αυτούς σαφώς δεν είναι. "Δεν νομίζεις ότι η Μπρι είναι διαταραγμένη; Λέω.

"Όχι ακριβώς. Προέρχεται από σταθερή οικογένεια. Και η Μαίρη είναι αφοσιωμένη μητέρα".

Είμαι μπερδεμένος. Ψάχνω να βρω ένα στοιχείο στις γνώσεις μου για την ανατροφή της Μπρι. Σαν να διαβάζει τις σκέψεις μου, η Μπέθανι λέει: "Έχει έναν αδελφό με σοβαρή αναπηρία".

Αυτό θα μπορούσε να την κάνει να αναζητήσει την προσοχή, αλλά η δικαιολογία της αναπηρίας στην οικογένεια είναι πολύ βολικό στήριγμα για να κρεμάσει κανείς μια διεστραμμένη και κακόβουλη φύση. Λέω στη Μπέθανι ότι είμαι κουρασμένη και κλείνω το τηλέφωνο.

Τίποτα δεν αλλάζει. Η Μαντλέν, κατσούφης όπως πάντα, αποσύρεται στο δωμάτιό της, ενώ περιστασιακά περνάει μέσα από το σπίτι στο ψυγείο και το μπάνιο. Περνάει κάθε Σαββατοκύριακο στο σπίτι της Κέιτλιν. Έχω αρχίσει να φοβάμαι το απόγευμα της Παρασκευής. Προσποιούμαι ότι την αποδέχομαι, προσπαθώ να ξεχάσω με ποιον είναι μαζί της και προσποιούμαι ότι χαίρομαι που θα την ξαναδώ στο σπίτι τη Δευτέρα. Προσπαθώ να υιοθετήσω τις κοινοτοπίες των άλλων μητέρων. Όταν τους μιλάω, είμαι μετρημένη, προσπαθώντας να μην φαίνομαι ενοχλημένη. Αλλά δεν μπορώ να ζωγραφίσω χωρίς να δω την πλάτη της Μαντλέν. Αναβάλλω την έκθεση, σκάβω τον μισό κήπο και πλέκω το μπροστινό και το πίσω μέρος τριών γιλέκων μέχρι το μηρό.

Είναι Τετάρτη απόγευμα όταν η Μαντλέν περνάει κουτσαίνοντας από μπροστά μου με τη σχολική της στολή, πηγαίνοντας στο ψυγείο.

"Τι συμβαίνει; Λέω.

"Τίποτα. Βάζει ένα ποτήρι κόκα κόλα, καταπίνει το μισό και γυρίζει να κλείσει την πόρτα του ψυγείου. Το πόδι της χτυπάει τη σχολική της τσάντα που βρίσκεται δίπλα στο παγκάκι. Ανατριχιάζει.

"Χτύπησες το πόδι σου. 'Ασε με να ρίξω μια ματιά'.

"Όχι!

Όχι; Μαντλέν, επιμένω!'

Γονατίζω στο πάτωμα της κουζίνας και τραβάω την κάλτσα της.

'Αφήστε με ήσυχο!'

Αντιστέκομαι στην επιθυμία να χαστουκίσω τη γάμπα της και αντ' αυτού κρατάω σταθερά τον αστράγαλό της. Ουρλιάζει. Είναι μια οξύθυμη κραυγή. Σύντομα ακολουθούν δάκρυα και το σώμα της υποχωρεί.

"Πρέπει να καθίσεις", λέω απαλά, τραβώντας την προς μια καρέκλα. Της βγάζω το παπούτσι και την κάλτσα, αποκαλύπτοντας μια μελανιά τόσο μεγάλη που απλώνεται με θαμπό μπλε χρώμα στο μισό πρησμένο πόδι της. Ανασαίνω. 'Πρέπει να μου πεις πώς συνέβη αυτό'.

Με βλοσυρό κλειστό στόμα, κοιτάζει το πόδι της. Περιμένω. Δεν θα προδώσει τους φίλους της. Τότε, με το βλέμμα της ακόμα σταθερά καρφωμένο στο πάτωμα, λέει με επίπεδη, χωρίς συναίσθημα φωνή: "Κουνήσαμε το σχολείο και πήγαμε στης Κέιτλιν, ενώ η Κάρεν ήταν στη δουλειά. Για τα γενέθλια της Μπρι".

"Δεν κάνεις σχολείο για τα γενέθλια κάποιου. Το ξέρεις αυτό.

"Ήθελε περισσότερο από το αίμα μου. Έτσι, μου έχωσε μια σύριγγα στο πόδι.'

"Τι;!

"Ήθελε το αίμα μου για έναν πίνακα που ετοιμάζει. Είναι μια εργασία για το μάθημα.

"Σε χρησιμοποιεί σαν πειραματόζωο".

"Όχι, δεν είναι! Η φωνή της Μαντλέν υψώνεται αμυντικά.

"Τότε γιατί δεν έβαλε τη σύριγγα στον εαυτό της;

Δεν απαντά. Τελικά λέει: "Λοιπόν, δεν πήρε καθόλου από το αίμα μου. Προσπαθούσε για αιώνες. Γι' αυτό το λόγο το πόδι μου είναι μελανιασμένο".

"Μαντλέν! Θα μπορούσε να σε είχε σκοτώσει!'

"Δεν με νοιάζει.

"Δεν με νοιάζει;! Εμένα με νοιάζει!'

Είναι αδιαπέραστη. Είναι μαζοχιστής; Πρέπει να δώσω ένα τέλος σε αυτό, αλλά ακόμα και καθώς σχηματίζω τις λέξεις ξέρω ότι είναι αντιπαραγωγικές. Σου απαγορεύω να περάσεις άλλο ένα Σαββατοκύριακο στης Κέιτλιν ή να περάσεις χρόνο με αυτά τα κορίτσια εκτός σχολείου. 'Αφήστε τους να βρουν άλλο θύμα.'

"Προσπάθησε να με σταματήσεις.

Το επόμενο πρωί, μόλις η Μαντλέν βγει από το σπίτι, τηλεφωνώ στο σχολείο. Το τηλεφωνικό κέντρο με συνδέει με τον υποδιευθυντή, τον κ. Τουίντι. Βάζω την επαγγελματική μου φωνή, αυτή που χρησιμοποιώ για να μιλάω σε ιδιοκτήτες γκαλερί, και του λέω τι συνέβη.

"Ίσως θα έπρεπε να καλέσω την αστυνομία και να κατηγορήσω το κορίτσι για επίθεση".

"Η Μαντλέν θα πρέπει να συνεργαστεί", λέει με μονότονη φωνή. "Θα μπορούσατε να σκεφτείτε τη διακοπή της εκπαίδευσης της κόρης σας".

"Μου τελειώνουν οι επιλογές, κ. Τουίντι.

"Λυπάμαι, Τζουντ", λέει, ακούγοντας κάτι σαν συμπάθεια. "Δεν μπορώ να κάνω τίποτα. Τα γεγονότα συνέβησαν έξω από το χώρο του σχολείου".

Η απογοήτευση που νιώθω με κάνει να αναδιπλώνω. "Πρέπει να υπάρχει κάτι που μπορείς να κάνεις.

"Μπορώ να βάλω τα κορίτσια σε τιμωρία για κοπάνα".

Απίστευτος, τον ευχαριστώ για τον κόπο του και κλείνω το τηλέφωνο.

Η Μαντλέν φτάνει στο σπίτι της οργισμένη. "Πώς τολμάς να τηλεφωνείς στο σχολείο!", μου φωνάζει, με το κοκκίνισμα των μάγουλών της να διαπερνά το χλωμό μακιγιάζ της. Τρέχει στο δωμάτιό της.

Χτυπάω την πόρτα της, αλλά δεν ανοίγει. Κάτω από τον βροντερό θόρυβο της μουσικής της ακούω κρότους και χτυπήματα.

Μια ώρα αργότερα εμφανίζεται στην κουζίνα, με μια φουσκωμένη ταξιδιωτική τσάντα περασμένη στον αριστερό της ώμο. "Μετακομίζω", λέει.

Χαλαρώνω μέσα. 'Χρειάζεσαι να σε πετάξω κάπου;'

"Η Κάρεν θα με πάρει.

Αισθάνομαι ξαφνικό μίσος για την Κάρεν. Σαν να είναι κατά κάποιο τρόπο συνυπεύθυνη, με την αναλγησία της, στην εσκεμμένη αυτοκαταστροφή της κόρης μου. Όταν ακούω το αυτοκίνητό της να σταματάει, βγαίνω βιαστικά από την κουζίνα. Η Μαντλένέχει ήδη βγάλει το πιάνο της από την μπροστινή πόρτα. Την κλείνει πίσω της χωρίς να κοιτάξει πίσω.

Ανεβαίνω το διάδρομο και μπαίνω στο υπνοδωμάτιο της Μαντλέν. Ένας ακατάστατος σωρός ρούχων καλύπτει ολόκληρο το κρεβάτι. Ζώνες, κασκόλ, πουλόβερ και τζιν κρέμονται από μισάνοιχτα συρτάρια. Ετοιμάζομαι να συμμαζέψω όταν παρατηρώ την πάνινη κούκλα της πεσμένη μπρούμυτα στο πάτωμα. Θέλω να κλάψω. Αλλά τα δάκρυα δεν έρχονται. Θέλω να εκσφενδονίσω κάτι εύθραυστο σε έναν τοίχο και να ακούσω το ράγισμα και το θρυμματισμό. Αλλά δεν το κάνω. Πηγαίνω στο στούντιό μου. Επιλέγω τους σωλήνες με το μπλε, το πράσινο και το λευκό που χρειάζομαι για τα φύλλα του δέντρου μου. Παίρνοντας το παλιό μου κουτάλι για αυγά από κόκαλο, νιώθω παράξενα ήρεμη. Δεν θα το έλεγα ευεξία, περισσότερο ένα είδος ένοχης ανακούφισης. Το σπίτι ξορκίζεται από την καταιγίδα που είναι η κόρη μου.

Εν συντομία.

Μια εβδομάδα αργότερα μου τηλεφωνεί στο κινητό της. "Μαμά. Μετακομίζω πίσω στο σπίτι. Μπορείς να έρθεις να με πάρεις;

"Πού είσαι;

"Της Κέιτλιν. Η Κάρεν δεν με αφήνει να παίξω το πιάνο μου. Λέει ότι είναι πολύ δυνατά".

"Μπορείς να παίξεις ήσυχα.

"Δεν παίζω ήσυχα.

Όχι, δεν θα παίξει ήσυχα. Βάζω την τσάντα μου στην τσάντα μου, παίρνω τα κλειδιά του αυτοκινήτου και βγαίνω από την πόρτα.

Σε συνέχεια του "Είναι απλά μια φάση", το "Το Τρολl" αφηγείται την ιστορία της εμπλοκής μιας αλλοπρόσαλλης κόρης με έναν κακότροπο φίλο. Βασισμένη σε χαλαρή βάση στη δική μου εμπειρία ως μητέρα, η ιστορία αυτή συμπεριλήφθηκε στη βραχεία λίστα του λογοτεχνικού περιοδικού *Overland* πριν δημοσιευτεί στην αρχική ομάδα των οκτώ διηγημάτων αυτής της συλλογής. Το "Το Τρολ" αποτελεί επίσης τη βάση για την παράλληλη αφήγηση στο σκοτεινό μυθιστόρημά μου, *Ένα τέλειο Τετράγωνο* .

ΤΟ ΤΡΟΛ

Δεν ήταν η καλύτερη δουλειά μου. Κάτω από τον θόλο, η χαμηλή βλάστηση από φτέρες που κρέμονταν από το ποτάμι ήταν αρκετά ευχάριστη, αλλά τίποτα στον πίνακα δεν με τράβηξε. Πήρα το παλιό οστέινο κουτάλι μου και έβαλα κίτρινη ώχρα στην άκρη του μπολ του, ελπίζοντας ότι οι ανταύγειες στην όχθη του ποταμού θα βοηθούσαν. Το τηλέφωνο χτύπησε. Έτρεξα στην κουζίνα με το κουτάλι σφιγμένο ανάμεσα στα δόντια μου και σήκωσα το ακουστικό με τον αντίχειρα και τον δείκτη.

"Εγώ είμαι.

Είχα εβδομάδες να ακούσω νέα από την κόρη μου. Όχι από τότε που μετακόμισε για να ζήσει με τον φίλο της. Δεν είχε σήμα στο τηλέφωνο, ούτε χρήματα για πίστωση, προφανώς. Αυτός ο παιδικός δεσμός χτύπησε στην καρδιά μου. "Μαντλέν! Το κουτάλι έπεσε στο πάτωμα, σκορπίζοντας ένα ίχνος μπογιάς στην πόρτα ενός ντουλαπιού.

"Μας διώχνουν", είπε. "Ο Ζολ ξέχασε να πληρώσει το ενοίκιο και ο μαλάκας ο γείτονας παραπονέθηκε πάλι για το θόρυβο".

"Ω...

Ήξερα τι ερχόταν.

"Μπορούμε να μετακομίσουμε μαζί σου; Δεν θα είμαστε πρόβλημα. Μπορούμε να μείνουμε στο τροχόσπιτο. Δεν θα μας βλέπεις σχεδόν καθόλου.

Ίσως όχι, αλλά θα τους άκουγα. "Θα πρέπει να το σκεφτώ", είπα, προσπαθώντας να μην ακουστώ απότομος. "Θα σε ξαναπάρω.

"Σε παρακαλώ, μαμά. Δεν θα είναι για πολύ. Μόνο μέχρι να βρούμε άλλο μέρος.

Ήθελα να πω όχι. Ήθελα τη Μαντλέν πίσω. Φυσικά και το ήθελα. Αλλά δεν ήθελα να διευκολύνω τον φίλο της. Από τη στιγμή που τον γνώρισα, τα ένστικτά μου επαναστάτησαν. "Εντάξει Μαντλέν", είπα με όλη τη ζεστασιά που μπορούσα να συγκεντρώσω.

Την ημέρα που μετακόμισαν, έφτασα αργά στο σπίτι μετά από μια πρεμιέρα στο Κέντρο Τεχνών με μια ζεστή λάμψη στην κοιλιά μου. Κόκκινες κουκίδες είχαν τοποθετηθεί στους τοίχους της έκθεσης δίπλα και στους πέντε πίνακές μου, καθένας από τους οποίους ήταν μια παραλλαγή της όχθης του ποταμού βαθιά στο τροπικό δάσος πίσω από το σπίτι μου. Η λάμψη έσβησε τη στιγμή που άνοιξα την πόρτα του αυτοκινήτου και άκουσα εκείνο το γνώριμο γκρινιάρικο τείχος θορύβου που ξεχύθηκε από το τροχόσπιτο. Ο θόρυβος διαπέρασε το ξύλινο υπόστεγο και το συμπαγές τούβλινο γκαράζ, εκρήγνυται μέσα μου με τη βία ενός πεδίου μάχης. Αναγκάστηκα να μην χτυπήσω την πόρτα του τροχόσπιτου και κατευθύνθηκα προς το σπίτι, λαχταρώντας ξαφνικά το ποτήρι κρασί που περίμενα στη γιορτή, τώρα ως ανακούφιση από το άγχος.

Η κουζίνα μύριζε ελαφρά *Lynx* με ιδρώτα. Ένα κουτί πίτσας και άδεια κουτιά UDL και φτηνό μπέρμπον με κόκα κόλα γέμιζαν την άκρη του κανονικά ακατάστατου πάγκου μου. Έτσι, λοιπόν, θα γινόταν η οικιακή μου ζωή, κατακλυσμένη από death metal, junk-food και αλκοολούχα υπολείμματα. Έφτασα κάτω από τον πάγκο για τον κάδο ανακύκλωσης, όταν η ΜαντλένΜαντλένπέρασε δίπλα μου πηγαίνοντας προς τον νεροχύτη. Πήρε ένα ποτήρι από την πλάκα αποστράγγισης.

"Γεια", είπε χαρούμενα.

Μου ήρθε στο μυαλό ότι θα έπρεπε να είχα ξεχειλίσει με καλωσορίσματα. Αυτό δεν θα έκανε μια στοργική μητέρα; Αλλά το μόνο που κατάφερα ήταν ένα αδιάφορο, "Εγκαταστάθηκες;".

"Είναι πολύ ωραίο", είπε, αδιαφορώντας για το χάος που ήδη δημιουργούσε στη ζωή μου. Ό Ζολ ξεπακετάρισε τα πράγματά του και πήραμε την παλιά τηλεόραση από το δωμάτιό μου για το Xbox του'.

Xbox; Πόσο χρονών ήταν; "Σχολείο αύριο;" είπα.

'Ναι. Και ο Ζολ παίρνει το λεωφορείο για τη δουλειά.

"Είναι ακόμα παιδί για τα καροτσάκια τότε;

"Είναι ο διευθυντής.

"Από καροτσάκια σούπερ μάρκετ.

'Λοιπόν; Μην τον κρίνεις. Κάνει τα K Mart και τα Coles. Είναι μια υπεύθυνη δουλειά.

"Είμαι σίγουρος ότι είναι.

Στεκόταν μπροστά μου, πιο αδύνατη απ' ό,τι θυμόμουν, προκλητική όπως πάντα, από την κορυφή ως τα νύχια μαύρη.

"Καληνύχτα Μαντλέν. Χαμογέλασα. "Είναι υπέροχο να σε έχουμε σπίτι.

Μια μαργαριταρένια ομίχλη κρεμόταν χαμηλά στην κοιλάδα. Τα βουνά στον δυτικό ορίζοντα κοκκίνιζαν στο ρόδινο φως της αυγής. Έβαλα το μπουρνούζι μου πιο κοντά στο λαιμό μου και περίμενα να εκκενώσουν την κουζίνα η Μαντλέν και ο Ζολ. Καθισμένη σε μια πολυθρόνα στο σαλόνι, άκουγα ακόμα το σφύριγμα από το MP3 player του Ζολ, ένα τενεκεδένιο σφύριγμα.

"Μαμά! φώναξε η Μαντλέν. "Πού είναι το μέλι;

"Είναι μέσα..." άρχισα να λέω και μετά πήγα στο ντουλάπι να της το φέρω. Ο πάγκος της κουζίνας ήταν στρωμένος με μπολ, πιάτα, βρώμικα μαχαίρια, μισή φρατζόλα ψωμί ολικής άλεσης, ζαμπόν, τυρί και υπολείμματα λαχανικών σαλάτας.

"Θα πάρετε και γεύμα μαζί σας; Είπα δυνατά στον Ζολ, προσπαθώντας να μην κοιτάξω τη σειρά από σκουλαρίκια κάτω από το κάτω χείλος του.

Κούνησε το κεφάλι του ελαφρώς προς τη μία πλευρά σε μια κίνηση που έμοιαζε με "όχι".

"Φυσικά όχι. Θα αγοράσεις κάτι από το εμπορικό κέντρο". Τι θα αγόραζε; Ένα χάμπουργκερ', είπα, σαν να αποφάσιζε για λογαριασμό του.

Γκρίνιαξε με ένα μισό νεύμα που μόλις και μετά βίας κούνησε τα λεπτά, βαμμένα μαύρα μαλλιά που ήταν πεσμένα στους ώμους του. Όχι αρκετά μαλλιά για να κρύψουν το πάχος του λαιμού του. Έγειρε τον ογκώδη κορμό του πίσω στον πάγκο δίπλα στη Μαντλέν, κοιτάζοντάς την επίμονα. Εκείνη τύλιξε τα σάντουιτς της, με ένα αμήχανο χαμόγελο στο πρόσωπό της. Απομακρύνθηκα. Ήταν τόσο κοντά της. Δεν φαινόταν σωστό να είναι τόσο κοντά της.

Δέκα λεπτά αργότερα, με τη Μαντλέν στο πλευρό του, τον παρακολουθούσα να ανηφορίζει το χωματόδρομο προς την πύλη. Ένας ογκόλιθος άντρας με μπότες μέχρι το γόνατο, με χοντρές σόλες πλατφόρμας, αγκράφες και αλυσίδες. Είχε ένα περπάτημα που κυλιόταν, κουνούσε τα χέρια του και κούτσαινε. Αναμφίβολα δυσκολευόταν από την προσπάθεια να σηκώσει τα πόδια του. Τι είδε σ' αυτόν;

Έπρεπε να είχα πάει στο στούντιό μου. Είχα ένα σωρό παραγγελίες για τοπία και μια επικείμενη έκθεση. Αλλά ήμουν αφηρημένος. Έπρεπε να κοιτάξω μέσα στο τροχόσπιτο. Και ήμουν κατάπληκτος με τον εαυτό μου. Δεν είμαι μητέρα που κατασκοπεύει. Ποτέ δεν εισέβαλα στον χώρο της Μαντλέν, δεν διάβασα το ημερολόγιό της, δεν έψαξα τα περιεχόμενα του φορητού της υπολογιστή. Ποτέ. Θα ήταν προδοσία. Αλλά και πάλι, δεν την κατασκόπευα. Κατασκόπευα αυτόν.

Ανοίγοντας την πόρτα του τροχόσπιτου, ήρθα αντιμέτωπη με την αιθέρια μυρωδιά του γυαλιστικού δέρματος. Οι κουρτίνες ήταν τραβηγμένες. Άναψα το φως και μπήκα μέσα. Η τηλεόραση της Μαντλέν ήταν σκαρφαλωμένη στο ηλεκτρικό της πιάνο. Ρούχα, DVD και η κονσόλα Xbox του Ζολ ήταν πεταμένα στο πάτωμα. Ακραία μεταλλικές αφίσες - Burzum, Cannibal Corpse, Cradle of Filth- με φώναζαν από κάθε σπιθαμή του τοίχου. Τρελό, στυλιζαρισμένο αίμα. Δεν μπορούσα να τις πάρω στα σοβαρά. Ούτε και την αφίσα του Νικ Κέιβ που είχα στο πίσω μέρος της πόρτας του δωματίου μου στην ηλικία της Μαντλέν. Ο Νικ Κέιβ, ένα αμήχανο παιδί με αγκαθωτή αχτένιστη φαλάκρα, επαναστατικό με το μπλουζάκι του "μισώ κάθε μπάτσο". Η μητέρα μου το απεχθανόταν. Για εκείνη, αυτό ήταν ακραίο.

Το περιεχόμενο του τροχόσπιτου με άφησε ανενόχλητο. Ώσπου τράβηξα πίσω την πόρτα με τις κονσερτίνες που χωρίζει το υπνοδωμάτιο. Κρεμασμένα από το κουρτινόξυλο, απέναντί μου σε μια καλά τακτοποιημένη σειρά, ήταν τέσσερα ζευγάρια χειροπέδες, δύο μεταλλικοί σφιγκτήρες κρεμασμένοι από μια αλυσίδα, ένα δερμάτινο μαστίγιο με πλεξούδα, ένα κολάρο σκύλου με καρφιά και ένα περίεργο χαλινάρι. Δίπλα στο κρεβάτι ήταν ακουμπισμένο ένα σπαθί σαμουράι. Στο κέντρο του κρεβατιού, ελαφρώς τσαλακωμένο, ένας δερμάτινος λουστρίνι κορσές. Μια δίνη απέχθειας και τρόμου ρουφούσε τα σωθικά μου. Μήπως η κόρη μου ερεθίστηκε από αυτό; Τράβηξα την πόρτα με τις κονσερτίνες, κλώτσησα την κονσόλα Xbox του Ζολ από το δρόμο μου και βγήκα παραπατώντας έξω.

Δεν μπορούσα να αποκαλύψω ότι ήμουν εκεί μέσα. Δεν θα συγχωρούσε την εισβολή. Τώρα ήμουν υποχρεωμένος να διατηρήσω την προσποίηση. Αλλά η προσπάθεια να μην ασχοληθώ με αυτό το τρολ και τα φετίχ του ήταν το μεγαλύτερο βάρος απ' όλα. Είπα στον εαυτό μου ότι η συλλογή του Ζολ ήταν απλώς ένα εξάρτημα της υποκουλτούρας του. Ίσως δεν ήθελε να κάνει κακό στη Μαντλέν. Ίσως. Αλλά πού ήταν τα όριά του; Είχε όρια;

Η Μαντλέν ήταν στο τροχόσπιτο και έκανε τα μαθήματά της. Είχε να ολοκληρώσει μια εργασία αξιολόγησης για τα Μαθηματικά για προχωρημένους. Ο Ζολ ήταν σκυμμένος πάνω από το φορητό του υπολογιστή στο σαλόνι, το μόνο μέρος του σπιτιού που ήταν σε εμβέλεια του μόντεμ. Καθόταν στον καναπέ μου για το μεγαλύτερο μέρος κάθε απογεύματος εδώ και εβδομάδες, ένα μεγαθήριο που καταλάμβανε το χώρο μου. Χάιδευε την επιφάνεια του ποντικιού με τον δείκτη του χοντρού, τριχωτού δεξιού του χεριού. Τα νύχια του ήταν στρογγυλεμένα. Ήταν αδύνατο να τον συμπαθήσεις. Τον φανταζόμουν στο εμπορικό κέντρο, να προεδρεύει πάνω από τα καροτσάκια με τα ψώνια. Φανταζόταν την ανησυχία των αγοραστών, την ξαφνική τους προτίμηση στα καλάθια. Αισθανόμενος ότι τον κοιτούσα επίμονα, κοίταξε ψηλά.

"Πώς πάει; Είπα, προσπαθώντας να φανώ ευγενικός.

"Στέλνω email στη μητέρα μου", είπε και κοίταξε πάλι κάτω, απομακρύνοντας την οθόνη του φορητού υπολογιστή από το οπτικό μου πεδίο.

Στέλνει email στη μητέρα του; Μου το είπε χθες

και προχθές. Εκπλήσσομαι που έχει καν μητέρα. Έχω στο μυαλό μου ότι τον κάλεσαν από την κόλαση.

Το επόμενο πρωί, είδα τη Μαντλέννα πηγαίνει στην πύλη χέρι-χέρι με τον Ζολ. Ο φορητός υπολογιστής του ήταν ακόμα συνδεδεμένος στον τοίχο πίσω από τον καναπέ. Το πράσινο φως κάτω από το ποντίκι τρεμόπαιζε. Δεν το είχε κλείσει. Ενοχλημένος από την κατανάλωση της ηλιακής μου ενέργειας, ενεργοποίησα την οθόνη. Πήγα με το ποντίκι προς το εικονίδιο "εκκίνηση" όταν παρατήρησα ένα παράθυρο που δεν ήταν κλειστό. Έκανα κλικ στη γραμμή εργασιών. Αμέσως ευχήθηκα να μην το είχα κάνει. Μια γυναίκα, μόλις έφηβη, κρεμασμένη από τους καρπούς της από την οροφή ενός γκαράζ, γυμνή, μελανιασμένη, αιμορραγώντας, ούρλιαζε πίσω από ένα φίμωτρο. Άνδρες, πλήρως ντυμένοι με τζιν και φανελένια πουκάμισα, κοίταζαν και χλεύαζαν. Δύο από τους άντρες της τράβηξαν τα πόδια της ανοιχτά και ένας άλλος, με το τζιν του γύρω από τους αστραγάλους του, εισέβαλε μέσα της. Αυτό σήμαινε να στέλνει email στη μητέρα του; Να κατεβάζει πορνό με βιασμούς. Στο σαλόνι μου!

Κατακράτησα την παρόρμηση να πετάξω τον φορητό υπολογιστή από τον πίσω φράχτη. Το άφησα ακριβώς όπως το βρήκα, πήρα τα κλειδιά του αυτοκινήτου μου και πήγα στην πόλη. Θα πήγαινα στη βιβλιοθήκη, στην γκαλερί, σε μια καφετέρια, στο πάρκο, οπουδήποτε εκτός της εμβέλειας των αρρωστημένων διαστροφών του Ζολ.

Η Μαντλέν περπάτησε στο χωματόδρομο και χτύπησε το κινητό της. Όσο πλησίαζε, τόσο πιο γρήγορα χτυπούσε η καρδιά μου. Έπρεπε να μάθω αν ήξερε. Αν δεν το ήξερε, τότε ίσως να ήταν αρκετός λόγος για να τον παρατήσω. Αν το ήξερε, τότε δεν ήμουν σίγουρη ότι ήθελα κανέναν από τους δύο στο σπίτι μου. Την αντιμετώπισα τη στιγμή που μπήκε στην πόρτα της κουζίνας. Με ακολούθησε στον καναπέ. Χάιδεψα το ποντίκι για να ενεργοποιήσω την οθόνη.

"Είναι πορνογραφικό", είπε ξεκάθαρα.

"Ξέρεις γι' αυτό;

Δεν απάντησε.

"Είναι αηδιαστικό, Μαντλέν. Ποιος άντρας φέρεται έτσι σε μια γυναίκα, ακόμα κι αν είναι μόνο υποκριτής;

"Δεν είναι ηθοποιία. Είναι αληθινό".

"Αληθινό!" Κοίταξα κατευθείαν στο πρόσωπό της. "Είναι άρρωστο! Χριστέ μου, Μαντλέν! Γιατί ο Ζολ βλέπει αυτή τη βρωμιά;'

"Λέει ότι πρέπει να το προσέχει. Είναι το μόνο πράγμα που τον εμποδίζει να βιάζει γυναίκες στην πραγματική ζωή".

"Και είσαι εντάξει με αυτό;

Απέφυγε το βλέμμα μου, σήκωσε τους ώμους της σε ένα σκυθρωπό ανασήκωμα των ώμων και πήγε στην κουζίνα. Την ακολούθησα. "Μην απομακρύνεσαι από μένα".

"Η αξιολόγηση των μαθηματικών μου πρέπει να γίνει αύριο", είπε απορριπτικά. "Πάω στο τροχόσπιτο".

Δεν μπορούσα να συγκρατηθώ. Ότο τροχόσπιτο; Πώς μπορείς να κάνεις εργασίες εκεί μέσα; Είναι θάλαμος βασανιστηρίων!

Γύρισε προς το μέρος μου. "Δεν έχεις κανένα δικαίωμα να πας εκεί μέσα.

Όχι, σωστά; Αυτό είναι το σπίτι μου. Τι δικαίωμα έχεις να κρεμάσεις χειροπέδες,

μαστίγια, σφιγκτήρες και ό,τι άλλο είναι αυτό το χαλινάρι από τις κουρτίνες μου;

"Χειροπέδες; Γέλασε μαζί μου, κοροϊδευτικά.

"Είναι ένα φίμωτρο με δαχτυλίδι. Ο δακτύλιος κρατάει το στόμα σου...

"Δεν θέλω να ξέρω! Είναι άσεμνο.'

"Δεν είναι τίποτα σπουδαίο.

'Δεν είναι τίποτα σπουδαίο;! Είσαι τρελός;

"Αγαπώ τον Ζολ και με αγαπάει. Τα υπόλοιπα δεν σε αφορούν".

Άρπαξε τη σχολική της τσάντα, άνοιξε την πόρτα της κουζίνας και την έκλεισε πίσω της. Το μυαλό μου στριφογύρισε. Είχα παρατραβήξει τα πράγματα; Πάντα ήταν ευμετάβλητη, έβγαινε με σφιγμένες γροθιές και το κάτω χείλος μπροστά. Δεν μπορούσα να ανεχτώ να την χάσω ξανά τώρα. Θα την παρηγορούσα, θα την καθησύχαζα, θα προσπαθούσα να την εξευμενίσω, αλλά ποτέ δεν θα επέτρεπα σε αυτό το θηρίο του φίλου μου. Οι προτιμήσεις του Ζολ δεν ήταν μόνο αποκλίνουσες, αλλά και τρομακτικές. Πού οδηγούσε την κόρη μου; Είχα μια ακατανίκητη επιθυμία να μιλήσω σε κάποιον άλλο ενήλικα. Αλλά ποιος; Τη μητέρα μου; Δεν μπορούσα να της μιλήσω γι' αυτό. Στον πατέρα της; Δεν θα τον ενδιέφερε. Δεν έχει ενδιαφερθεί ακόμα. Ένιωσα ξαφνικά και εντελώς μόνη.

Μια εβδομάδα αργότερα, ο πίνακας στο καβαλέτο μου με κοίταζε και απαιτούσε την προσοχή μου. Αναζητώντας έμπνευση, ξεφύλλισα τα σκίτσα στο γραφείο μου. Τίποτα δεν με τράβηξε. Το μυαλό μου είχε κατακλυστεί από εικόνες πορνό με βιασμούς και το περιεχόμενο του τροχόσπιτου. Ο κόμπος στην κοιλιά μου, παρών από την ημέρα που μετακόμισαν η Μαντλέν και ο Ζολ, ήταν τώρα τόσο σφιχτός που έκαιγε. Ήθελα να χτυπήσω κάτι, οτιδήποτε. Αντ' αυτού έκλεισα την πόρτα του στούντιο πίσω μου και βγήκα έξω.

Η νύχτα ήταν κρύα και θυελλώδης. Τα φύλλα της ασημένιας σημύδας έσκαγαν στις σχισμές των βράχων που πλαισίωναν το πλακόστρωτο της αυλής. Ανέβηκα το βοτσαλωτό μονοπάτι που οδηγεί μέσα από μια συστάδα χαμηλών θάμνων στο τροχόσπιτο, σταματώντας σε ένα μικρό τετράγωνο γκαζόν πριν το φτάσω. Η Μαντλέν και ο Ζολ ήταν εκεί μέσα, αλλά δεν μπορούσα να ακούσω τη μουσική τους να ουρλιάζει μέσα από τους τοίχους του τροχόσπιτου. Πλησίασα πιο κοντά. Σύντομα άκουσα φωνές, του Ζολ θυμωμένες και δυνατές, της Μαντλέν κοφτές και αμυντικές. Οι φωνές τους ήταν υπόκωφες. Δεν μπορούσα να καταλάβω τα λόγια τους που έπεφταν σε γρήγορη διαδοχή. Τότε ο Ζολ βρυχήθηκε. Ακούστηκε ένα ουρλιαχτό, ένας γδούπος και το τροχόσπιτο ανατρίχιασε. Έτρεξα προς τα εμπρός. Καθώς άνοιξα την πόρτα του τροχόσπιτου, ο Ζολ όρμησε δίπλα μου. Η Μαντλέν ήταν ξαπλωμένη στο πάτωμα, με τα χέρια της να καλύπτουν το πρόσωπό της.

"Τι συμβαίνει;

"Με χτύπησε", φώναξε.

"Ω, Μαντλέν! Γιατί;" Η απάντησή της δεν θα είχε σημασία. Ποτέ δεν υπάρχει δικαιολογία. Την πήρα στην αγκαλιά μου.

"Προσπαθούσα να του διδάξω άλγεβρα", μουρμούρισε. 'Πέντε x ίσον δέκα. Απλά δεν μπορούσε να το καταλάβει".

"Είναι πολύ αφηρημένο γι' αυτόν.

Της χάιδεψα τα μαλλιά. Απομακρύνθηκε από μένα και αποκάλυψε το πρόσωπό της, αποκαλύπτοντας ένα κόκκινο σημάδι κάτω από το αριστερό της μάτι. "Μα είναι εύκολο", είπε. "Για να βγάλεις το Χ διαιρείς το δέκα με το πέντε".

Έκανα παύση. "Πρέπει πρώτα να ξέρει τι σημαίνει ισότητα".

Της έπιασα το χέρι, κάνοντάς της νόημα να έρθει

μαζί μου στο σπίτι, αλλά εκείνη απομακρύνθηκε. "Πρέπει να μείνω μόνη μου", είπε.

Περπατούσα στο πάτωμα του σαλονιού, μπρος-πίσω από την πολυθρόνα με την πλάτη προς το τζάκι. Να τηλεφωνήσω στην αστυνομία; Αλλά αυτό θα την απομάκρυνε. Ένιωθα ανίσχυρη και έξαλλη ταυτόχρονα. Έπρεπε να μιλήσω σε κάποιον. Σε απόγνωση τηλεφώνησα στον πατέρα της. Άκουσε, σιωπηλά. Μετά είπε: "Μάλλον δεν ήθελε να την πληγώσει".

Πώς θα μπορούσατε να χτυπήσετε κάποιον χωρίς να θέλετε να τον πληγώσετε; Φαινόταν συμπονετικός για τον Ζολ. "Πρέπει να κάνω κάτι για να το λύσω αυτό", είπα, θέλοντας τουλάχιστον να είναι με το μέρος μου.

"Τότε βάλτε τους σε πρόγραμμα διαχείρισης θυμού".

Επικοινώνησα με το κοινοτικό κέντρο υγείας, έκλεισα ραντεβού με έναν σύμβουλο και έπεισα τη Μαντλέν και τον Ζολ να παρευρεθούν.

Την ημέρα του ραντεβού τους οδήγησα στην πόλη και τους περίμενα σε μια καφετέρια.

Μια ώρα αργότερα η Μαντλέν ήρθε προς το μέρος μου, έξαλλη.

"Πού είναι ο Ζολ;

Πήγε για πίτσα. Πήγαινέ με σπίτι.

"Δεν θα έπρεπε να περιμένουμε;

"Μπορεί να περπατήσει.

"Πώς πήγε;

"Ήταν σκατά. Καθόταν εκεί και έδειχνε σαν σκυλάκι και παραπονιόταν ότι τον έκανα να νιώθει άσχημα για τον εαυτό του. Ο σύμβουλος έλεγε συνέχεια ότι δεν πρέπει να τον υπονομεύω. Είπε ότι βλάπτω την αυτοεκτίμησή του".

Ήμουν σιωπηλός, ελπίζοντας με τη δύναμη της

Δήμητρας ότι θα τερμάτιζε τη σχέση. Ότι η εξυπνάδα της, η κοινή λογική, η υπερηφάνεια ή η αυτοεκτίμησή της θα νικούσαν αυτό το πράγμα μέσα της που ονόμαζε αγάπη. Αλλά ο Ζολ είχε υποσχεθεί να μην την ξαναχτυπήσει ποτέ. Και τον πίστεψε. Αν τον ανάγκαζα να φύγει, θα ακολουθούσε. Τουλάχιστον όσο ήταν στο σπίτι μου θα μπορούσα να προσπαθήσω να την προστατέψω.

Συνυπάρχουμε, τρία όντα βυθισμένα σε διαφορετικούς κόσμους. Ο Ζολ στις εικονικές πραγματικότητες του Xbox και του κυβερνοχώρου, αγνοώντας την επίδραση που έχει η διαφαινόμενη παρουσία του στο σπίτι. Η Μαντλέν στην εξάσκηση πιάνου και στην επανάληψη για τις εξετάσεις της στο τέλος της χρονιάς. Κουρασμένη, αποτραβηγμένη και ματαιωμένη από πονοκεφάλους, στομαχόπονους και ένα μόνιμο συνάχι. Κι εγώ, στο στούντιό μου. Στο καβαλέτο, η σκηνή του τροπικού δάσους έχει σχεδόν ολοκληρωθεί. Και τώρα ο πίνακας με τραβάει μέσα του. Όχι τα μεγαλοπρεπή μαννακόδεντρα που επισκιάζουν τις φτέρες των δέντρων ή οι γρανιτένιοι ογκόλιθοι που πλαισιώνουν το ποτάμι. Η σκοτεινή βλάστηση έχει γίνει ένας υπόκοσμος όπου δεν μπορώ να μην δω, στα ίχνη των γραμμών και των σκιών, ένα άσχημο, απειλητικό τρολ.

ΚΑΤΑΧΡΑΣΤΈΣ

Τα "Απολιθώματα" ξεκίνησαν τη ζωή τους το 2012, ενώ βρισκόμουν σε περιοδεία για το βιβλίο της αρχικής ομάδας των οκτώ ιστοριών αυτής της συλλογής, και αποτελούν τη βάση για ένα από τα θέματα του "*Δέντρου του Δράκου*", της λογοτεχνικής μου ερωτικής ιστορίας που διαδραματίζεται στα Κανάρια Νησιά. Τα "Απολιθώματα" είναι μια φανταστική ιστορία που βασίζεται σε πραγματικές εμπειρίες από ένα σπίτι στο οποίο έζησα κάποτε.

ΑΠΟΛΙΘΏΜΑΤΑ

Όταν το πύρινο στέμμα του ήλιου πέφτει πίσω από την κορυφογραμμή, είναι τότε που η απώλεια καίει πιο έντονα; Όταν στοιβάζεις σε ένα πιάτο έναν όγκο osso bucco και συνειδητοποιείς ότι έχεις μαγειρέψει πάλι για δύο. Ή όταν το ένα πιάτο στεγνώνει στην τάβλα και σταματάς, με την κοιλιά γεμάτη καρδιά άδεια, αναρωτιέσαι τι να κάνεις μετά.

Το πρώτο αστέρι έλαμψε στον δυτικό ουρανό. Έμεινε δίπλα στο νεροχύτη, η καρδιά της επιθυμούσε αγάπη, όχι την τοξική αγάπη που είχε γνωρίσει, μια αγάπη που δεν ήταν κατάλληλη για διάθεση με συμβατικά μέσα.

Αφήνοντας το μοναχικό της πιάτο, περιπλανήθηκε στο σαλόνι, αγνοώντας πεισματικά τη συλλογή των περιοδικών του που ήταν στοιβαγμένα δίπλα στην μπροστινή πόρτα. Αύριο ήταν η μέρα των σκουπιδιών; Πάντα έβγαζε τα σκουπίδια. Μακάρι να μπορούσε να μαζέψει τις αναμνήσεις της σε σακούλες και να τις βάλει κι αυτές στα σκουπίδια- να έβλεπε τις τσιμπίδες να αρπάζουν τον κάδο και το αδιάφορο φορτηγό να κατηφορίζει στο λόφο.

Κάθισε δίπλα στη φωτιά, παρακολουθούσε τα

κάρβουνα να λάμπουν και σκεφτόταν ότι μπορεί να αναδιατάξει τα έπιπλα, ίσως να βάψει τους τοίχους. Δεν τρόμαζε εύκολα, αλλά υπήρχε μια συγκεκριμένη ατμόσφαιρα εδώ από τότε που μετακόμισε. Το να οργανώσει το σπίτι θα τη βοηθούσε να τον ξεχάσει κι εκείνη- να σφραγίσει κάτω από κάποια εξαγνιστική κρούστα το μελίσσι των τρελών του λόγων.

Ως παιδί έψαχνε για απολιθώματα στα ασβεστολιθικά βράχια της παραλίας, γοητευμένη από τη ζωή που έζησαν αυτά τα αρχέγονα θαλάσσια πλάσματα, θαυμάζοντας τα μικρά τους σώματα που ήταν χαραγμένα στο βράχο. Επέστρεφε στην οικογενειακή καλύβα της οικογένειάς της χαρούμενη και ικανοποιημένη και φορτωμένη με πέτρες. Η μητέρα της κοιτούσε πάντα με καχυποψία. Ήταν μια λεπτοκαμωμένη γυναίκα που κατέβαλε κάθε δυνατή προσπάθεια για να κάνει την Ανν θηλυκή με κορδέλες και κορδόνια. Τίποτα δεν λειτούργησε. Με την πάροδο του χρόνου, η παραίτηση αντικατέστησε την επιθυμία της μητέρας της να πλάσει και εκείνη δεν έκανε κανένα σχόλιο, όσο περισσότερο μπορούσε να κάνει, όταν η Ανν γράφτηκε σε πτυχίο γεωλογίας στο Monash. Ο πατέρας της, επιστήμονας και ο ίδιος, ήταν ευχαριστημένος. Η Ανν ήταν το αγόρι που λαχταρούσε και δεν είχε ποτέ. Γι' αυτόν, το κοριτσάκι του ήταν εξίσου ικανό με κάθε αγόρι, αν του δινόταν η κατάλληλη ενθάρρυνση.

Γνώρισε τον Andrew στην πανεπιστημιούπολη. Εκείνη εργαζόταν σε μεταδιδακτορική έρευνα στο επιστημονικό κέντρο και εκείνος εργαζόταν σε ένα εργαστήριο σε ένα άλλο μέρος του ίδιου κτιρίου. Προσπερνώντας την στο διάδρομο ένα ηλιόλουστο απόγευμα, την έπιασε στο μάτι και της έκλεισε το μάτι. Ψηλός και λεπτός άντρας με ιδιαίτερα μακρύ βήμα, απέπνεε ενέργεια και αποφασιστικότητα.

Ένας γεωλόγος και ένας γενετικός μηχανικός- η ένωση ήταν ελαττωματική στον πυρήνα της. Ωστόσο, εκείνη τον αγαπούσε και εκείνος την αγαπούσε.

Θαύμαζε τα σγουρά κόκκινα μαλλιά του και τα περίεργα μάτια του.

Ο όποιος ρομαντισμός υπήρχε μεταξύ τους εξαφανίστηκε την ημέρα που μετακόμισε. Πάνε τα παρατεταμένα του χτυπήματα στην πλάτη της. Πάνε τα τρυφερά βλέμματα και οι γλυκοί έπαινοι, πόσο γοητευτική την έβρισκε, πόσο πανέμορφη, πόσο αδύνατη. Συνήθιζε να ακούει, να ασχολείται, να σέβεται τις απόψεις της. Αλλά αυτή η πλευρά του εξατμίστηκε πιο γρήγορα από τον αιθέρα, βυθίστηκε κάτω από την ενοχλητική σκιά του εγωισμού του.

Θα έπρεπε να κατηγορήσει τον εαυτό της; Διότι είχε βρει την επιστήμη του αποτρόπαια από την πρώτη στιγμή- η σκέψη του να εγχέει σε ένα κύτταρο παρασιτικό DNA, να αναγκάζει το κύτταρο να γίνει πιο σκληρό, πιο ανθεκτικό στην καταστροφή, να κατασκευάζει ένα μεταλλαγμένο φυτό που θα ήταν έξω από τα νερά του, έξω από τα νερά του οικοσυστήματος.

Ήταν η ανώτερη στάση του που ενοχλούσε περισσότερο. Οι κοινοί θνητοί έπρεπε να εμπιστεύονται τη νέα επιστήμη των θεών, με τις αυτοεκπληρούμενες προφητείες της, οι οποίες δεν ήταν λιγότερο ευφάνταστες από εκείνες ενός μάντη.

"Τουλάχιστον ταΐζω τον κόσμο", έλεγε. "Μείνετε στις πέτρες και αφήστε τη ζωντανή ύλη σε μένα".

"Με την περιορισμένη προοπτική του δοκιμαστικού σωλήνα.

Σίγουρα η πρόκλησή της δεν άξιζε την οργή του; Δεν την ενδιέφερε να θυμηθεί το υπόλοιπο εκείνης της βραδιάς, στριμωγμένη στο πάτωμα της κρεβατοκάμαρας, ενώ εκείνος χτυπιόταν κάτω.

Τα κάρβουνα μαύρισαν. Το δωμάτιο ήταν παγωμένο. Διαισθάνθηκε μια παρουσία, σαν ένα φάντασμα να συσσωρεύτηκε γύρω της. Το σπίτι δεν ήταν παλιό. Δεν υπήρχε τίποτα το γοτθικό σε ένα α-πλαίσιο από κέδρο στα προάστια. Ήταν ένα πρόσφατο είδος σκοταδιού που κατοικούσε στο μέρος.

Τυλίχτηκε στην κουβέρτα της γιαγιάς της, με τα πολύχρωμα τετράγωνα. Επιφυλακτική- ήταν κι αυτή στο έλεος του τυφλοπόντικα που έσκαβε για τα σκουλήκια της μνήμης, η απώλειά της ήταν λασπώδης σαν κατολίσθηση.

Δεν ήταν οι επιστημονικές διαφωνίες τους που προκάλεσαν αυτή την εκθετική πτώση.

Ο Άντριου κούρευε το γκαζόν, ενώ εκείνη συνομιλούσε με τον γείτονά της, τον Ρικάι, από την άλλη πλευρά του φράχτη της αυλής. Μίλησαν για την απογοήτευσή τους από την αδίστακτη υποδιαίρεση της υψηλής ποιότητας καλλιεργήσιμης γης από την τοπική κυβέρνηση και για τα σκυλιά που γαύγιζαν μια κραυγή απογοήτευσης κάθε φορά που περνούσαν τα παιδιά από το δρόμο. Καθώς ο Ανδρέας τσουγκράνιζε τα κλαδέματα και τα πετούσε στα παρτέρια, μοιράζονταν βινιέτες από τα μελοδράματα του κυλικείου του προσωπικού στους αντίστοιχους χώρους εργασίας τους.

Πήγαινε μπρος-πίσω, ξεφυσώντας και μουρμουρίζοντας στον εαυτό του.

Τον αγνόησαν.

Εκείνο το βράδυ ο Ανδρέας είχε πονόλαιμο. "Από τη δουλειά σαν σκλάβος", είπε κάτω από την αναπνοή του καθώς την προσπέρασε στην κουζίνα.

Άνοιξε και έκλεισε τις πόρτες των ντουλαπιών. Δεν ήταν η καλύτερη στιγμή για να θίξει το θέμα της προαγωγής της. Ήξερε ότι τα νέα θα τον αναστάτωναν. Χτυπούσε ακόμα τις πόρτες όταν μίλησε.

Στο πρόσωπό του δεν υπήρξε ούτε μια αχτίδα αντίδρασης. Άνοιξε ένα συρτάρι και έψαξε το περιεχόμενό του.

"Πού έβαλες τις παστίλιες για το λαιμό;

"Προσπαθώ να σου πω κάτι".

"Το άκουσα.

"Δεν είσαι ευχαριστημένος;

"Ω, αυτό είναι υπέροχο, γλυκιά μου", είπε με μια φωνητική ειρωνεία.

Βρίσκοντας τις παστίλιες στην τσέπη του σακακιού του, επέστρεψε στο σαλόνι.

Αργότερα, όταν ο ήλιος είχε δύσει και εκείνη δούλευε πάνω σε μια ερευνητική πρόταση, μπήκε στο γραφείο της, στάθηκε από πάνω της και τη ρώτησε: "Τι είπες στον Ρικάι;".

"Πολλά πράγματα.

Ήταν μπερδεμένη. Ένιωσε τον θυμό να ξεσπά μέσα του.

"Είπες ότι εσύ είσαι ο κύριος βιοπαλαιστής. Ότι ο μισθός σου πλήρωνε την υποθήκη και τους λογαριασμούς".

"Δεν είπα κάτι τέτοιο", είπε, με το δικό της θυμό να αυξάνεται σε άμυνα.

"Μην το αρνείσαι. Σε άκουσα.

"Με άκουσες λάθος.

"Με κατηγορείτε ότι είμαι ψεύτης;

"Όχι.

"Τότε τι είπες;

"Δεν θυμάμαι.

"Επιλεκτική μνήμη ε; Δεν μπορώ να πιστέψω ότι λες τέτοιες μαλακίες.'

Κούνησε το ποντίκι και κοίταξε την οθόνη, με το μυαλό της να ζαλίζεται.

"Σας παρακαλώ, αφήστε με ήσυχο. Έχω δουλειά να κάνω".

"Η δουλειά σας. Δεν σκέφτεσαι κανέναν άλλον εκτός από τον εαυτό σου; Στεκόταν ακόμα από πάνω της, με τη φωνή του να είναι ένα χαμηλό, κακόβουλο γρύλισμα.

"Απλά φύγε! Προσπάθησε σκληρά να μην ουρλιάξει.

'Δηλαδή, το τελειώνεις τώρα;'

Σηκώθηκε από την καρέκλα της και τον αντιμετώπισε με την πλάτη στον τοίχο. Το βάρος δέκα χρόνων ξέσπασε σε μια μόνο λέξη: Ναι.

Το βλέμμα στα μάτια του θα μπορούσε να λιώσει την Αρκτική.

Έστρεψε το πρόσωπό του, σήκωσε μια σφιγμένη γροθιά και την εκτόξευσε στον τοίχο.

Ένιωσε τον πόνο στο χέρι της και φώναξε.

Έφυγε βιαστικά από το δωμάτιο.

Έτριψε το χέρι της. Οι σκέψεις της πήγαιναν πολύ γρήγορα. Πάρα πολλές φορές είχε κλειστεί σε εκείνη την αίθουσα του δικαστηρίου ενός γάμου, αναγκασμένη από το αίσθημα της αδικίας να υπερασπιστεί τη θέση της σε έναν οξύθυμο δικαστή. Έστειλε email στο αφεντικό της, είπε ότι η πρόταση θα αργούσε μια μέρα.

Την επόμενη ημέρα του είπε ότι ήθελε να φύγει. Ασυμβίβαστος, είπε. Μια αναντιστοιχία. Ας τον αφήσει να κατασκευάσει μια αφήγηση αψεγάδιαστης θλίψης.

Αφήνοντας την κουβέρτα της γιαγιάς μόνη της δίπλα στη φωτιά, ετοιμάστηκε για ύπνο. Η φανταστική παρουσία την ακολουθούσε από δωμάτιο σε δωμάτιο, σαν ένα κυνηγόσκυλο που είχε ανάγκη.

Σκεπασμένη κάτω από τα σκεπάσματα ήξερε ότι το φάντασμα ήταν ακόμα εκεί, αιωρούμενο πάνω της. Προσπάθησε να το διώξει.

Ανάθεμα αυτό το ταραγμένο σπίτι που μεγεθύνει τα κακώς κείμενα, την αντηχούσα βία, την ιστορία του.

Η Ντόουν άκουσε το απορριμματοφόρο να σταματάει κάπου στο λόφο. Πέταξε τα σκεπάσματα και τη χθεσινοβραδινή ανησυχία, αναπτερωμένη από την προοπτική της πλήρους οικιακής ελευθερίας, αυτής της ένδοξης απομόνωσης και της απόλαυσης της μοναχικής ζωής. Τέρμα οι μικροπρεπείς ζήλιες, τέρμα οι θερμοί καβγάδες, τέρμα.

Ήταν στο ντους όταν χτύπησε το τηλέφωνο.

"Μπορώ να περάσω να πάρω τα υπόλοιπα πράγματά μου;

Έφτασε μέσα σε μια ώρα. Άνοιξε την πόρτα πριν χτυπήσει. Φαινόταν ξαφνιασμένος, αβέβαιος για τον εαυτό του. Έλιωσε λίγο, έλιωσε ο μόνιμος παγετός, βρωμεροί ατμοί εισχώρησαν στην ύπαρξή της, θόλωσαν την ψυχραιμία της.

Την προσπέρασε και πήρε τη στοίβα με τα περιοδικά του.

"Θα φύγω από τη μέση", είπε.

"Δεν είσαι στο δρόμο μου.

Ήταν στο δρόμο της.

Εκείνο το βράδυ κάθισε στον κήπο, με τον δροσερό, ακίνητο αέρα και το γρασίδι μαλακό κάτω από τα πόδια της. Πέρα από την εμβέλεια του φαντάσματος ήταν ήρεμη, ωστόσο σκέφτηκε να καλωσορίσει τον σύντροφό της, το νέο φασματικό εξάρτημα- ίσως να απαλύνει την αγωνία του.

Ήταν αργά όταν ετοίμασε το δείπνο. Απέναντι στις τεράστιες αποχρώσεις του ήλιου που μόλις είχε δύσει, η Αφροδίτη της έκλεισε το μάτι. Εκείνη δεν της έκλεισε το μάτι. Έκοψε σε κύβους μια ντομάτα, ένα καρότο και ένα πολύ μικρό κρεμμύδι, αποφασίζοντας ότι από απόψε θα μαγείρευε για έναν.

Ο χρόνος πάγωσε πάνω από τον πόνο, αφήνοντας παγωμένες σκέψεις να χαράξουν το δικό τους μέλλον. Οι αναμνήσεις της από τον Άντριου βρίσκονταν στο κάτω ράφι του μυαλού της, με ετικέτες και ταξινομημένες σε τακτοποιημένες σειρές, χωρίς να διαφέρουν από τα απολιθώματα που γέμιζαν τη βιβλιοθήκη της.

Το "Κακή Μεγάλη Παρασκευή" είναι μια συγκινητική απεικόνιση του πώς είναι να υποφέρεις από διαταραχή μετατραυματικού στρες. Το αυτοβιογραφικό στοιχείο εμφανίζεται με τη μορφή του σκύλου της διπλανής πόρτας. Επί μήνες υπέμεινα αυτό το σκυλί που κλαψούριζε και με κρατούσε ξύπνιο τη νύχτα, και αποφάσισα να βάλω το καημένο το πλάσμα σε μια ιστορία. Το "Κακή Μεγάλη Παρασκευή", που γράφτηκε το 2010, συμπεριλήφθηκε στη βραχεία λίστα του λογοτεχνικού περιοδικού *Southerly*, προτού συμπεριληφθεί στην αρχική ομάδα των οκτώ ιστοριών.

ΚΑΚΉ ΜΕΓΆΛΗ ΠΑΡΑΣΚΕΥΉ

Ο σκύλος που είναι φυλακισμένος στο πλυντήριο της διπλανής πόρτας κλαψουρίζει, τέλεια. Μια αρμονική, σχεδόν υπερ-ηχητική, ξεφεύγει από τα όρια του θαλάμου του σκύλου, διαπερνώντας τους τοίχους της κατοικίας μου. Μια αναταραχή από χτυπήματα και στη συνέχεια μια σειρά από ρυθμικά χτυπήματα, η ουρά του σκύλου χτυπάει τους τοίχους του πλυντηρίου. "Σκάσε!" φωνάζει η φωνή του ιδιοκτήτη από το εσωτερικό του σπιτιού. Κι άλλες συμπλοκές και ο σκύλος, κάποιο είδος σπανιέλ, συνεχίζει το μελωδικό βογγητό δυσαρέσκειας.

Ένα φεγγάρι με φθίνουσα δύση φωτίζει το μαύρο του υπνοδωματίου μου. Στο φως του, τα τσαλακωμένα κλαδιά της κουτσουπιάς έξω ρίχνουν τρελές σκιές στο ξύλινο πάτωμα. Ξαπλώνω ανάσκελα στο κέντρο του κρεβατιού μου, με τα βαμβακερά σεντόνια δροσερά στο δέρμα μου, έχοντας έντονη επίγνωση της κενής έκτασης εκατέρωθεν μου. Ακριβώς πάνω από το κεφάλι μου, μια ακατέργαστη δοκός από ξύλο φτάνει στην κορυφή της οροφής του καθεδρικού ναού, όπου είναι λοξά καρφωμένη στη δοκό. Τα καρφιά με τα κοφτά κλαπέτα, τυχαία σφυρηλατημένα κατά μήκος της δοκού, πρέπει να είναι αρκετά ισχυρά για να αντέξουν το βάρος οποιουδήποτε σώματος.

Μια ξαφνική ριπή ανέμου κροταλίζει το πλαίσιο του αλουμινένιου παραθύρου στον τοίχο που βλέπει προς τα δυτικά. Η τελευταία πνοή του ήλιου. Κοιτάζω τη νύχτα αυτής της κακής Μεγάλης Παρασκευής.

Ο πατέρας μου πέθανε σήμερα.

Έλαβα τα νέα το μεσημέρι. Πέθανε στην εντατική, σε ένα νοσοκομείο κάπου στην Αδελαΐδα. Η δεύτερη σύζυγός του τηλεφώνησε στην αδελφή μου στη Nowra, η οποία μου μετέφερε τα νέα μέσω του συζύγου της. Η αδελφή μου έκανε μπάνιο όταν ο σύζυγός της τηλεφώνησε.

"Είναι αναστατωμένη;

Ήταν πολύ αναστατωμένη για να μου το πει η ίδια;

"Είναι μια χαρά.

Ωραία; Αυτή η λέξη με τρυπάει στην καρδιά. Είμαι ο ξένος στην οικογένειά μου. Η ξεκούρδιστη χορδή που το χέρι του μουσικού τύλιγε όλο και πιο σφιχτά μέχρι που έσπασα στη μέση του τραγουδιού. Η οικογένειά μου ήταν ευγνώμων. Δεν ήθελαν να με ακούσουν.

Πριν ο ήλιος εγκαταλείψει αυτή τη μέρα, ένιωσα ανακούφιση που ο πατέρας μου είχε πεθάνει. Υπήρξε για μένα αυτά τα τελευταία τριάντα χρόνια μια ηχώ ενός ψίθυρου. Η ζωντανή του παρουσία σε αυτόν τον πλανήτη εξακολουθεί να είναι πολύ αισθητή. Ήμουν πεπεισμένος ότι στην άυλη κατάστασή του δεν μπορούσε να με φτάσει. Τώρα που είναι σκοτάδι τον αισθάνομαι εδώ. Έφερε μαζί του αυτό το καταπιεστικό γέλιο. Πραγματικό, σαν να έβγαινε από τα ηχεία του στερεοφωνικού μου.

Ο σκύλος που είναι κλεισμένος στο πλυντήριο της διπλανής πόρτας γαυγίζει και κλαψουρίζει και γαυγίζει: Μια θλιβερή έκκληση προς το σύμπαν. Ξεχασμένη.

Σκέφτονται τα σκυλιά; Ξαπλωμένος στο κελί του, ο σκύλος αναλογίζεται την απώλειά του, με το σαγόνι στο πόδι, τα μάτια απελπισμένα, κοιτάζοντας το χερούλι της πόρτας, προσδοκώντας την κίνηση; Ίσως δεν γνωρίζει άλλο τρόπο ζωής. Αποκομμένο από τη γονική αγάπη κατά τη γέννηση, εγκλωβισμένο, προορισμένο να υπάρχει μέχρι το θάνατό του περιτριγυρισμένο από τη βρωμιά των ανθρώπινων ενδυμάτων. Ο μόνος σύντροφός του είναι το πλυντήριο ρούχων που ανακυκλώνει τα λερωμένα ρούχα πίσω στην καθαρότητα. Ένα μηχάνημα ανίκανο να καθαρίσει τη σκληρότητα των ανθρώπων που κυριαρχούν στη ζωή του σκύλου.

Η ξαφνική εισβολή ενός αναγκαστικού σφυρίγματος, τσιριχτού, στη συνέχεια ένα τρεμάμενο, χαμηλότονο κρότο, και κάπου στην κοιλιά μου ένα σύμπλεγμα νεύρων αντηχεί τον δικό του εκνευρισμό. Νάτο πάλι. Η γυναίκα που νοικιάζει το μπροστινό τμήμα αυτής της κατοικίας πρέπει να πλένει τα δόντια της. Καλύπτω τα αυτιά μου με τα χέρια μου. Η στέρηση της σιωπής που μου προσφέρει αυτή η παράγκα από κυματοειδή αμίαντο: Χτισμένη σε μια υπερπλήρη συνοικία φτηνών επενδυτικών ακινήτων- μια Βαβέλ από αλυσοπρίονα, χορτοκοπτικές μηχανές, ψαλίδια και στερεοφωνικά αυτοκινήτου με ενισχυμένο μπάσο.

Ακούω ξανά τον σκύλο, τη θλιβερή κραυγή του. Ο θρήνος του σκύλου κοροϊδεύει την έρημη καρδιά μου. Νιώθω δέος για την ικανότητα του σκύλου να θρηνήσει: αυθόρμητα, χωρίς αναστολές, ξεχειλίζει από το λαιμό του με υπερφυσική δύναμη.

Δεν μπορώ να νιώσω τη θλιβερή ζεστασιά της θλίψης. Πενθώ για την απώλεια κάποιου πράγματος που δεν είχα ποτέ. Εκείνης της απόλυτης εμπιστοσύνης που γεννιέται από τη γονική αγάπη.

Δεν μου λείπει ο πατέρας μου. Χάθηκε, επίσης, η προδοσία του πατέρα μου. Χάθηκε για το μυαλό μου. Αλλά το σώμα μου, τα οστά μου θυμούνται.

Την Τρίτη Ημέρα, έτσι λέει η ιστορία, από το αρχέγονο χάος σχηματίστηκαν η γη και οι θάλασσες, και υπήρχαν βουνά, λίμνες και ποτάμια, δέντρα και εύφορα εδάφη γεμάτα καρπούς και σπόρους, και όλα ήταν φυσικά, όμορφα και καλά. Την Τρίτη Ημέρα μου, όλα δεν ήταν καλά, η παρθένα γη μου βεβηλώθηκε από ένα θηρίο Κέρβερο. Πώς μπορώ να θυμηθώ, όταν, όπως λέει η ιστορία, ο χρόνος ήταν άκτιστος;

Ο σκύλος βογκάει την αλήθεια του. Εγώ θρηνώ ένα ψέμα.

Πιέζω τα χέρια μου στο εσωτερικό των μηρών μου, όπου το δέρμα είναι λείο, μαλακό και ζεστό.

'Φύγε από μπροστά μου, γαμώτο!' Μια άλλη γειτόνισσα, αυτή που βρίσκεται απέναντι από την αυλή, φωνάζει τη δυσαρέσκειά της. Είναι παγιδευμένη σε ένα κουτί από Πλανκσκληρό χαρτί μαζί με τον σύζυγό της, τρία ροτβάιλερ και ένα κουνάβι. Παραπονιέται για τη μίζερη ζωή της πάνω από τον φράχτη της αυλής της, σε μένα, σε οποιονδήποτε είναι πολύ ευγενικός για να μην ακούσει. "Σταμάτα! Βρωμερό ζώο! Προειδοποιεί το κουνάβι, τον σύζυγό της ή τα σκυλιά;

Ο ύπνος με αποφεύγει. Ανάβω τη λάμπα στο κομοδίνο. Μια κρεμώδης λάμψη πέφτει πάνω στο σημειωματάριό μου που είναι ανοιχτό πάνω στα συγκεντρωμένα έργα του Ρόμπερτ Πεν Γουόρεν και της Σύλβια Πλαθ. Χρειάστηκε κάτι περισσότερο από συναισθηματική κάθαρση, γραμμένη σε ουσιαστικά, επίθετα και ρήματα, για να παραχθεί η ποίησή τους. Είχαν αυτοπεποίθηση. Παίρνω ένα στυλό. Ο ποιητής μέσα μου μαζεύει ξύλα στη σπηλιά, κάθε ξύλο ένα τοτέμ πασαλειμμένο με το αίμα του αρχέγονου πόνου. Είναι η δουλειά μου, ο κόπος μου, αλλά δεν έχω αυτοπεποίθηση. Το μυαλό μου αρνείται να οργανώσει το ακατάστατο εσωτερικό μου. Αφήνω κάτω το στυλό, κλείνω το σημειωματάριο.

Ένα τσίμπημα στα πλευρά μου με κάνει να λαχανιάζω. Το σημειωματάριο γλιστράει από το κρεβάτι. Το στυλό χτυπάει στις σανίδες του πατώματος. Σβήνω τη λάμπα, καλωσορίζοντας το σκοτάδι, τεντώνοντας την πλάτη μου πλατιά για να αγγίξω το περίεργο κοίλωμα κάτω από το αριστερό μου στήθος. Το αποτύπωμά του. Ο πόνος υποχωρεί, αφήνοντας ένα ίχνος μνήμης.

Ένα παρατεταμένο κλαψούρισμα σκύλου, διαπεραστικό όπως πάντα, σβήνει σε ένα απαλό κλαψούρισμα.

Συγχωρούν τα σκυλιά; Ο σκύλος, ο όμηρος, φαίνεται ένα καλοκάγαθο θηρίο ανίκανο για εκδίκηση, πολύ γλυκό για να αγριέψει τον άγριο ιδιοκτήτη με τον οποίο είναι καταραμένο.

Συγχωρώ; Να συγχωρήσω την ατιμία σας; Δεν έφταιγες εσύ; Σίγουρα ήταν. Η συγχώρεση δεν ανήκει σε κανέναν. Αλλά μπορώ να δεχτώ αυτό που έκανες. Δεν έχω άλλη επιλογή. Μακάρι να μπορούσα να κλαψουρίσω, ή να ουρλιάξω, ή να κλαψουρίσω. Αλλά ο σκύλος το κάνει αυτό για μένα πολύ, πολύ καλύτερα απ' ότι θα μπορούσα εγώ ποτέ. Ο θλιμμένος θρήνος του μπαίνει σε κάθε κύτταρο της ύπαρξής μου, κατακτώντας, δημιουργώντας από το σύνολό μου, μια ελεγεία.

Οι πόρτες είναι κλειδωμένες, τα παράθυρα ερμητικά κλειστά. Οι υπολειμματικές μυρωδιές από το αποψινό γκούλας, τα μουχλιασμένα χαλιά, ο ιδρώτας μου, συγχωνεύονται σε μια ενιαία οσμή. Οικεία. Τραβάω τα σκεπάσματα κοντά, αποζητώντας την ασφάλεια του αρκουδάκι που αναζητά το μικρό αγαπημένο παιδί.

Υπάρχει ένα τρίξιμο - είμαι σίγουρη ότι άκουσα ένα τρίξιμο - δίπλα στις σκάλες. Οι χτύποι της καρδιάς μου επιταχύνονται. Η αναπνοή μου είναι ρηχή, οι αισθήσεις μου έντονες. Γυρίζω στο πλάι, τραβάω το πάπλωμα στο πηγούνι μου και κοιτάζω με ορθάνοιχτα μάτια στο σκοτάδι. Οι τρελές σκιές στις σανίδες του πατώματος τρέμουν. Είναι ο άνεμος. Πρέπει να είναι ο άνεμος.

Η ψάθινη κουνιστή πολυθρόνα κάτω από το ανατολικό παράθυρο, σκεπασμένη με ρούχα, τρέμει σαν μια παρουσία να έχει μόλις εγκαταλείψει το κάθισμα. Θάβω το κεφάλι μου κάτω από τα σκεπάσματα. Είμαι πάλι παιδί, τρομαγμένη από δαιμονικά πρόσωπα που με κοιτάζουν απειλητικά από τις κουρτίνες του υπνοδωματίου μου.

Κάτι βαρύποδο χτυπάει την υδρορροή. Ξέρω αυτόν τον ήχο. Το πόσουμ που κατοικεί στο δέντρο με τις τσίχλες έχει βρει το δρόμο του προς τη στέγη. Μπορώ να αναπνεύσω ξανά. Ψάχνω τον διακόπτη της λάμπας.

Ο σκύλος, ο φυλακισμένος, που ξυπνάει από τα ανθρώπινα βήματα στα πατώματα που ακούω μέσα από δύο τοίχους, κλαψουρίζει και το κλαψούρισμα του ανεβαίνει σε μια σειρά από θλιβερά ουρλιαχτά πριν μειωθεί και πάλι σε κλαψούρισμα.

Θεραπεύονται τα σκυλιά; Αν σκαρφάλωνα πάνω από τον φράχτη του γείτονα, έπαιρνα τον σκύλο στην εύνοιά μου, τύλιγα τα χέρια μου γύρω από την κοιλιά του και τον μετέφερα σε μια καλύτερη ζωή μαζί μου, θα υπέφερε ο σκύλος, μετατραυματικά; Θα μαράζωνε και θα κλαψούριζε αδιάκοπα, θα με κοιτούσε με μάτια σαν να μην ήταν καλά, εκλιπαρώντας με να μην τον εγκαταλείψω ποτέ; Το άγχος του θα τον έκανε άπορο, προσκολλημένο, επιρρεπή σε ξεσπάσματα πανικού, τρέμουλο και εφιάλτες;

Δεν θα κοιμηθώ ποτέ. Τίποτα μέσα μου δεν είναι ακίνητο. Κάθε κύτταρο της ύπαρξής μου τρέμει. Εικόνες στροβιλίζονται στο μυαλό μου τόσο γρήγορα που με το ζόρι προλαβαίνω να τις δω. Ζαλίζομαι. Αισθάνομαι άρρωστος. Είμαι απελπισμένη, πολύ απελπισμένη για να κοιμηθώ. Πρέπει να κοιμηθώ. Μασάω ένα υπνωτικό χάπι, σβήνω τη λάμπα και περιμένω.

Ξυπνάω. Η νύχτα μέσα στο δωμάτιό μου είναι πίσσα. Σιωπή. Ο σκύλος πρέπει να κοιμάται. Φαντάζομαι τον σκύλο, μαύρο, κουλουριασμένο στο πλακόστρωτο πάτωμα δίπλα στη γούρνα του πλυντηρίου. Παραδόξως, μου λείπουν οι θρήνοι του. Κουλουριάζομαι στη δεξιά μου πλευρά, την καλή μου πλευρά, και κυρτώνω το σώμα μου εμβρυακά.

Ένας σπλαχνικός πόνος ξεσπά από μια σχισμή βαθιά μέσα στο στήθος μου. Τα σπλάχνα μου συστέλλονται σπασμωδικά. Και βογκάω. Και κλαίω. Και ουρλιάζω.

Ψάχνω το κουτί με τα χαρτομάντιλα δίπλα στο κρεβάτι μου και σκουπίζω το πρόσωπό μου. Είμαι ένα μωρό που θέλει να αγκαλιάσει το στήθος της μητέρας του, διψώντας για την ανακούφιση του γάλακτος. Γυμνή, κατεβαίνω τις σκάλες μέσα στο σκοτάδι- ανοίγω το ψυγείο- ρίχνω γάλα σε ένα ποτήρι.

Περπατάω προς τους πρόποδες της σκάλας, ρίχνοντας το βλέμμα μου γύρω από το δωμάτιο. Μια αχτίδα φεγγαρόφωτος λάμπει μέσα από μια χαραμάδα στις κουρτίνες του σαλονιού. Στέκεται μπροστά μου. Μια κακία που δεν περιορίζεται πια από τη θνητότητά του. Ελεύθερη τώρα να κάνει οποιοδήποτε αδιανόητο κακό. Σοκ, ένας μοναδικός παλμός, με διαπερνάει. Το γάλα χύνεται στον αέρα. Παγώνω. Οι αισθήσεις μου μουδιάζουν. Πρέπει να ξανακοιτάξω. Δεν μπορώ να ξανακοιτάξω. Αναγκάζω τον εαυτό μου να ξανακοιτάξει. Δεν είναι πια εκεί.

Το γάλα λιμνάζει στα πόδια μου. Δεν μπορώ να ξεχύνω το γάλα. Μόνο στην τηλεόραση τα υγρά χύνονται πίσω στα ποτήρια. Στον πραγματικό κόσμο πιτσιλάει στους τοίχους, στάζει στα ντουλάπια, πιτσιλάει στο πάτωμα.

Σκύβοντας μπροστά στο χυμένο νερό, με το σφουγγάρι στο χέρι, είμαι και πάλι ήρεμος. Ένα άδειο, κούφιο είδος ηρεμίας. Σκουπίζω το γάλα, στύβω το σφουγγάρι και η μητέρα ηρεμεί το παιδί, διώχνει τα φαντάσματα.

Το αναστάσιμο φως της αυγής λάμπει απαλά στην κρεβατοκάμαρά μου. Ο αέρας είναι τραγανός. Τα πουλιά κελαηδούν και κελαηδούν και τριγυρίζουν στην οροφή. Τυλίγω το σώμα μου με τη ρόμπα μου και κοιτάζω έξω από το ανατολικό παράθυρο. Τα φύλλα της τσίχλας γυαλίζουν σαν φωτάκια στα κοντινά δέντρα. Σύννεφα που χαϊδεύουν το δάσος ψηλά στο βουνό.

Ανοίγω τον υπολογιστή μου. Πρέπει να κατευθύνω το μυαλό μου προς την τέχνη της γραφής πριν αρχίσει η αστική κακοφωνία της ημέρας. Πριν η δική μου αναταραχή μου αποσπάσει την προσοχή.

Δημιουργώ ένα νέο έγγραφο. Ο δρομέας πάλλεται, ρυθμικά σαν χτύπος της καρδιάς. Οι λέξεις πετούν μέσα στη φαντασία μου σαν ανεμοστρόβιλοι. Τους κάνω νόημα να έρθουν πιο κοντά, τους κάνω νόημα να εγκατασταθούν, τους κάνω νόημα να μείνουν ακίνητοι για να μπορώ να τους δω.

Ο σκύλος, ο αιχμάλωτος, ουρλιάζει. Οι γλάροι, τρομαγμένοι, εξαφανίζονται.

Διπλώνω τα χέρια μου στην αγκαλιά μου, απογοητευμένη. Πώς μπορώ να γράψω κλεισμένη μέσα σε αυτούς τους τοίχους, καταδικασμένη να υποφέρω τη θλίψη του καημένου του σκύλου;

Τα δάχτυλά μου αιωρούνται πάνω από το

πληκτρολόγιο. Και πατάω: Το σκυλί που είναι φυλακισμένο στο πλυντήριο της διπλανής πόρτας κλαψουρίζει, τέλεια.

Πριν προλάβω να γράψω άλλη λέξη, χτυπάει το τηλέφωνο. Είναι η αδελφή μου.

"Πώς αισθάνεσαι;" λέει με θέρμη.

"Παράξενο.

"Είπε να σου πω να κρατήσεις το πουλί σου ψηλά".

"Τι υποτίθεται ότι πρέπει να καταλάβω από αυτό; Λέω, νιώθοντας τη δύναμή του πιο έντονα απ' ό,τι σε όλο τον τρόμο της χθεσινής νύχτας.

"Σε αγαπάει", λέει η αδελφή μου. 'Ήθελε να ξέρεις ότι σε αγαπάει'.

Τα λόγια της με αγγίζουν αλλά δεν έχουν νόημα. Γυρίζω πίσω στον υπολογιστή μου και τον κλείνω. Ξέρω ότι δεν θα γράψω άλλη λέξη σήμερα. Θέλω να αποθηκεύσω το έγγραφο; Όχι.

Ο σκύλος είναι ήσυχος.

Δεν οδηγώ. Εγώ οδηγούσα. Το 2011 έγραψα το "Ο Θεραπευτής", μια ημι-αυτοβιογραφική ιστορία βασισμένη σε γεγονότα που έλαβαν χώρα το 2009. Όπως κι εγώ, ο πρωταγωνιστής έχει έναν καταστροφικό φόβο για την οδήγηση.

Ο ΘΕΡΑΠΕΥΤΉΣ

Βλέπω την εκκλησία, κρυμμένη πίσω από ένα θαμνώδες ανάχωμα. Τα φανάρια είναι κόκκινα. Περιμένω πρώτος στη σειρά στη μεσαία λωρίδα και βλέπω τα οχήματα να τρέχουν μπροστά μου και προς τις δύο κατευθύνσεις. Ένας παγωμένος αέρας φυσάει μέσα από το παράθυρο και ο ιδρώτας τρέχει στις μασχάλες μου.

Τα φώτα γίνονται πράσινα. Η καρδιά μου χτυπάει δυνατά. Απελευθερώνω το χειρόφρενο, αφήνω το πόδι μου από τον συμπλέκτη και οδηγώ ευθεία μπροστά. Πού είναι η είσοδος του χώρου στάθμευσης; Είναι στην άλλη πλευρά της διαχωριστικής λωρίδας. Ποιος το έβαλε εκεί; Δείχνω δεξιά στον επόμενο παράδρομο. Μια στροφή τριών σημείων, δύο αριστερές στροφές και παρκάρω έξω από την εκκλησία. Είναι ένα χαμηλό τούβλινο κτίριο με έναν πρόχειρο σταυρό καρφωμένο στον τοίχο δίπλα στις πόρτες της εισόδου.

Ήρθα νωρίς. Το πάρκινγκ είναι άδειο. Κοιτάζω την κίνηση στην εθνική οδό που αναγκάζεται να παγώσει από τα φώτα.

Πέντε λεπτά περνούν και ένα παλιό λευκό αυτοκίνητο σταματάει δίπλα μου. Μια αρκούδα άντρας με ατημέλητα μαύρα μαλλιά ανοίγει την πόρτα του αυτοκινήτου του. Παίρνω την τσάντα και τα κλειδιά μου και ανοίγω τη δική μου.

Ο άντρας στέκεται μπροστά μου, ατημέλητος με ένα κακόγουστο κοστούμι, με την άθλια τσάντα του στραβά κάτω από το ένα του χέρι. Μου απλώνει το χέρι του. "Πρέπει να είσαι η Αμέλια", λέει. Με κοιτάζει περίεργα- μετά χαμογελάει.

Είναι ένα περίεργο χαμόγελο, περισσότερο χαμόγελο, λίγο επιφυλακτικό. Με αποσυντονίζει, ένα συναίσθημα που απορρίπτω με ένα άλλο κομμάτι του εαυτού μου ως γελοίο, στα όρια της παράνοιας.

Ακολουθώ τον θεραπευτή σε ένα φουαγιέ με ξύλινη επένδυση. Μπροστά μου, μέσα από γυάλινες πόρτες, η αίθουσα της συνάθροισης είναι σπηλαιώδης. Κάτω από μια κεκλιμένη οροφή, σειρές από στασίδια αντικρίζουν το τραπέζι της Αγίας Τράπεζας με κενή ευλάβεια.

Με οδηγεί πέρα από τις γυάλινες πόρτες και κάτω από έναν διάδρομο που φωτίζεται έντονα από μία μόνο γυμνή λάμπα.

Το προπονητήριο του είναι μικρό και χωρίς χαρακτηριστικά. Βγάζει μια περιστρεφόμενη καρέκλα με μαξιλάρια κάτω από ένα ξύλινο γραφείο. Μια πλαστική καρέκλα αντικρίζει έναν λευκό πίνακα στον απέναντι τοίχο. Κάθομαι, άβολα. Ψάχνει την τσάντα του και βγάζει από τη σύγχυσή της ένα σημειωματάριο με γραμμές και ένα στυλό.

"Λέτε ότι φοβάστε να οδηγήσετε", λέει.

"Περιορίζει τη ζωή μου.

"Πες μου για τον εαυτό σου.

Με μελετάει προσεκτικά. Πώς με βλέπει; Μια ελκυστική σαρανταπεντάχρονη με μεταξένια καστανόξανθα μαλλιά ή μια ταλαιπωρημένη φουκαριάρα με μαύρα ημισεληνοειδή κάτω από τα μάτια της;

Διπλώνω τα χέρια μου στο στήθος, κοιτάζω το

πάτωμα και παίρνω μια βαθιά ανάσα. Έχω αφηγηθεί τη ζωή μου στους θεραπευτές τόσες πολλές φορές που θα έπρεπε να συντάξω κάποιο φυλλάδιο, σε μέγεθος φυλλαδίου. Σκιαγραφώ τις κακοποιήσεις της παιδικής μου ηλικίας· απεικονίζω τα cameos των γονιών μου, τον πόλεμο του γάμου τους. Ο θεραπευτής γυρίζει το στυλό του. Του λέω ότι είμαι συγγραφέας· ότι ήρθα στη Μελβούρνη για να ξεκινήσω μια νέα ζωή. Μετακινείται στη θέση του.

Όταν περιγράφω την τριάδα των καταστροφικών μου γάμων, με έναν αλκοολικό, έναν ναρκομανή, έναν μανιοκαταθλιπτικό, σηκώνει το χέρι του για να με σταματήσει. "Μην υπεισέρχεσαι σε λεπτομέρειες", λέει. 'Δώσε μου μόνο τις ημερομηνίες'.

"Οι ημερομηνίες; Είμαι μπερδεμένος.

"Όταν κάθε γάμος άρχισε και τελείωσε.

Παράξενο, αλλά κάνω ό,τι μου ζητάει. Σημειώνει τα γεγονότα της ζωής μου σε μια γραμμή χρόνου. Χρειάζονται τρία λεπτά.

"Μου αρέσει να μπαίνω κατευθείαν στο θέμα. Σου αρέσει αυτό;

Τι μπορώ να πω; Ότι η τεχνική χαρτογράφησης του στερείται παντελώς ουσίας και βάθους; Ότι δεν υποκαθιστά την αφήγηση;

Με κοιτάζει με προσοχή. "Αυτός ο φόβος της οδήγησης, πες μου περισσότερα.

Καταπνίγω την ανάγκη να κοιτάξω αλλού. "Λοιπόν, ξαφνιάζομαι με το απροσδόκητο. Ένα αυτοκίνητο που εμφανίζεται σε μια τυφλή γωνία μου προκαλεί ένα τίναγμα στην κοιλιά. Αισθάνομαι νευρικότητα όταν οδηγώ, σαν κάτι στον εγκέφαλό μου να ενεργοποιείται εν αναμονή του ακραίου κινδύνου".

Γέρνει το κεφάλι του στο πλάι. "Ο φόβος της οδήγησης δεν είναι δικό σου πρόβλημα".

"Δεν είναι;

"Είναι ένας φόβος που πηγάζει από την αδυναμία να εμπιστευτείς την κρίση σου".

Γέρνει προς τα πίσω στην καρέκλα του, με τα χέρια δεμένα πίσω από το κεφάλι του. "Το οποίο δεν είναι αβάσιμο. Έχεις κακή κρίση. Κοιτάξτε την επιλογή των ανδρών σας! Φαίνεται αυτάρεσκος, εντυπωσιασμένος από τη διορατικότητά του.

Γράφει "ΑΝΔΡΕΣ" με μεγάλα κεφαλαία γράμματα στον πίνακα, γράφει "γραφή" με μικρά γράμματα δίπλα του και κάνει κύκλους γύρω και από τα δύο. 'Κακή κρίση'. Γράφει τις λέξεις στον πίνακα δίπλα στο κυκλωμένο 'ΑΝΔΡΕΣ'.

Σκέφτομαι το διάγραμμά του. Κι αν έχει δίκιο; Όχι κακή τύχη ή μοίρα, αλλά ένα λάθος, ένα ελάττωμα, μέσα μου.

Δείχνει τον πίνακα. "Η γραφή είναι η διαφυγή σας".

Απόδραση; Είναι τρελός αυτός ο τύπος; Νιώθω καλά όταν γράφω. Είναι η μόνη στιγμή που νιώθω ολοκληρωμένη. Γράφοντας; Απόδραση; Ο τρόπος μου να τρέχω και να κρύβομαι από τα προβλήματά μου; Δεν μπορώ να κάνω καλές κρίσεις αν επιλέξω να μείνω σε αυτό το κομμάτι του εαυτού μου που είναι δημιουργικό; - Αυτή είναι η λογική του.

Φεύγω απογοητευμένος. Το κεφάλι μου πονάει και οι ώμοι μου είναι σκληροί. Το φως της ημέρας χάνεται. Η κίνηση στον αυτοκινητόδρομο έχει πυκνώσει σε μια βρυχώμενη, αναβλύζουσα μάζα μετάλλων. Τρίβω τα χέρια μου στο τζιν μου και γυρίζω το κλειδί στη μίζα. Ξεκινάμε.

Μια εβδομάδα αργότερα κάθομαι στο αυτοκίνητό μου έξω από την εκκλησία. Είμαι πάλι νωρίς. Δεν είμαι καν σίγουρος γιατί είμαι εδώ. Νομίζω ότι είναι η απελπισία. Είμαι απελπισμένος να διορθωθώ.

Όταν φτάνει ο θεραπευτής, νιώθω την ανακούφιση που έρχεται όταν δεν με στήνουν.

Ξεκλειδώνει την πόρτα της εκκλησίας και με οδηγεί στο άδειο εσωτερικό της. Τον ακολουθώ στο διάδρομο προς το δωμάτιό του.

"Πώς ήταν η εβδομάδα σου, Αμέλια;" λέει.

Θέλοντας να φανώ θετικός, αναφέρω το μοναδικό ευχάριστο γεγονός στις κατά τα άλλα βαρετές και μοναχικές επτά ημέρες μου. Τελικά όλα πήγαν καλά. Ήπια μερικά ποτά με έναν άνδρα στο πάρτι ενός γείτονα. Προσφέρθηκε ευγενικά να επισκευάσει τον υπολογιστή μου".

Ο θεραπευτής γυρίζει το πρόσωπό του προς το μέρος μου, σηκώνει τα φρύδια του και λέει: "Τον φλέρταρες;".

"Απόλαυσα την παρέα του. Αγνοώ μια φωνή που μου λέει να αλλάξω θέμα. Ήρθε την περασμένη Δευτέρα και πήρε τον υπολογιστή. Επέστρεψε μαζί του, χθες το βράδυ. Τι γενναιόδωρος άνθρωπος. Δεν ήθελε να πληρωθεί".

Ο θεραπευτής διεκδικεί την περιστρεφόμενη καρέκλα, διπλώνει τα χέρια του στην αγκαλιά του και με κοιτάζει κατάματα. "Έκανες σεξ μαζί του;

"Όχι", απαντώ αγανακτισμένη.

Όχι σεξ ε; Γι' αυτό ήρθε. Έτσι είναι οι άντρες.

Με κοιτάζει από πάνω μέχρι κάτω. Κοκκινίζω.

"Ακόμα και η υποψία του σεξ είναι αρκετή για έναν άνδρα. Πιθανότατα πήγε στο σπίτι και αυνανίστηκε με τις εικόνες σου στο μυαλό του".

Τη μια στιγμή αναδιπλώνομαι. Την επόμενη είμαι απίστευτος. Είναι άντρας: Μιλάει για τον εαυτό του;

"Αν έκανα σεξ με έναν άνδρα επειδή έφτιαξε τον υπολογιστή μου", λέω με έμφαση, "θα ένιωθα σαν πόρνη".

"Αυτό πιστεύει ένα μέρος σου. Υποψιάζομαι ότι υπάρχει ένα άλλο κομμάτι σου με τη δική του ατζέντα.

Κάνω μια παύση, σκεπτόμενος. Όντως φλέρταρα. Ακολουθώ μια παρόρμηση να εξομολογηθώ. "Αυτό θα ήταν το κομμάτι του εαυτού μου που αποκαλώ Scarlet".

"Scarlet;

"Φοράει ένα μακρύ κόκκινο φόρεμα και μια αγκαθωτή κορώνα και τρέχει ξυπόλητη μέσα σε κάστρα".

"Αλήθεια;" Δείχνει να τον ιντριγκάρει.

"Ήρθε σε μένα στα όνειρα. Όταν την πρωτογνώρισα, ήταν δολοφονικά θυμωμένη".

"Αυτό δεν με εκπλήσσει. Πες μου περισσότερα.

"Μου λείπει, αλλά εδώ και χρόνια είναι σιωπηλή. Χωρίς αυτήν αισθάνομαι βαριεστημένος και άψυχος. Και τώρα επέστρεψε. Νιώθω το πάθος της μέσα μου, που με κρατάει ξύπνιο τη νύχτα'.

Ο θεραπευτής κουνάει το κεφάλι του. "Το Scarlet δεν ήταν ποτέ αδρανές. Λειτουργεί παρασκηνιακά. Αυτή είναι η αιτία της κακής σας κρίσης".

Κι αν έχει δίκιο; Αισθάνομαι τόσο αδύναμη από την προσπάθεια να βρω τη δύναμή μου που δεν μπορώ να διαφωνήσω μαζί του. Πρέπει να είμαι περισσότερο χάλια απ' ό,τι νόμιζα.

Σχεδιάζει στον πίνακα ένα φροϋδικό μοντέλο του Εγώ, του Υπερεγώ και του Εγώ. Το διακριτικό, λέει, είναι το Σκάρλετ. Γράφει "Σκαρ-λετ" δίπλα στο "Id" και κυκλώνει το όνομα γύρω-γύρω με μαύρο χρώμα.

"Το πρόβλημά σας", επιμένει με διεισδυτικό βλέμμα, "είναι η Σκαρ-λετ, το δυσλειτουργικό σας είδωλο".

"Δεν είναι δυσλειτουργική.

"Φλερτάρει.

Πιστεύεις ότι αυτό την κάνει τσούλα; Δεν είναι έτσι. Είναι...

Σηκώνει ένα δάχτυλο λογοκρισίας. "Μην προσπαθείς να δικαιολογήσεις την κακή σου κρίση".

"Τι; Με παρεξήγησες.

"Όχι, δεν το έχω κάνει. Δεν με αμφισβητείς; Έχω δίκιο.

"Αλλά...

"Εγώ έχω δίκιο και εσύ έχεις άδικο. Χτυπάει τα χέρια του και λέει: "Απλά αποδέξου το".

Πηδάω. Ο προηγούμενος σύζυγός μου με έκοψε στη μέση της πρότασης. Και είχε πάντα δίκιο.

Ο θεραπευτής γέρνει πίσω στην καρέκλα του. "Κοίταξέ με!

Τον κοιτάζω.

"Τώρα ακούστε!

Ακούω.

"Αν δεν προχωρήσετε σε μακροχρόνια ψυχανάλυση, τα επόμενα είκοσι χρόνια θα είναι τα ίδια με τα προηγούμενα".

Κοιτάζω αλλού.

Μην κοιτάς αλλού! Θα σου το ξαναπώ.'

Κοιτάζω και ακούω, θορυβημένος. Είμαι τόσο μπερδεμένος;

Η πόρτα της εκκλησίας κλείνει πίσω μου. Ρίχνω μια ματιά πίσω. Μέσα από ένα τζάμι βλέπω τον θεραπευτή να απομακρύνεται μέσα στο κατανυκτικό σκοτάδι. Σταγόνες βροχής πιτσιλίζουν σε ρηχές λακκούβες στην άσφαλτο. Ψάχνω τα κλειδιά μου που είναι θαμμένα στο ανακατεμένο εσωτερικό της τσάντας μου και τρέχω προς το αυτοκίνητό μου. Βάζω μπροστά τη μηχανή, τσακίζω τον μοχλό ταχυτήτων στην όπισθεν και αφήνω τον συμπλέκτη. Το αυτοκίνητο τραντάζεται προς τα πίσω.

Φρενάρετε, πατήστε το συμπλέκτη, βάλτε το μοχλό ταχυτήτων στην πρώτη θέση, αφήστε το συμπλέκτη και επιταχύνετε. Σφίγγω το τιμόνι και οδηγώ αργά προς το δρόμο. Τα οχήματα τρέχουν προς τα φανάρια με όλη την απειλή των δολοφόνων. Δείξτε αριστερά. Τα φώτα αλλάζουν σε κόκκινο. Ένα κομβόι αυτοκινήτων μου εμποδίζει την έξοδο. Περιμένω. Τα φανάρια γίνονται πράσινα. Ένας άντρας σε ένα φορτηγάκι με αφήνει να βγω. Μια χορωδία πόνων στους ώμους, το λαιμό και το κεφάλι μου ενώνεται με έναν διαπεραστικό πόνο στην κοιλιά μου. Πρέπει να συγκεντρωθώ στο δρόμο, αλλά η φωνή του θεραπευτή δεν με αφήνει ήσυχο. Βγάζει έλκος στη συνείδησή μου σαν καρκίνος.

Στις εννέα η ώρα ανοίγω την τηλεόραση. *Οι Ηνωμένες Πολιτείες της Τάρα* είναι στο ABC. Η Σκάρλετ είναι άλτερ; Ίσως έχω κι άλλες μεταμορφώσεις; Θα μπορούσα να έχω διαταραχή πολλαπλής προσωπικότητας και να μην το ξέρω; Ίσως χρειάζομαι πραγματικά ψυχανάλυση.

Παρανοϊκός, μπαίνω στο Διαδίκτυο για να διερευνήσω το κόστος. Θα χρειαστεί να νοικιάσω μια μονάδα στο κέντρο της Μελβούρνης για να παρακολουθήσω τις υποχρεωτικές τέσσερις συνεδρίες την εβδομάδα. Θα πρέπει να εγκαταλείψω την προτίμησή μου για τους ήρεμους, αγροτικούς χώρους. Θα πρέπει να εγκαταλείψω το γράψιμο και να αφιερώσω τον χρόνο μου αποκλειστικά στη θεραπεία και στο να κερδίσω τα χρήματα για να την πληρώσω. Βρίσκω έναν κατάλογο ψυχαναλυτών και στέλνω email στον καθένα.

Τις επόμενες ημέρες, τα εισερχόμενά μου γεμίζουν με απαντήσεις. Όλοι οι ψυχαναλυτές δεν είναι διαθέσιμοι. Εκτός από έναν, ο οποίος προτείνει να συναντηθούμε στα δωμάτιά του. Στο Πάρκβιλ. Στο Πάρκβιλ! Αυτό είναι πέρα από το κέντρο της πόλης. Το σπίτι μου είναι στο Dandenong Ranges, στα εξωτερικά όρια της Μελβούρνης. Η απόσταση μεταξύ των δύο είναι επική. Αλλά αυτό είναι σημαντικό. Είναι σαν να πας στο δικαστήριο ή να υποβληθείς σε χειρουργική επέμβαση. Δεν είναι κάτι που μπορώ να αποφύγω. Ο θεραπευτής έχει δίκιο. Τα επόμενα είκοσι χρόνια της ζωής μου δεν μπορούν να εξελιχθούν όπως τα προηγούμενα.

Καλώ τον αριθμό που αναφέρεται στο email. Ένας

ώριμος άνδρας με απαλή, μορφωμένη φωνή με ενημερώνει ότι έχει διαθέσιμο ραντεβού αύριο. Ακόμα και καθώς επαναφέρω το ακουστικό, το άγχος μου δημιουργεί κόμπους στα σωθικά μου. Βγάζω τον οδικό κατάλογο από μια βιβλιοθήκη και σχεδιάζω τη διαδρομή. Ποιος είναι ο καλύτερος δρόμος; - Ο αυτοκινητόδρομος ή η εθνική οδός; Σαν κοράκι επιλέγω τον αυτοκινητόδρομο. Σχεδιάζω έναν χάρτη λάσπης με μεγάλα γράμματα και τον κολλάω σε ένα πρόχειρο. Πόση ώρα θα πάρει το ταξίδι; Το Google Maps λέει μια ώρα. Καλύτερα να υπολογίσω τρεις ώρες.

Σηκώνομαι νωρίς, τραβάω τις κουρτίνες της κουζίνας και ακουμπάω στο παράθυρο. Τα νεφελώδη σύννεφα αιωρούνται πάνω από τα δέντρα. Έξω, ο αέρας είναι ακίνητος και δροσερός. Μακάρι να ήμουν.

Το πρωινό είναι μια προσπάθεια. Πρέπει να πλύνω το στόμα μου με νερό για να καταπιώ κάθε μπουκιά τοστ. Είμαι σε μια ενσύρματη έκσταση. Στο ντους, στο ντύσιμο, στις πολυάριθμες επισκέψεις μου στην τουαλέτα, το σώμα μου μοιάζει να κινείται από μόνο του.

Πηγαίνω στο αυτοκίνητο τρέμοντας. Μπορώ να το κάνω αυτό; Κρυφοκοιτάζω πάνω από τον φράχτη της γειτόνισσάς μου για να δω αν είναι σπίτι. Μπορεί να έρθει μαζί μου. Το πάρκινγκ της είναι άδειο. Γαμώτο. Υπάρχει χρόνος να προλάβω το τρένο; Κοιτάζω το ρολόι μου. Όχι, δεν υπάρχει.

Θα οδηγήσω. Μπορώ να το κάνω αυτό. Είναι ένας ευθύς δρόμος προς την πόλη. Θα υπάρχουν πολλά φανάρια, αλλά ξέρω πώς να φρενάρω, να αλλάζω ταχύτητα και να προχωρώ: Έχω δίπλωμα οδήγησης. Έχω απομνημονεύσει τις λωρίδες στις οποίες θα πρέπει να βρίσκομαι για να κάνω τις στροφές μου. Δεν ξέρω πού να παρκάρω, αλλά θα βρω μια θέση όταν φτάσω, όπως κάνουν οι άλλοι άνθρωποι. Βάζω τη ζώνη ασφαλείας μου, παίρνω μια βαθιά ανάσα και ξεκινάω.

Η Mountain Highway ελίσσεται κάτω από ένα στέγαστρο από πανύψηλη τέφρα. Πιάνω το τιμόνι και με τα δύο χέρια και στρίβω τη μια φουρκέτα μετά την άλλη πολύ κάτω από το όριο ταχύτητας. Μπροστά μου ένας ποδηλάτης ντυμένος με Lycra κυκλοφορεί άνετα, χωρίς να τον ενοχλεί η παρουσία μου πίσω του. Τα μάτια μου πετάγονται πέρα δώθε από τον καθρέφτη στο παρμπρίζ. Ένα λευκό τετρακίνητο αυτοκίνητο ουρλιάζει γρήγορα πίσω μου. Μείνετε ήρεμοι.

Ο δρόμος ισιώνει και διευρύνεται. Ο ποδηλάτης σταματά δίπλα σε ένα στέγαστρο λεωφορείου. Το τετρακίνητο αυτοκίνητο στρίβει δεξιά σε έναν παράδρομο. Ανακουφίζομαι. Περνάω από φανάρια, αλλάζω λωρίδα και ρίχνω μια φευγαλέα ματιά σε μαγαζιά. Στον αυτοκινητόδρομο προς τη Μελβούρνη παίρνω τη θέση μου ασφαλής στη μεσαία λωρίδα. Σύντομα διαπραγματεύομαι τις γραμμές του τραμ. Ο δρόμος στενεύει: η κυκλοφορία πυκνώνει και επιβραδύνει. Γίνομαι ένα από τα οχήματα που εισέρχονται στην πόλη.

Ανεβαίνω την οδό St Kilda Road, διασχίζω τον ποταμό Yarra και στρίβω αριστερά στην οδό Flinders Street. Φτάνω εκεί. Αναπνεύστε.

Πού είναι η οδός Ελίζαμπεθ; Γαμώτο. Την έχασα. Συνέχισε να οδηγείς. Στρίψε δεξιά στην - Τι είναι αυτό - Queen Street; - Δεν την έχω ξανακούσει. Συνέχισε να οδηγείς. Γουίλιαμ Street. Αυτό μου ακούγεται γνωστό. Δείξε. Εκεί τώρα. Αν στρίψω δεξιά στην επόμενη διασταύρωση θα βρω το δρόμο μου πίσω στην οδό Ελίζαμπεθ. Τότε θα ξέρω πού πηγαίνω. Όλα είναι καλά. Έτσι δεν λένε στη Βικτώρια; - Όλα καλά; Είμαι στην εξωτερική λωρίδα. Όλα καλά.

Πλησιάζω στη διασταύρωση και δείχνω δεξιά.

Τότε βλέπω μια πινακίδα που λέει "Στροφή με γάντζο". Τι στο διάολο είναι αυτό; - Δεν μπορώ να στρίψω δεξιά στη δεξιά λωρίδα; Πρέπει να είμαι στην αριστερή λωρίδα και να περιμένω μέχρι να περάσει όλη η κυκλοφορία, και μετά να περάσω απέναντι, μια γρήγορη βιασύνη, πριν αλλάξουν τα φώτα και με μπλοκάρουν. Τέλεια. Ποιος το σκέφτηκε αυτό; Οι παλάμες μου γλιστρούν στο τιμόνι. Τα φώτα γίνονται πράσινα. Πρέπει να συνεχίσω να πηγαίνω ευθεία μπροστά και με κάποιο τρόπο, μέσα στη ζέστη, δεσμεύομαι στην αριστερή λωρίδα αναμένοντας άλλη μια στροφή με γάντζο. Το καλό που σου θέλω να γίνει μια.

Το δωμάτιο του αναλυτή είναι μεγαλοπρεπές και κομψά επιπλωμένο. Οι μπαλκονόπορτες ανοίγουν σε ένα φερώνυμο. Ο αναλυτής, ψηλός, ξυρισμένος και άψογα ντυμένος, με κατευθύνει σε μια καρέκλα με σκάλα στο κέντρο του δωματίου. Εκείνος εγκαθίσταται σε μια άνετη πολυθρόνα στη γωνία δίπλα στα παράθυρα. Έχω επίγνωση της απόστασης που μας χωρίζει. Με παρακολουθεί, ανοιχτά, παρατηρώντας τη στάση του σώματός μου, τη συμπεριφορά μου, κάθε μου κίνηση. Νιώθω αμήχανα, ενστικτωδώς επιθυμώ να κρύψω ό,τι μπορεί να δει πάνω μου. Με ρωτάει γιατί νομίζω ότι θέλω θεραπεία.

"Έχω πολλαπλές προσωπικότητες", ξεστομίζω.

Με κοιτάζει αδιάφορα.

"Να η Σκάρλετ", λέω, ενώνοντας τα χέρια μου σφιχτά στην αγκαλιά μου. "Νιώθω διαφορετικά όταν είμαι μαζί της". Ή μήπως όταν είναι εγώ; Είναι εξωφρενική. Δεν φαίνεται να φοβάται τίποτα. Ακόμα και την ώρα που λέω τις λέξεις, αισθάνομαι τον εαυτό μου να δίνει τη θέση του σε μια τολμηρή, σκληρή αποφασιστικότητα.

Ο αναλυτής κάνει παύσεις. "Φοβάμαι ότι δεν

μπορώ να σας βοηθήσω", λέει. 'Το ημερολόγιό μου είναι κλειστό'.

Αισθάνομαι παράξενα ανακουφισμένος.

"Έχετε ερωτήσεις;

Μόνο ένα ερώτημα μου έρχεται στο μυαλό. Τι είδους ψυχαναλυτής με κάνει να κάνω τόσο δρόμο για να μου πει ότι δεν μπορεί να με δει;

Επιστρέφω στο αυτοκίνητό μου και βράζω.

Βάζω μπροστά το αυτοκίνητο και, με μια ματιά στον καθρέφτη, μπαίνω στη ροή της κυκλοφορίας. Μπροστά μου τα φανάρια γίνονται κόκκινα. Είμαι ο πρώτος στη σειρά στην εξωτερική λωρίδα. Ένας Χον με ένα αμάξι σταματάει δίπλα μου, ανεβάζοντας στροφές και κουνώντας τον συμπλέκτη του. Ρίχνω μια ματιά στο πρόσωπό του, όλο αλαζονεία, με τα ξανθά μαλλιά του σκούρα. Μια φωνή μέσα μου λέει, "Ώστε, θέλεις αγώνα". Γλιστρώντας το λεβιέ ταχυτήτων στη νεκρά, βγάζω τα σανδάλια μου και τα πετάω στην πλευρά του συνοδηγού. Με τον συμπλέκτη κάτω από το γυμνό αριστερό μου πόδι βάζω την πρώτη ταχύτητα. Παρακολουθώ τα φώτα. Το γυμνό δεξί μου πόδι αιωρείται πάνω από το γκάζι.

Οι ιδέες για το 'Γύρισα πίσω' προέκυψαν από τις εμπειρίες που είχα όταν επέστρεψα στην παλιά μου πατρίδα για να ξαναπιάσω τα νήματα της προηγούμενης ζωής μου. Οι ιδέες αυτές πήραν μορφή όταν δίδασκα τη συγγραφή διηγημάτων σε επιζώντες ενδοοικογενειακής βίας. Συχνά, τα θύματα φεύγουν και η επιστροφή είναι δύσκολη. Στη δική μου περίπτωση, τα φαντάσματα αποδείχθηκαν πολύ δυνατά και μετά από δύο χρόνια, τα πούλησα και επέστρεψα στη Μελβούρνη.

Το "Γύρισα πίσω" είναι η ιστορία της ανθεκτικότητας και της αποφασιστικότητας μιας επιζήσασας να δημιουργήσει μια νέα ζωή στην παλιά της πόλη. Όλοι οι χαρακτήρες είναι φανταστικοί και δεν βασίζονται έστω και χαλαρά σε κάποιον πραγματικό.

ΓΥΡΙΣΑ ΠΙΣΩ

Επέστρεψα. Τα ξεπακετάρισα όλα. . Λατρεύω το σπίτι. Το σπίτι μου, όχι του ιδιοκτήτη ή της τράπεζας. Και το οικοδομικό τετράγωνο είναι αρκετά μεγάλο: φράχτες, υπερυψωμένα παρτέρια και μια έκταση με γρασίδι kikuyu. Θα είμαι πολύ απασχολημένος εκεί έξω. Τέλεια. Είμαι πολύ κουρασμένος. Ευτυχία. Νιώθω έμπνευση. Καλύτερα να αγοράσω μποτάκια. Καλύτερα να γράψω μια λίστα.

Η κοιλιά μου πιέζεται στον νεροχύτη. Το τηλέφωνό μου στον πάγκο δίπλα μου. Είναι σιωπηλό. Σαρώχνω την οθόνη για να ελέγξω αν υπάρχει απάντηση στο ομαδικό μήνυμα που έστειλα νωρίτερα μέσα στην ημέρα -Βιολέτα, Κρις, Σάμι και Τζο- σκεπτόμενος ότι μέχρι τώρα κάποιος από τους φίλους μου πρέπει να έχει επικοινωνήσει μαζί μου. Δεν έχουν επικοινωνήσει. Κατεβάζω το τηλέφωνο λέγοντας στον εαυτό μου ότι πρέπει να τους δώσω χρόνο. Χρόνο για να προσαρμοστούν. Εξάλλου, έφυγα με τόση βιασύνη εκείνη την ημέρα πριν από πέντε χρόνια, και μάλλον θα έχουν αρχίσει να συνηθίζουν την επιστροφή μου.

Έχουν περάσει πραγματικά πέντε χρόνια; Με δυσκολία θυμάμαι από τι το έσκασα, εκτός από έναν τρελό άνδρα και τη γροθιά του. Αλλά και πάλι, δεν θέλω να θυμάμαι. Δεν θέλω να θυμάμαι το όμορφο σπίτι μου, την έφηβη κόρη μου, τα κατοικίδιά μου.

Η Έμιλι δεν ήθελε να έρθει μαζί μου. Είπε ότι είχε τους φίλους της και τις εξετάσεις της και γιατί να μην περιμένω να τελειώσει το σχολείο; Δεν αντέχω να σκέφτομαι εκείνη τη μέρα που έφυγα και δεν κοίταξα πίσω μου. Είναι στη Μελβούρνη τώρα. Είναι θαύμα που βρίσκομαι εδώ και τα αντιμετωπίζω όλα αυτά. Αλλά επέστρεψα.

Πηγαίνω και στέκομαι στη συρόμενη πόρτα και κοιτάζω έξω. Κανένα τερατώδες υπόστεγο ή στέγη Cape Cod δεν κρύβει τα βουνά. Οι γείτονες και από τις δύο πλευρές έχουν τις κατοικίες τους από τούβλο, που έχουν σπρώξει δυνατά προς τη μακρινή περίμετρο. Είναι και αυτοί σε διπλά τετράγωνα. Και πέρα από τη δική μου αυλή υπάρχει ένα τέταρτο του στρέμματος με το πιο πράσινο γρασίδι. Μπορεί να έχει χωροθετηθεί για κατοικία, αλλά κανείς δεν πρόκειται να το κάνει αυτό- το έδαφος είναι πολύ βαλτώδες.

Είναι ένα χωριό με τέλεια θέα. Όχι εντυπωσιακή, όπως θα περίμενε κανείς, ας πούμε, στο Isle of Skye, αλλά περισσότερο προς την κατεύθυνση του ευρωπαϊκού τσίου, αν αντικαταστήσετε το κυματοειδές σίδερο με σχιστόλιθο, την ασβεστωμένη πέτρα με σανίδα και τον ευκάλυπτο με λεύκα και οξιά. Ευχάριστο για το μάτι, τη φωτογραφική μηχανή ή το πινέλο- υπάρχουν σφενδάμια, σημύδες και λεύκες διάσπαρτες παντού, και ελιές και ροδακινιές ανακατεμένες με τσαγιόδεντρα και βούρτσες μπουκαλιών. Ένα αναπάντεχα συνεκτικό συνονθύλευμα βοτάνων. Χαίρομαι που επέστρεψα. Εδώ είναι ένας από εκείνους τους θύλακες της Αυστραλίας που αποδίδει δικαιοσύνη στη λέξη βουκολικός.

Δεν υπάρχει περίπτωση να αισθάνομαι στριμωγμένος εδώ. Ο πληθυσμός του χωριού είναι εκατόν σαράντα άτομα κατά την τελευταία καταμέτρηση. Συν ένα. Το χωριό έχει μια εκκλησία, μια αίθουσα, ένα δημοτικό σχολείο και ένα παντοπωλείο, όλα τακτοποιημένα γύρω από ένα ορθογώνιο πάρκο. Στο πάρκο υπάρχουν δέντρα, μερικά καινούργια παγκάκια και εξοπλισμός παιχνιδιού. Η πυροσβεστική υπηρεσία βρίσκεται στη γωνία της παλιάς εθνικής οδού στην περίμετρο του χωριού. Αρκετές υπηρεσίες για την ευημερία και τίποτα άλλο. Συνήθιζε να υπάρχει μια βενζινομηχανή που λειτουργούσε έξω από το παντοπωλείο, αλλά χθες όταν πήγα να ελέγξω την αλληλογραφία μου, κοίταξα την πινακίδα "εκτός παραγγελίας" που κρεμόταν στο λαιμό της και γύρισα σπίτι λίγο εκνευρισμένος που θα έπρεπε να αγοράσω καύσιμα στο επόμενο χωριό, δέκα κλικ πιο πάνω στην ακτή.

Και καλύτερα να είμαι προσεκτικός όταν το κάνω. Έλουσα τον εαυτό μου με βενζίνη καθώς ερχόμουν εδώ από το παλιό μου σπίτι. Η μέρα ήταν ζεστή και ήμουν ιδιαίτερα κουρασμένος μετά από έξι ώρες οδήγησης, και όλα τα αυτοκίνητα στα βυτιοφόρα είχαν δεξαμενές βενζίνης στην πλευρά του συνοδηγού όπως εγώ. Σταμάτησα στην πλευρά του οδηγού ελπίζοντας ότι το λάστιχο θα έφτανε. Έφτανε, αλλά όχι τόσο μακριά ώστε να κρατήσει το ακροφύσιο στην κατακόρυφο. Δεν είχα ιδέα ότι αυτό είχε σημασία, μέχρι που εξήντα τέσσερα λεπτά καυσίμου ξεχύθηκαν στο προαύλιο και πάνω μου. Στεκόμουν τραβώντας το φόρεμά μου και έλεγα, "Ω, σκατά". Και αμέσως μετά, ένας ανήσυχος άντρας έτρεξε προς τα εκεί με ένα ποτιστήρι. Ξέπλυνε μανιωδώς το προαύλιο πριν μου δώσει το δοχείο λέγοντάς μου: "Δεν θέλω να πάρεις φωτιά". Ακούγοντας αυτό μετατοπίστηκα από μια θολούρα δυσπιστίας και έχυσα το νερό στο μπροστινό μου μέρος. Μουδιασμένο κεφάλι. Στάζοντας μούσκεμα έψαξα στη βαλίτσα μου για εφεδρικά ρούχα. Έτρεξα προς τις τουαλέτες, πεπεισμένη ότι κάθε ζευγάρι μάτια στο προαύλιο ήταν στραμμένα στην πλάτη μου. Γδύθηκα και στάθηκα με τα εσώρουχα να πλένω το φόρεμά μου. Καμία ποσότητα σαπουνιού δεν κάλυπτε τη δυσωδία. Πέταξα το φόρεμα στον κάδο. Γύρισα στο αυτοκίνητό μου με ένα ξεφτισμένο μπλουζάκι και ένα χαρούμενο παντελόνι, πεπεισμένη ότι θα γινόμουν το θέμα μιας ξεκαρδιστικής και προειδοποιητικής ιστορίας: θυμηθείτε εκείνη την ηλίθια γυναίκα στο βενζινάδικο.

Αυτό το μέρος είναι πολύ μακριά από παντού και δεν μπορώ να πιστέψω πόσο μεγάλη προσπάθεια ήταν να επιστρέψω με το αυτοκίνητο. Μου πήρε πάρα πολύ χρόνο να φτάσω μέχρι εκείνο το βενζινάδικο, και μετά είχα διανύσει μόνο τη μισή διαδρομή μέσα από το δάσος στη νοτιοανατολική γωνία της Αυστραλίας. Περίπου διακόσια χιλιόμετρα ευκαλύπτων, με τα ανώτερα κλαδιά τους να ρίχνουν ένα φιλιγκράντο φωτός και σκιάς στην άσφαλτο στο τραγανό φως της ημέρας. Όταν έφτασα στην άλλη πλευρά όλου αυτού του δάσους, παραληρούσα στο τιμόνι και έκανα ό,τι μπορούσα για να συνεχίσω να οδηγώ. Περνούσα κατά μήκος μιας παράκαμψης της πόλης νομίζοντας ότι έσωσα μια απόσταση και άρχισα να αισθάνομαι ότι είχα φτάσει σχεδόν εκεί, όταν βροχή πιτσιλούσε το παρμπρίζ.

Ακριβώς μπροστά μου κρεμόταν χαμηλά ένα σύννεφο και μέσα σε λίγα δευτερόλεπτα η δεξαμενή νερού του έσκασε ακριβώς εκεί που βρισκόμουν. Έκοψα ταχύτητα στα εξήντα, μετά στα πενήντα, και έβαλα τους υαλοκαθαριστήρες στο γρήγορο, αλλά εξακολουθούσα να μη βλέπω περισσότερα από πέντε μέτρα μπροστά μου. Κι άλλα "σκατά", και έπρεπε να σπάσω το κεφάλι μου για να βρω ένα μέρος να σταματήσω. Τελικά κατέληξα να βγω από το δρόμο στη στροφή προς το βουνό. Άναψα τα φώτα κινδύνου και κάθισα στο κάθισμά μου. Αυτοκίνητα περνούσαν από μπροστά μου καλύπτοντας το παρμπρίζ μου με άγριους ψεκασμούς. Σκούπισα την ομίχλη από το παράθυρο της πλευράς του οδηγού. Νότια και δυτικά ο ουρανός ήταν καθαρός. Έστρεψα τα μάτια μου προς την κατεύθυνση του βουνού που ήταν καλυμμένο από το γκρίζο. *Μαγνήτης του σύννεφου, σκέφτηκα, για την κατάσταση αυτή φταις αποκλειστικά εσύ. Και το βουνό απλά καθόταν εκεί ως απάντηση. Έκλεισα το ένα μάτι και ευθυγράμμισα την άκρη του σύννεφου με την άκρη του καθρέφτη και σύντομα είδα ότι το φουσκωμένο θηρίο του σύννεφου δεν κουνιόταν ούτε εκατοστό. Δεν μπορούσε παρά να περιμένει, οπότε έπιασα το ψυχρό πακέτο και έφτιαξα ένα ρολό με τυρί και μαγιονέζα, ορκιζόμενος ότι ποτέ, μα ποτέ, ούτε μια φορά ξανά δεν θα έκανα μια τέτοια διαδρομή.*

Ανάθεμα την Αυστραλία, η χώρα είναι πολύ μεγάλη για τους ανθρώπους που η ζωή τους είναι συρρικνωμένη.

Πέρασε περίπου μισή ώρα και εξακολουθούσε να βρέχει δυνατά. Σκέφτηκα ότι έπρεπε να φύγω. Είχε περάσει δύο η ώρα και έπρεπε να συναντήσω τον μεσίτη και το φορτηγό της μετακόμισης στο σπίτι στις τρεις. Τώρα θα έπρεπε να είναι μια καλή στιγμή. Ηρέμησα τα νεύρα μου. Δέκα χιλιόμετρα μέσα από το ορεινό πέρασμα και σκέφτηκα ότι μόλις θα έφτανα στην άλλη πλευρά θα είχα δίκιο.

Πράγμα που συνέβη.

Λένε ότι όταν πρόκειται για τη μοίρα, τα πράγματα έρχονται σε τρία μέρη. Παρόλα αυτά, θα μπορούσα να είχα πάρει φωτιά και δεν είχα πάρει. Θα μπορούσα να είχα βγει από το δρόμο με υδροπλάνο ή να είχα χτυπήσει στο πίσω μέρος ενός φορτηγού με βοοειδή και δεν το είχα κάνει. Σκέφτηκα ότι ό,τι κι αν ακολουθούσε, ήμουν σίγουρος ότι θα το επιβίωνα.

Ξυπνάω στις πέντε με τον κήπο στο μυαλό μου. Ήξερα ότι το γρασίδι κικούγιου θα ήταν μια πρόκληση όταν αγόρασα το σπίτι, αλλά κάθε τετραγωνικό μέτρο του φαίνεται να διπλασιάζεται στο σκοτάδι. Σκέφτομαι να απλώσω όλα τα κιβώτια συσκευασίας πάνω από το επικλινές πράσινο, αλλά αποφασίζω ότι δεν θα ήταν καλή ιδέα. Ο τελευταίος μου κήπος, σκιασμένος από πανύψηλη φλαμουριά σε μια απότομη ανατολική πλαγιά, φύτρωναν μόνο πεταλούδες και βρύα. Συνήθιζα να αποκαλώ την κοιλάδα κουβά βροχής. Αυτή η κοιλάδα είναι ένας κουβάς βροχής, έλεγα, και οι άνθρωποι έγνεφαν με γνώση σαν να ήταν η φράση απόθεμα ή κάποιος νέος όρος όπως "σέλφι" και εγώ ένιωθα σαφώς μη πρωτότυπος.

Το προηγούμενο σπίτι μου ήταν σκοτεινό στο εσωτερικό του, περιτριγυρίζοντας τις αναμνήσεις μιας σχέσης που σάπιζε. Γιατί στο διάολο έπρεπε να πέσω πάνω στον Τζεφ; Έναν σύμβουλο ναρκωτικών και αλκοόλ και τον πιο ευμετάβλητο άνθρωπο που έχω γνωρίσει ποτέ.

Θα μπορούσα να είχα συνειδητοποιήσει ότι τα πράγματα δεν θα ήταν αίσια, δεδομένης της ταραγμένης ψυχικής μου κατάστασης εκείνη την ημέρα που έφτασα στο τελευταίο μου νέο σπίτι πριν από πέντε χρόνια. Το μπανγκαλόου ήταν το μόνο οικονομικά προσιτό μέρος που μπορούσα να βρω: ένα μπανγκαλόου με ένα άθλιο υπνοδωμάτιο, ένα μπάνιο και ένα πλυντήριο σε ένα. Το μόνο σωτήριο χαρακτηριστικό του ήταν η μεγάλη βεράντα που έβλεπε στον κήπο. Την ημέρα που μετακόμισα, ήμουν φορτωμένη με ένα βαρύ χαρτοκιβώτιο και έτοιμη να μπω μέσα, όταν το πόδι μου πέρασε κατευθείαν μέσα από το κατάστρωμα. Τότε ήταν που εμφανίστηκε ο Τζεφ. Νοίκιαζε το διπλανό σπίτι, ένα διώροφο σπίτι με δύο υπνοδωμάτια, και βγήκε έξω καθώς έπεφτα. Ήταν ένας εύσωμος άντρας με αμμώδη μαλλιά και μούσι και καθώς τον έβλεπα να βγάζει το πόδι μου από την τρύπα και άκουγα τους απαλούς τόνους της φωνής του, αποφάσισα εκεί και τότε ότι ήταν πανέμορφος. Η μετακόμιση, ο γδαρμένος αστράγαλος, ο μελανιασμένος γοφός και η περηφάνια, εκείνος τα φρόντισε όλα και μέσα σε λίγες μέρες βρέθηκα στο σπίτι του όσο και στο δικό μου.

Η σχέση επιδεινώθηκε γρήγορα. Πρώτα ήταν οι καθημερινές μου υποψίες για τα κίνητρα του συναδέλφου του. Η Τζέινι τον καλούσε για μια συνάντηση στο τέλος της ημέρας εργασίας επειδή είχε σχέδια γι' αυτόν. Η συζήτηση για το προσωπικό και τις αλλαγές στη χρηματοδότηση δεν ήταν ο λόγος που η Βερόνικα τον είχε καλέσει για γεύμα. Η Σούζι φρόντιζε να έχει τους δύσκολους πελάτες, ώστε να είναι εκεί με μια γούρνα γεμάτη συμπάθεια, όλο ομορφιά με τη χαμηλοκάβαλη μπλούζα της.

Αρχικά με συμπόνεσε, μου είπε ότι ήμουν δικαιολογημένη μετά από όλα όσα είχα περάσει στο παρελθόν. Μόνο όταν οι υποψίες μου στράφηκαν στην οικογενειακή μας ζωή άρχισε να απομακρύνεται. Αν κουβέντιαζε με μια γειτόνισσα, σχεδίαζε σχέση- αν αργούσε πολύ στο σούπερ μάρκετ, θα πρέπει να συναντούσε κάποιον.

Πέντε χρόνια κατηγοριών και δεν μπορούσε να με αντέξει άλλο. Είπε ότι η παράνοιά μου τον έκανε παρανοϊκό. Λες και το χαρακτηριστικό ήταν μεταδοτικό, όπως η πανούκλα.

Μετά από αυτό, τα δέντρα, ο φράχτης, ο φράχτης με εγκλώβισαν σε μια ζωή σαν κελί. Ακόμα και ένα ταξίδι για να ελέγξω την αλληλογραφία ήταν μια προσπάθεια. Μια μέρα, είχα βαρεθεί. Τα πούλησα και έφυγα, επιστρέφοντας εδώ, στον παράδεισο με όλο το καταπράσινο, ένα προσιτό μέρος που παρ' όλα αυτά ένιωθα πάντα σαν το σπίτι μου.

Αυτή είμαι εγώ που απελευθερώνομαι στα πενήντα μου, ένας ίσως-ήμουν, που κουβαλάει πολύ βάρος. Δεν είναι μια καριέρα για την οποία είμαι περήφανη. Θα μπορούσα να γίνω δασκάλα. Αλλά δεν είμαι. Ήθελα να ασχοληθώ με την κοινωνική εργασία, αλλά δεν ήταν γραφτό. Η καλύτερη δουλειά που έκανα ποτέ ήταν η ταχυδρομική αποστολή δύο φορές την εβδομάδα που εξυπηρετούσε τα αγροκτήματα της ενδοχώρας γύρω από το χωριό μου.

Η μέρα είναι ακόμα αμυδρή και όλα είναι ήσυχα όταν ακούω ένα θόρυβο νερού στο ντεπόζιτο της τουαλέτας. Αινιγματικό. Γιατί το καζανάκι της τουαλέτας κατουράει απρόσκλητα ανάμεσα στα καζανάκια; Πάω και κλείνω τη βρύση.

Κατά τη διάρκεια του πρωινού στέλνω μηνύματα στους φίλους μου, ατομικά αυτή τη φορά, ξεκινώντας με τη Βάιολετ. Σίγουρα, χαίρεται που επέστρεψα. Είναι αυτή που είπε "Γύρνα πίσω!" όταν της το ζήτησα.

Παρακολουθώ το τηλέφωνό μου ενώ τρώω. Σιωπή. Βάζω το μπολ μου στο νεροχύτη και διαβάζω το εγχειρίδιο του πλυντηρίου. Αγόρασα το μηχάνημα από το διαδίκτυο και διαβάζοντας τις οδηγίες ακούγεται καταπληκτικό. Φαντάζομαι τα ρούχα να στριφογυρίζουν μπρος-πίσω στη γυαλιστερή λευκή συσκευή. Εντυπωσιάζομαι που το μηχάνημα έχει λειτουργία οικολογικού ξεβγάλματος, που χρησιμοποιεί σαράντα τοις εκατό λιγότερο νερό. Πηγαίνω στο πλυντήριο, γεμίζω το μηχάνημα με ρούχα και σκόνη πλυσίματος και επιλέγω την κανονική πλύση με την επιλογή οικολογικό ξέβγαλμα. Στη συνέχεια ανοίγω τις βρύσες. Υπάρχει γρήγορη διαρροή και από τις δύο. Πρέπει να σφηνώσω άδεια δοχεία παγωτού μεταξύ των βρυσών και του μηχανήματος για να πιάσω τις σταγόνες.

Υποπτευόμενος το χειρότερο, δοκιμάζω τις βρύσες για το πλυντήριο ρούχων. Διαρρέουν κι αυτές. Τέσσερις βρύσες για τα πλυντήρια που στάζουν, μαζί με ένα καζανάκι της τουαλέτας που κατουράει τυχαία, και μια βρύση ζεστού νερού στο μπάνιο που είχε κλείσει τόσο σφιχτά που δεν παίζει να τη χρησιμοποιήσω. Ίσως ο προηγούμενος ιδιοκτήτης είχε λίγο χρόνο. Εγώ είμαι ευγενικός.

Γράφω στον εαυτό μου ένα σημείωμα για να καλέσω τον υδραυλικό. Όλες οι οικονομίες μου πετάγονται στον γκρεμό. Η ζωή μου στέλνει κάποιο μήνυμα; Η βενζίνη, ο κατακλυσμός στην Μπέγκα και τώρα ένα μάτσο βρύσες που στάζουν; Φαίνεται λίγο συμβολικό, αλλά δεν έχω ιδέα τι. Ίσως είναι απλά κακή τύχη. Σίγουρα δεν είναι τιμωρία. Δεν έκανα τίποτα που να το δικαιολογεί.

Ξαφνικά ξαναζώ αναμνήσεις από ένα μέρος που δεν θέλω να βρίσκομαι. Μου πέφτει το στυλό και γλιστράει στο τραπέζι.

"Εσύ φταις!" φώναξε, ακολουθώντας με στο πλυντήριο.

Είχε δίκιο. Ήταν. Είχα αφήσει κάτω το καλάθι με τα ρούχα και τον έσπρωξα και δεν έπρεπε να το κάνω ποτέ αυτό. Τον έσπρωξα και με έσπρωξε κι αυτός. Τον έσπρωξα ξανά και με κάρφωσε στον τοίχο και με χτύπησε στο πρόσωπο. Ήταν μικρόσωμος, αλλά δυνατός, και είχε μια άσχημη λάμψη στα στενά μάτια του.

Τον έλεγαν Τζακ και είχε όλα τα επαγγέλματα. Ένας άντρας με ένα κουτάκι μπύρα στο ένα χέρι και ένα τσιγαριλίκι στο άλλο, που τριγυρνούσε γύρω από τη φωτιά του βαρελιού με όλους τους άλλους τύπους σε ένα bush bash bash. Τα πήγαινε καλά με όλους, χαμογελαστός και γοητευτικός όταν ήθελε. Δεν έφταιγε ποτέ για τίποτα.

Έβαλα το χέρι μου στο πρόσωπό μου εκεί που είχε πέσει το χτύπημά του. Ακόμα νιώθω τον πόνο.

Είναι δύσκολο να περάσετε την πόρτα του πλυντηρίου με το καλάθι της μπουγάδας. Στερεώνω τα ρούχα στον ανυψωτήρα ρούχων που βρίσκεται πολύ κοντά στη λεμονιά. Με πιάνει ένα φύλλο στο πρόσωπο καθώς πηγαίνω να μαζέψω ένα λεμόνι και άλλο ένα όταν επιστρέφω στο κατάστρωμα.

Φοράω τα Blundstones μου και κατευθύνομαι προς το υπόστεγο, σκύβοντας γύρω από τον ανελκυστήρα και πατώντας στο σπογγώδες kikuyu που φτάνει μέχρι τους αστραγάλους μου. Ο προηγούμενος ιδιοκτήτης πρέπει να είχε κουρέψει πολύ ψηλά. Θα πρέπει να ξυρίσω το χορτάρι για να το ελέγξω. Αναρωτιέμαι πώς θα μπορούσε κανείς να σπρώξει το δρόμο του μέσα από ένα τόσο πυκνό γκαζόν.

Υπάρχει μια σειρά από υπερυψωμένα παρτέρια κατά μήκος του πλαϊνού φράχτη και δύο παρτέρια μεγέθους τάφου κοντά στο μαντρί με τα κοτόπουλα. Δίχτυ για τα πουλιά σχηματίζει τόξα πάνω από κάθε κρεβάτι, υποστηριζόμενο από μαύρο πολυσωλήνα και στερεωμένο με καρφιά που προεξέχουν από τους τοίχους αντιστήριξης. Θα πρέπει να προσέχω αυτά τα καρφιά όταν περνάω από εκεί. Τα κρεβάτια έμοιαζαν τακτοποιημένα στο βλέμμα του πρόθυμου αγοραστή μου. Αυτό είναι το πρόβλημα με την αγορά ενός σπιτιού μέσω διαδικτύου. Μια φωτογραφία δεν αντικαθιστά την πραγματική ζωή.

Κάτι σαν την επιλογή των ανδρών. Μόνο που με τα σπίτια είμαι σε θέση να αντιμετωπίσω τα ελαττώματα και να τα διορθώσω. Με τους άντρες είναι διαφορετικά. Όταν γνωρίζεις κάποιον, δεν σκέφτεσαι το χειρότερο. Η ελπίδα, η πίστη, η αγάπη, όλα μπαίνουν στο δρόμο της θέασης. Το μυαλό έχει μια εξαιρετική ικανότητα να αρνείται το ασυνείδητο και να αντιμετωπίζει. Απλώς δεν είναι δυνατόν, οπότε βρίσκεις δικαιολογίες ή ξεχνάς. Η άρνηση φοράει τη μάσκα του καθαρού φωτός της ημέρας σε όλους μας. Το γνωρίζω αυτό ως γεγονός.

Κοιτάζω τα χέρσα παρτέρια και μετά πηγαίνω στο υπόστεγο για να βρω σπόρους, σπάτουλα και ποτιστήρι. Σύντομα επιστρέφω, ξεκρεμάζω το δίχτυ για τα πουλιά και φυτεύω σπόρους από λάχανο και ασημένια παντζάρια.

Τα κουνούπια μπορούν να γίνουν μοχθηρά εδώ. Το είχα ξεχάσει αυτό. Ένα με χτύπησε στο πόδι καθώς ξερίζωνα τους θάμνους λεβάντας που βρίσκονται στην άκρη της μπροστινής αυλής. Ορκίστηκα να μην ξανασταθώ ποτέ έξω με γυμνά πόδια. Παρόλα αυτά, δεν υπάρχουν σφήκες του ευρωπαϊκού είδους εδώ. Είμαι ελεύθερος να είμαι έξω από την πόρτα. Η φοβία μου με τις σφήκες με κατέβαλε στο παλιό σπίτι. Έβαζα το παντελόνι μου μέσα στις κάλτσες μου όταν τολμούσα να βγω έξω το φθινόπωρο. Θα περίμενε κανείς ότι μια γυναίκα πενήντα ετών θα είχε καταφέρει να καταπνίξει την υστερία της, αλλά όσο περνούσαν τα χρόνια, η αποστροφή μου για τις σφήκες επιδεινωνόταν. Και όλα αυτά επειδή όταν ήμουν πέντε ετών με τσίμπησαν στον πισινό καθώς στεκόμουν έξω από ένα μανάβικο. Το κακό θηρίο πετάχτηκε πάνω στη φούστα μου και μπαμ! Αυτό ήταν τότε στην οδό Μόλεσγουορθ στο Λονδίνο. Ο μπαμπάς μου με είχε βγάλει βόλτα για να αγοράσω ένα κιλό καρότα. Ήταν μια ήρεμη μέρα του Σεπτεμβρίου και οι σφήκες είχαν χαζέψει. Στεκόμουν και κοιτούσα μια βιτρίνα με γυαλιστερά μήλα, ενώ ο μπαμπάς μου συζητούσε με τον μανάβη. Σε όλη τη διαδρομή μέχρι το σπίτι χοροπηδούσα και χοροπηδούσα, με δάκρυα να κυλούν στα μάγουλά μου. Την επόμενη μέρα εξακολουθούσα να χορεύω από τον πόνο και η μαμά μου με άφησε μια μέρα εκτός σχολείου επειδή δεν μπορούσα να καθίσω, λέγοντας στον πατέρα μου ότι έπρεπε να προσέχει περισσότερο.

Τα τσιμπήματα στην καρδιά πονάνε περισσότερο.

Τα σύννεφα πλησιάζουν και βλέποντας βαριές πιτσιλιές στο κατάστρωμα τρέχω να βγάλω τα ρούχα από τη γραμμή.

Πάνω στην ώρα και στέκομαι δίπλα στο μπροστινό παράθυρο ακούγοντας τον αμβλύ βρυχηθμό στην οροφή, βλέποντας το νερό να συσσωρεύεται στην αυλή. Η στάθμη ανεβαίνει όλο και πιο ψηλά, μέχρι που φτάνει σχεδόν στην πόρτα. Βγαίνω έξω με τα γυμνά μου πόδια και διαλέγω το δρόμο μου μέσα στη μικρή λίμνη για να βρω την αποχέτευση στην άκρη της βεράντας, φραγμένη με σκουπίδια. Σκύβοντας στα γόνατά μου, μαζεύω τα φύλλα και την ακαθαρσία και παρακολουθώ το νερό να γουργουρίζει, μέχρι που νιώθω το υγρό, κρύο στην πλάτη μου και σπεύδω μέσα. Δέκα λεπτά αργότερα και ξαναβγαίνω έξω καθαρίζοντας την αποχέτευση, βρίζοντας τον επιθεωρητή οικοδομών που πρέπει να είχε πρόβλημα όρασης για να μην το προσέξει.

Προσθέτω τη λέξη "ομπρέλα" στη λίστα μου και στεγνώνω βρίζοντας τον πωλητή, τον επιθεωρητή και τον μεσίτη. Τι παρωδία είναι η πώληση σπιτιών. Τι απάτη. Σύντομα αποφασίζω ότι φταίω εγώ που δεν έψαξα αρκετά καλά, που δεν μπήκα στον κόπο να κάνω το εικοσιώρο ταξίδι μετ' επιστροφής για να το δω. Εξάλλου, σκέφτομαι, μπορεί να συμβεί στον καθένα. Αν έμπαινα στον ίδιο κόπο με την αγορά ενός σπιτιού όπως με την αγορά μιας μάρκας μαρμελάδας, αν στεκόμουν και κοιτούσα κάθε φωτιστικό όπως στέκομαι και κοιτάζω στο διάδρομο του σούπερ μάρκετ τα βάζα μαρμελάδας, παγιδευμένος στη μέγγενη μιας αδύνατης απόφασης -ποια γεύση, ποια μάρκα- τότε ίσως να γλίτωνα μέρες, εβδομάδες, μήνες, χρόνια αυτοκατηγοριών και εξόδων.

Τότε αναρωτιέμαι τι έκανα και ενόχλησα τις Μοίρες.

Η βροχή σταματά, ο ήλιος σύντομα λάμπει, ο κήπος αστράφτει. Και το kikuyu μεγαλώνει καθώς παρακολουθώ. Παρά το μουσκεμένο χώμα, ξαναβγαίνω έξω και, οπλισμένος με φτυάρι και μυστρί, αρχίζω να περιποιούμαι το παρτέρι της κερασιάς. Σπρώχνω το φτυάρι μέσα από το κικούγιου, κόβω μια γραμμή κατά μήκος του παρτεριού. Στη συνέχεια γονατίζω πάνω σε ένα πεπλατυσμένο κουτί συσκευασίας και βγάζω τετράγωνα γκαζόν βαριά με σβώλους χώματος, σκίζοντας δρομείς kikuyu μήκους μισού μέτρου.

Δεν είναι τίποτα σπουδαίο, σκέφτομαι, καθώς κατεβάζω τα εργαλεία μια ώρα αργότερα και μπαίνω μέσα για να κόψω ένα σπασμένο νύχι. Οι αληθινές γυναίκες δεν έχουν περιποιημένα νύχια. Πράγμα που σημαίνει ότι τα τελευταία πέντε χρόνια δεν ήμουν αληθινή, αν σκεφτεί κανείς τα μακριά, σμιλεμένα νύχια της εποχής που δεν ήμουν κηπουρός.

Είμαι θριαμβευτής όλο το απόγευμα. Είναι ένας προσωρινός θρίαμβος. Μέχρι τη στιγμή που τα σύννεφα λάμπουν κατακόκκινα πάνω από τα βουνά, ο αριστερός μου μηρός και ο γλουτός μου είναι κλειδωμένοι σε μια θαμπή κράμπα και η σπονδυλική μου στήλη είναι σκληρή και πονεμένη. Όταν ρουφάω την κοιλιά μου, ο πόνος είναι χειρότερος. Ολόκληρος ο πισινός μου είναι εκτός λειτουργίας.

Μια γυναίκα μόνη μου στα πενήντα μου. Νιώθω ξαφνικά, απογοητευτικά μόνη. Πρέπει να εμφανιστώ σε ένα σόου ανανέωσης που θα παρουσιάσει ένας μελαψός τριχωτός λάτρης της κηπουρικής και ο καινοτόμος-με-παλιοσίδερα φίλος του. Ο παλιός μου κήπος μου φαίνεται ειδυλλιακός. Τίποτα δεν μεγάλωνε σε αυτόν, ούτε καν ζιζάνια.

Πηγαίνω για ύπνο νιώθοντας σαν ηλικιωμένη γυναίκα, κλείνω τις συσκευές και κλειδώνω τις πόρτες. Κλειδώνω τις πόρτες, τις κλειδαριές των παραθύρων, κλειδώνω τα πάντα. Ποτέ δεν το έκανα αυτό στο παλιό μου σπίτι. Λέω στον εαυτό μου ότι χρησιμοποιώ τις κλειδαριές επειδή είναι εκεί. Γιατί είναι εκεί; Ανησυχώ. Υπάρχει κάτι που δεν ξέρω γι' αυτό το χωριό των εκατόν σαράντα και πλέον ενός κατοίκων; Ληστρικές συμμορίες εφήβων, μια τοπική συμμορία μηχανόβιων ή μια ομάδα αγροτών με σπασμένα δόντια; Ή μήπως ο προηγούμενος ιδιοκτήτης ήθελε απεγνωσμένα να μειώσει το ασφάλιστρο;

Σηκώνομαι στις πέντε και στις έξι φτιάχνω ψωμί. Διπλή ποσότητα αυτή τη φορά. Σκοπεύω να καταψύξω μερικά. Δεν ξέρω γιατί δεν το σκέφτηκα αυτό νωρίτερα. Το αφήνω να φουσκώσει στον φούρνο μικροκυμάτων. Συμβουλή του μάγειρα - οι φούρνοι μικροκυμάτων είναι ιδανικοί χώροι για να φουσκώσουν το ψωμί. Αυτό είναι μάλλον το καλύτερο που μπορεί να πει κανείς γι' αυτούς.

Είναι ακόμα νωρίς όταν στέλνω μήνυμα στους παλιούς μου φίλους για άλλη μια φορά, δίνοντάς τους τον αριθμό μου σε περίπτωση που τον έχουν χάσει και λέγοντάς τους να τηλεφωνήσουν όποτε θέλουν. Ίσως θα έπρεπε να τηλεφωνήσω στους φίλους μου, όχι να στείλω ένα μήνυμα στις έξι και μισή το πρωί. Αλλά δεν θέλω να ενοχλήσω. Εξάλλου, όλοι οι φίλοι μου είπαν ότι χάρηκαν που επέστρεψα και τους πιστεύω. Το αφήνω σ' αυτούς να επικοινωνήσουν μαζί μου. Τους δίνω περισσότερο χρόνο να συνηθίσουν την παρουσία μου εδώ. Υποθέτω ότι τους εγκατέλειψα όταν έφυγα από εδώ πριν από πέντε χρόνια. Το μόνο που με ενδιέφερε τότε ήταν να απαλλαγώ από τον μαστουρωμένο σύζυγό μου που μετατράπηκε σε δολοφόνο συζύγου. Κάθε φίλος θα το καταλάβαινε αυτό.

Τι είδους ζωή θα είχα εδώ αυτή τη φορά, τώρα που είμαι μια γριά μόνη μου; Η μισή μου πλευρά ξεσπάει, η άλλη μισή είναι κλεισμένη μέσα. Τα μαλλιά αλατίζουν στους κροτάφους, οι γραμμές στα μάγουλα βαθαίνουν, και μπορώ να αποκαλώ τον εαυτό μου όμορφο μόνο στο αμυδρό φως όταν είμαι καλυμμένη με μακιγιάζ.

Ο καθρέφτης στο μπάνιο είναι τεράστιος. Το ίδιο και το στομάχι μου. Δεν το είχα συνειδητοποιήσει. Κοιτάζω με τρόμο στο αμείλικτο φως της ημέρας μια προεξοχή της μέσης που ταιριάζει σε εγκυμοσύνη. Το ρουφάω δυνατά, αλλά λίγη από τη μάζα του μετατοπίζεται προς τα μέσα. Ο καθρέφτης στο προηγούμενο σπίτι μου ήταν μικρός. Λέω στον εαυτό μου να μην είναι ματαιόδοξος- στο κάτω κάτω, είμαι ο μόνος άνθρωπος που θα το δει. Ένα άλλο κομμάτι του εαυτού μου φωνάζει "αυτό δεν είναι και το ζητούμενο" και παλεύω να το αγνοήσω.

Βρίσκω το μπιτόνι με τη βενζίνη κρυμμένο πίσω από το καροτσάκι στο υπόστεγο του κήπου, που το είχαν βάλει εκεί οι μεταφορείς. Μπότες τσίχλας. Βενζίνη. Πρέπει να θυμάμαι τα σημαντικά πράγματα. Να τα βάλω στη λίστα. Το έντερο θα φύγει.

Αλλάζει η ηλικία την αντίληψη; Οι άνθρωποι οδηγούν πολύ γρήγορα. Το παρατηρώ αυτό συνεχώς. Πηγαίνω στο βενζινάδικο, παλεύοντας με το όριο ταχύτητας μετά από πέντε χρόνια που έκανα εξήντα. Σε όλη τη διαδρομή από την πόλη μέχρι εδώ, μου προκαλούσε ανησυχία το ενενήντα, πόσο μάλλον το εκατό. Γι' αυτό και το ταξίδι κράτησε τόσο πολύ. Σκέφτομαι να αγοράσω μια γκρίζα περούκα, αλλά όταν το αναφέρω στο κατάστημα σιδηρικών στον Στιβ, τον υπάλληλο που με αναγνωρίζει με δυσκολία στην αρχή, εκείνος δακτυλοδείχνει τα μαλλιά του και λέει να μην ασχοληθώ. Θα γινόμασταν και οι δύο γκριζομάλληδες σύντομα. Τον γνωρίζω εδώ και είκοσι πέντε χρόνια.

"Επέστρεψα", λέω, "αυτό με κάνει ντόπιο μπούμερανγκ;

Γελάει. "Υποθέτω πως ναι, Μελίσα".

Τα μπούμερανγκ επιστρέφουν όντως ή είναι απλά λαϊκή παράδοση; Νομίζω ότι καλύτερα να το βγάλω από το ρεπερτόριό μου. Συζητάμε σαν να επέστρεψα από σύντομες διακοπές. Δίνω τον βασικό λόγο για την επιστροφή μου: πώς φύτεψα ένα κουτάλι ντομάτες τον περασμένο Οκτώβριο στο πιο ηλιόλουστο σημείο του κήπου μου και μέχρι τα τέλη Μαρτίου, ακόμη και μετά από ένα κύμα καύσωνα με πάνω από σαράντα βαθμούς το μισό Ιανουάριο, δεν είχα μαζέψει ούτε μια ώριμη ντομάτα.

Δεν υπάρχει αμφιβολία ότι αυτό θα γινόταν γνωστό σε όλη την πόλη πριν νυχτώσει. Αναρωτιέμαι πότε θα έχω νέα από τους φίλους μου.

Πριν προλάβω να πληρώσω, μια γυναίκα έρχεται και στέκεται στο πλάι μου. Δεν την κοιτάζω. Είναι η Μπρέντα. Έχει είκοσι στρέμματα πίσω από το γαλακτοκομείο του Σμιθ και εκτρέφει μέλισσες. Δίνει στον Στιβ ένα ρολό από ύφασμα σκίασης και μερικά κουμπώματα και χωρίς να με κοιτάξει λέει δυνατά για να την ακούσουν όλοι: "Άκουσα ότι γύρισες.

Απαντώ με ένα νευρικό γέλιο. Επιφυλακτικός.

"Το απολαμβάνεις εκεί κάτω στην πόλη;

"Χαίρομαι που επέστρεψα", λέω, χωρίς να θέλω να προδώσω τίποτα.

"Α-χα. Ακουμπάει στον πάγκο, ακουμπάει τον αγκώνα της στον γοφό της, στρέφει το πρόσωπό της προς το δικό μου και προσθέτει: "Η Βάιολετ μου είπε ότι εγκατέλειψες την κόρη σου".

Τα λόγια της βγαίνουν από το στόμα της σαν αέριο μουστάρδας. Μπορώ να μυρίσω μια θειώδη δυσοσμία στην αναπνοή της. Ανασαίνω από μέσα μου καθώς προσποιούμαι την αδιαφορία. Η Μπρέντα πρέπει να λέει ψέματα. Η Βάιολετ δεν θα έλεγε ποτέ κάτι τέτοιο. Την παίρνω μέσα, στέκεται εκεί με το φαρδύ, βρώμικο παντελόνι της, καθώς ο Στιβ της δίνει πίσω τα ρέστα της, και σκέφτομαι ότι αφού η κόρη μου η Έμιλι ήταν ακόμα στη Μελβούρνη, αυτό σήμαινε ότι την εγκατέλειψα δύο φορές τώρα που επέστρεψα;

Αφού φεύγει, δεν λέει τίποτα και τότε αναρωτιέμαι αν αυτό σκέφτονται όλοι για μένα. Δεν άφησα μια κακή κατάσταση με έναν επιζήμιο άντρα. Όχι, όχι, όχι... Εγκατέλειψα το σχεδόν ενήλικο παιδί μου. Αυτό είναι το αφήγημά του, το καλό παιδί, το καλό παιδί, με όλα τα χαρακτηριστικά του, την βιτρίνα του. Η δική μου αλήθεια θαμμένη στην απουσία μου, η δική του αλήθεια να πρωταγωνιστεί πίσω από την πλάτη μου. Με τσίμπησε. Σε όλη τη διαδρομή προς το σπίτι με τσίμπησε. Με δυσκολία βλέπω το δρόμο. Πονάω μέσα και έξω. Αλλά όταν στρίβω στο δρόμο μου, αυτός ο πόνος δίνει τη θέση του στην αγανάκτηση και την οργή.

Ο απογευματινός ήλιος πέφτει στον κήπο. Η απογοήτευσή μου πέφτει πάνω μου. Φοράω ένα παντελόνι και ένα παλιό μπλουζάκι και βγαίνω έξω. Στο υπόστεγο, πρέπει πρώτα να συναρμολογήσω ξανά το τιμόνι της χλοοκοπτικής μηχανής, το οποίο έπρεπε να αποσυναρμολογήσω για τη μετακόμιση. Αναμνήσεις. Πού στο διάολο έβαλα τις βίδες; Λογική. Στο πιο προφανές μέρος, στην πλαστική μπανιέρα με τα κομμάτια του γκαράζ. Ουφ. Σε κάθε βίδα είναι προσαρτημένο ένα πλαστικό αντικείμενο που μοιάζει με σέσουλα και προορίζεται να προσκολληθεί στα δύο κομμάτια του τιμονιού και να τα κρατήσει σφιχτά στη θέση τους. Στην άλλη άκρη της βίδας υπάρχουν ένα παξιμάδι και μια ροδέλα. Με ποια σειρά πάνε όλα αυτά; Δεν έχω ιδέα. Έπρεπε να το είχα γράψει όταν το αποσυναρμολόγησα. Ο μοχλός ταχυτήτων στο χέρι και πολλά σκατά και βλακείες. Αλλά τα καταφέρνω, ή έτσι νομίζω με υπερηφάνεια.

Έξω το χλοοκοπτικό, μέσα η βενζίνη και τραβήξτε το καλώδιο. Ο κινητήρας αναβλύζει και σβήνει. Δύο ακόμα άκαρπες κινήσεις και μπαίνω μέσα.

Επιστρέφω έξω μια ώρα αργότερα. Τραβάω το καλώδιο τρεις φορές, βουητό, δισταγμός και ο ξεφούσκωτος αναστεναγμός μου. Το χλοοκοπτικό δεν συνεργάζεται. Το οδηγώ πίσω στο υπόστεγο.

Βρίσκομαι μέσα όταν ακούω φωνές από δίπλα και το σταθερό βουητό ενός ιππήλατου οχήματος. Κοιτάζοντας έξω από το παράθυρο βλέπω δύο κεφάλια, το ένα στην ηλικία μου και θηλυκό, το άλλο νεαρό και αρσενικό. Βγαίνω βιαστικά έξω και σχεδόν τρέχω στο μπροστινό γκαζόν, σφίγγοντας το παντελόνι της φόρμας μου. Οι γείτονες κοιτάζουν και οι δύο προς τα εκεί. Η γυναίκα, μισοχαμογελώντας, με κοιτάζει αξιολογικά. Είμαι πεπεισμένος ότι με έχουν ξεγράψει τελείως. Γίνεται μια εισαγωγή χωρίς ανάσα - η γκρινιάρα Σάρα και ο γαμπρός Κεβ - και κάνω ένα ηλίθιο σχόλιο ότι χρειάζονται αγόρια στην οικογένεια και ρωτάω τον Κεβ αν θα ξεκινήσει τη μηχανή του χλοοκοπτικού μου.

"Μην ανησυχείτε.

Μου χαμογελάει ευγενικά, αν και λιπαρό, και επιστρέφουμε στο χλοοκοπτικό που στέκεται έξω από το υπόστεγο.

"Δεν θέλω να ξεφύγουν οι kikuyu από τον έλεγχο", λέω.

"Το κάνει αυτό.

Με ένα απλό τράβηγμα του μαυρισμένου και μυώδους χεριού του, η χλοοκοπτική μηχανή παίρνει μπροστά.

"Στην υγειά μας.

"Κανένα πρόβλημα.

Και φεύγει, αφήνοντάς με να κουτσαίνω πίσω από το χλοοκοπτικό καθώς το σπρώχνω μέχρι το σπίτι. Τότε συνειδητοποιώ τη συνενοχή της κλίσης, της βορειοδυτικής όψης και της έλλειψης σκιάς που προκάλεσαν την εισβολή των kikuyu.

Ήξερα ότι το κούρεμα των kikuyu θα ήταν μια πρόκληση. Ότι το κούρεμα του kikuyu σε μια πλαγιά χρειάζεται κότσια. Αλλά δεν είχα προβλέψει τη δύναμη που θα χρειαζόμουν για να κουρέψω το kikuyu που είχε αφεθεί να αναπτυχθεί τόσο πυκνά. Πρέπει να κουρεύω με το ύψος κοπής έξι βαθμίδες πιο ψηλά. Έξι! Και πρέπει να σπρώξω το σώμα μου, μέχρι και το τελευταίο γραμμάριο, μέσα στο χλοοκοπτικό. Η πρώτη διαδρομή δίπλα στο παρτέρι με τις κερασιές είναι τόσο εξαντλητική που αμφιβάλλω αν θα τα καταφέρω με τις υπόλοιπες. Ορκίζομαι εκεί και τότε να τραβήξω το γκαζόν ακριβώς πίσω από το παρτέρι και να φτιάξω ένα μονοπάτι. Ένα φαρδύ μονοπάτι.

Όταν φτάνω στον ανελκυστήρα ρούχων, χαίρομαι που είχα την πρόνοια να τον ανεβάσω ψηλότερα από το κεφάλι μου. Στρίβω. Οι μοχλοί του τιμονιού ανοίγουν και οι δύο ταυτόχρονα και το τιμόνι κουνιέται στα χέρια μου. Τότε καταλαβαίνω ότι η μοίρα με κοροϊδεύει σίγουρα. Σκύβω μπροστά και τραβάω τους μοχλούς πίσω στη θέση τους, στρέφω το χλοοκοπτικό προς το επόμενο κομμάτι του kikuyu και σπρώχνω, με τα χέρια μαζεμένα, το σώμα σε κλίση, οι μηροί αναλαμβάνουν την πίεση. Λίγα μέτρα παρακάτω και νιώθω τους μοχλούς να χαλαρώνουν τη λαβή τους. Τι συμβαίνει; Δεν πρόκειται να σβήσω το χλοοκοπτικό για να το μάθω, μήπως και δεν μπορέσω να το ξαναβάλω μπροστά. Δεν θέλω ο Κεβ να δει τη μόνη μου κομμένη λωρίδα στη γραμμή πλύσης.

Αγωνίζομαι. Το χλοοκοπτικό παλεύει. Και σε

κάθε στροφή οι μοχλοί του τιμονιού ανοίγουν και σκύβω μπροστά για να τους σπρώξω πίσω.

Διαχειρίζομαι τα δύο τρίτα του γκαζόν. Είναι μια σκληρά κερδισμένη μάχη. Επιστρέφω στο σπίτι κατακόκκινη και ιδρωμένη, πίνω ένα ποτήρι νερό νομίζοντας ότι αυτό θα διορθώσει το φουσκωμένο μου στομάχι. Εξάλλου, ξέρω και ο κικουγιού ξέρει επίσης ότι θα είμαι πάλι έξω και θα κάνω τα ίδια την επόμενη εβδομάδα.

Κανείς δεν τηλεφωνεί. Με παίρνει ο ύπνος μπροστά στην τηλεόραση.

Την επόμενη μέρα είμαι ξύπνιος στις πέντε και σκέφτομαι ότι πρέπει να υπάρχουν οδηγίες για το χλοοκοπτικό στο διαδίκτυο. Μια ώρα αναζήτησης και το μόνο που βρίσκω είναι ένα όνομα: cam-lock-lever-handlebar-retainer. Ποιος σκέφτηκε αυτό το όνομα; Τίποτα για το πώς να το ξανασυναρμολογήσω. Υπάρχει μόνο ένα πράγμα γι' αυτό. Θα πρέπει να βρω πώς να το συναρμολογήσω το καταραμένο πράγμα. Δεν μπορεί να είναι τόσο δύσκολο.

Χρειάζομαι χρόνο για να σκεφτώ, οπότε κάνω ένα ντους και μετά επιστρέφω στον υπολογιστή. Αυτή τη φορά βρίσκω ένα εγχειρίδιο χρήσης. Ξεφυλλίζω τις οδηγίες συντήρησης, προτού βρω ένα διάγραμμα του εκκεντροφόρου μοχλού-μοχλού-χειρολαβής-συγκράτησης. Το διάγραμμα είναι πολύ ασαφές και μικρό για να είναι χρήσιμο.

Φοράω τη στολή κουρέματος που είναι ακόμα υγρή από τον χθεσινό ιδρώτα και πηγαίνω στο υπόστεγο. Με τον επιλογέα στο χέρι γονατίζω δίπλα στο χλοοκοπτικό και λύνω τα παξιμάδια. Αφαιρώ τη ροδέλα και τη βίδα του εκκεντροφόρου μοχλού και τοποθετώ τη ροδέλα στην άλλη πλευρά. Βιδώνοντας σφιχτά το παξιμάδι, ενώ κρατάω τον εκκεντροφόρο μοχλό, ξέρω ότι αυτή τη φορά το έκανα σωστά.

Είμαι μια γυναίκα με έναν μεταφορέα.

Νιώθοντας ανεβασμένη, πηγαίνω στο

παντοπωλείο και μπαίνω στην ουρά πίσω από έναν ηλικιωμένο άντρα με μπλούζα πόλο και ένα ναυτικό σορτσάκι με ζώνη. Φαίνεται να πληρώνει για βενζίνη. Παρεμβαίνω με ένα ερευνητικό, ε; Ο πωλητής του καταστήματος μου λέει ότι η πινακίδα "εκτός παραγγελίας" στο βυτιοφόρο δεν είναι ακριβώς αληθινή. Τον κοιτάζω με δυσπιστία. Είχα πάει στο διπλανό χωριό και είχα υποστεί την άθλια Μπρέντα για το τίποτα.

Ωστόσο, ίσως είναι καλύτερα να ξέρω τι σκέφτονται οι λεγόμενοι φίλοι μου για μένα.

Πηγαίνω σπίτι για να πάρω το αυτοκίνητό μου. Σταματάω δίπλα στο βυτιοφόρο, σηκώνω το μοχλό για το ρεζερβουάρ καυσίμων. Πηγαίνω να ξεβιδώσω την τάπα της βενζίνης και διαπιστώνω ότι δεν υπάρχει. Ακολουθώ τις κινήσεις μου μέχρι να επιστρέψω στο βενζινάδικο στο δάσος. Σκέφτομαι να τηλεφωνήσω στο βενζινάδικο, αλλά η αγορά ενός νέου καπακιού μου φαίνεται πολύ πιο εύκολη. Θα το βάλω στη λίστα.

Μια εβδομάδα αργότερα και το δεύτερο κούρεμα είναι το ίδιο δύσκολο με το πρώτο, αλλά τουλάχιστον οι μοχλοί του εκκεντροφόρου παραμένουν στη θέση τους. Σπρώχνω το χλοοκοπτικό κατά μήκος της απότομης ανηφόρας με σφιγμένα δόντια, κλειδωμένους καρπούς και πονεμένους μηρούς. Αποφασίζω ότι δεν θα γιορτάσω την εκατονταετή επέτειο εκείνης της ημέρας το 1918, όταν το kikuyu φυτεύτηκε για πρώτη φορά εδώ από ένα πακέτο σπόρων που έφερε ένας κύριος Ernest Breakwell από το Βελγικό Κονγκό. Αν και ένα ή δύο λεπτά σιγής για να τιμήσω όλες αυτές τις τεντωμένες πλάτες και τους πονεμένους μηρούς, ίσως θα ήταν σωστό.

Το επόμενο πρωί, είμαι ξύπνιος στις πέντε, και πάλι. Ο δεξιός μου μηρός έχει δεθεί σε κόμπο και ο πόνος είναι βαθύς και έντονος. Μέσα στην ησυχία της αυγής ακούω την τουαλέτα να κατουριέται μόνη της και μου θυμίζει να καλέσω τον υδραυλικό. Είναι στη λίστα. Σηκώνομαι με ευκολία από το κρεβάτι, πηγαίνω κουτσαίνοντας στην τουαλέτα και κλείνω τη βρύση του νιπτήρα. Ίσως αυτό βοηθήσει.

Μεσημέρι, και η μέρα έχει γίνει γκρίζα. Φτιάχνω ένα φλιτζάνι τσάι και κάθομαι δίπλα στο τηλέφωνό μου και τη λίστα μου. Έχω φτιάξει το τιμόνι και έχω κουρέψει το γκαζόν. Πήγα στην πόλη και αγόρασα ένα καινούργιο καπάκι βενζίνης, μποτάκια και μια ομπρέλα. Ο υδραυλικός έρχεται τη Δευτέρα. Τα πρακτικά ζητήματα της ζωής μου εδώ είναι σχεδόν τακτοποιημένα. Μακάρι να μπορούσα να πω το ίδιο και για τους φίλους μου. Ίσως διαβάζω περισσότερα στη σιωπή. Ίσως τα βλέμματα που δέχομαι στο παντοπωλείο από ντόπιους που με γνώριζαν από πριν να μην έχουν καμία σχέση με το ότι φεύγω. Δεν έχει να κάνει με την ιστορία που λέει ο Τζακ. Καμία σχέση με εκείνη τη φράση που είπε η Μπρέντα: Εγκατέλειψες την κόρη σου.

Η Βάιολετ μου έστειλε μήνυμα χθες το βράδυ. Όλα αγκαλιές και φιλιά και χαίρομαι που επέστρεψες και πρέπει να πάμε για φαγητό στην πόλη την επόμενη εβδομάδα.

Το διέγραψα.

Οι άλλοι, ο Κρις, ο Σάμι και ο Τζο, δεν απάντησαν στο μήνυμά μου. Ίσως το ξέχασαν. Δεν το ξέχασαν. Δεν μου πέρασε ποτέ από το μυαλό πριν πουληθώ και επιστρέψω ότι το "γέρος" σήμαινε "νεκρός". Ότι οι φίλοι μου είχαν θάψει την όποια φιλία υπήρχε πριν κάτω από φτυάρια γεμάτα παρεξηγήσεις και μομφές. Ότι είχα κάνει τόσο δρόμο για να ξανασυνδεθώ με ταφόπλακες.

Μέχρι τις έξι το απόγευμα, το κεφάλι μου είναι

γεμάτο φωνές. Όταν έφυγα από το παλιό μου σπίτι, πρέπει να έφερα μαζί μου και τους άλλους ενοίκους. 'Απλά δεν σε εμπιστευόμαστε, αφού δεν έχεις βάλει ούτε ένα πόδι σωστά μέχρι τώρα', μου λένε. Και μετά φεύγουν, αναφέροντας το λούσιμο με βενζίνη, τον κατακλυσμό, το κουτσομπολιό, το σπίτι γεμάτο ελαττώματα, το κικουγιου.

Σταματάω να ακούω, πεπεισμένος ότι ανήκω εδώ, ακόμα κι αν κανείς δεν θέλει να με γνωρίσει.

———

Δύο χρόνια αργότερα και όλα έχουν ξεπακεταριστεί. Δεν είμαι σίγουρος για το σπίτι. Το σπίτι μου, αν και το μοιράζομαι με την τράπεζα. Δεν έχει θέα στο βουνό. Μικρού μεγέθους τετράγωνο επίσης: ψηλοί φράχτες, μια σειρά από κάκτους και ούτε ένα ίχνος kikuyu. Δεν θα είμαι πολύ απασχολημένος εκεί έξω. Τέλεια. Δεν αισθάνομαι την παρόρμηση να κάνω πόλεμο στο γρασίδι. Δεν το χρειάζομαι. Έχω νέους φίλους τώρα και καλλιεργούν κι αυτοί κάκτους. Ο Τζαν ξέρει από κλειδιά. Ο ΜπεβΜπέβερλι φτιάχνει τα καζανάκια της τουαλέτας με κρεμάστρες. Η Βερόνικα φτιάχνει κουλουράκια με λεμονάδα. Είναι μεγαλύτερες από μένα, και σοφότερες, και όλες έχουν μια ιστορία να πουν.

Ξέρουν και ξέρω, δεν μπορείς να ξεθάψεις τους νεκρούς.

ΕΛΠΊΔΑ

Το "Οι παντόφλες της Μάργκο" είναι μια ημι-αυτοβιογραφική ιστορία που διαδραματίζεται σε μια πισίνα. Δημοσιεύτηκε για πρώτη φορά στο *Fictive Dream* και είναι μια οδυνηρή ιστορία μιας γυναίκας που παλεύει με τη συνείδησή της και την αγάπη που νιώθει για έναν παντρεμένο άντρα.

ΟΙ ΠΑΝΤΌΦΛΕΣ ΤΗΣ ΜΆΡΓΚΟ

Η ένδειξη αναβοσβήνει δεξιά. Η Μάργκο εισέρχεται στο φουαγιέ με τις γυάλινες επενδύσεις. Δεν την ξέρω τόσο καλά. Μένει σε ένα χωριό συνταξιούχων και της αρέσει το πλέξιμο. Κολυμπάει όταν εγώ κολυμπάω και αυτή είναι η πλήρης έκταση της σχέσης μας.

Το κτίριο είναι τετράγωνο. Η πισίνα είναι τετράγωνη. Μια τετράγωνη πισίνα σε ένα τετράγωνο κτίριο; Ίσως δεν είναι ακριβώς τετράγωνη. Ίσως τεντώνεται προς το ορθογώνιο αλλά δεν το καταφέρνει.

Δεν του αρέσουν τα τετράγωνα. Του αρέσουν οι καμπύλες. Πάω στοίχημα ότι ζει σε ένα στρογγυλό σπίτι με φινιστρίνια για παράθυρα.

Το κτίριο, περισσότερο ένα υπόστεγο από σκυρόδεμα και σίδερο, βρίσκεται δίπλα στο ποτάμι, δίπλα στην παλιά σιδηροδρομική γραμμή, που τώρα είναι ένα ασφαλτοστρωμένο μονοπάτι για τις οπλές των αλόγων, τους τροχούς των ποδηλάτων και τα πόδια. Στο χώρο μεταξύ του κτιρίου και του μονοπατιού βρίσκεται ο χώρος στάθμευσης αυτοκινήτων, ο οποίος είναι διαμορφωμένος με σαμαράκια ταχύτητας. Οδηγώ γύρω από την πρώτη καμπούρα και σχηματίζω τόξο σε μια θέση στάθμευσης απέναντι από την έξοδο. Με αυτόν τον τρόπο αποφεύγω τις άλλες ανωμαλίες.

Αξίζει να αποφεύγετε τις κακοτεχνίες.
Στους κολυμβητές αρέσει να γλιστρούν.

Κάνω πρόσθιο. Δεν μπορώ να κάνω ελεύθερο. Με το πρόσωπό μου μέσα στο νερό φοβάμαι ότι μπορεί να πνιγώ πριν από την επόμενη ανάσα. Λες και το χέρι μου δεν θα τα καταφέρει εγκαίρως. Είναι θέμα εμπιστοσύνης.

Πρέπει να το διακόψω. Δεν πρόκειται ποτέ να την αφήσει. Το είπε τρεις φορές. Είναι η μαγική τριάδα. Η αδιάψευστη αλήθεια. Παραδέξου το.

Πώς πρέπει να δείχνετε τα χέρια σας στο πρόσθιο; Σαν να προσεύχεσαι, ή με τις παλάμες στραμμένες προς τα έξω; Δεν είμαι σίγουρος. Εγώ το κάνω και με τους δύο τρόπους. Σημαδεύω, σταματάω, τραβάω.

Δεν θα συνέλθει ποτέ, είπε. Αλλά αυτό ήταν τον περασμένο Νοέμβριο. Τώρα λέει ότι θα τον σκοτώσει. Την πιστεύει, προφανώς. Του είπε ακόμα και πώς θα το κάνει. Δεν θα συνέλθει τότε, έτσι δεν είναι;

. . .

Πιάνω μια σανίδα και προετοιμάζομαι για τον πόνο στους μηρούς. Η Μάργκο βολοδέρνει στη διπλανή λωρίδα με μια μακαρονάδα κάτω από τα χέρια της. Δεν βιάζεται. Την προσπερνώ και την προσπερνώ ξανά.

Αγαπώ πάρα πολύ. Αγαπώ το άγγιγμά του, το φιλί του, τη μυρωδιά της σάρκας του. "Κινδυνεύω να γίνω τελείως ερωτευμένη μαζί σου". Αυτός το είπε αυτό, όχι εγώ. Όλοι το λένε αυτό. Πάω στοίχημα ότι το λένε.

Οι αθλητές του aqua-aerobic ανακατεύουν το νερό στο τμήμα της πισίνας που τους ανήκει. Γυναίκες με γενναιόδωρο μπούστο, με μαλλιά περιποιημένα, γκρίζα και στεγνά. Μετά πίνουν πρωινό τσάι στο φουαγιέ και συζητούν για τα εγγόνια τους.

Οι υπόλοιποι είμαστε κολυμβητές. Βρέχουμε κανονικά και όταν τελειώσουμε έναν γύρο γυρνάμε πίσω, μετρώντας.

Σ' αγαπώ.
Σε θέλω κοντά μου.
Σε επιθυμώ πολύ έντονα.
Ίσως υπάρχει ελπίδα.

Παίρνω μια ανάσα στο τέλος ενός γύρου. Ένας φαλακρός άντρας πατάει το νερό στο βαθύ τέλος.

Βλέπω μόνο το κεφάλι του. Είδα τους μηρούς του να πηδάνε κάτω από το νερό καθώς περνούσα. Είδα το κρέας του, σκληρό. Υπάρχει ένας σε κάθε πισίνα. Η Μάργκο κολυμπάει με την πλάτη προς το μέρος του.

Δεν είναι διακριτικός. Λέει ότι είναι διακριτικός. Λέει ότι χρειάζομαι κάποιον διακριτικό, όπως αυτός. Του αρέσει να πιστεύει ότι είναι διακριτικός, αλλά η απλή αλήθεια είναι ότι είναι ο πιο απερίσκεπτος άνθρωπος που έχω γνωρίσει ποτέ. Πώς είναι διακριτικό να προδίδεις τη γυναίκα σου; Πώς είναι διακριτικό να αποπλανείς μια γυναίκα, να την πνίγεις με φιλιά καθώς της λες ότι δεν θέλει να έχει σχέση μαζί σου;

Πίσω στο πρόσθιο. Σφίξτε σφιχτά την κοιλιά. Αυτό κάνει τη διαφορά. Είμαι μια τορπίλη που γλιστράει μέσα στο νερό.

Δεν είναι καλός. *Σημείο παύσης τραβήγματος.* Δεν είναι καλός. *Σημείο παύσης τραβήξτε.*

Αν το διακόψω, τι μου απομένει;

Σαράντα είναι ένας καλός αριθμός. Το εξήντα ακόμα καλύτερα. Τα πόδια μου είναι σαν ζελέ στο δρόμο για το ντους. Η Μάργκο είναι ήδη εκεί και γδύνεται κάτω από την πετσέτα της. Μου κάνει νόημα να περάσω.

"Είσαι πολύτιμη", λέει.

. . .

"Πολύτιμο;

Μου δίνει ένα ζευγάρι πλεκτές παντόφλες.

Την κοιτάζω. Είμαι μούσκεμα.

Δεν θα την πειράξει αν τη φιλήσω.

Το "Ταξινόμηση των Πραγμάτων ", που διαδραματίζεται σε ένα αγροτικό ταχυδρομείο κάπου στην Αυστραλία, βασίζεται σε λίγα χρόνια που μου άρεσε να ταξινομώ αλληλογραφία. Δημιούργησα αυτή την ιστορία για να ανταποκρίνεται στις απαιτήσεις συμμετοχής σε έναν διαγωνισμό. Δεν κέρδισα. Το 'Ταξινόμηση των Πραγμάτων' δημοσιεύτηκε στη συνέχεια από την *Fictive Dream*. Εδώ είναι μια ιστορία ελπίδας και προσαρμογής, καθώς μια γυναίκα που ζει στην πόλη συναντά την επαρχιώτισσα αδελφή της και παλεύει με το δικό της εγώ.

ΤΑΞΙΝΌΜΗΣΗ ΤΩΝ ΠΡΑΓΜΆΤΩΝ

"Μυρίζει", λέει, κοιτάζοντας τη διεύθυνση.

"Σνελ.

Ρίχνει άλλη μια ματιά. "Λέει Σμελ.

"Δ και Β;

"Β και Δ.

"Το ίδιο πράγμα. Κουτί 4".

Πετάει το γράμμα στον ταχυδρομικό θάλαμο.

"Δεν θυμάμαι τους Σνελ;" λέει.

Είναι καινούργιοι. Μετακόμισαν από το Όραντζ πριν από περίπου έξι μήνες".

Παίρνει το επόμενο γράμμα. Κουτί 208. Και τρία για τον κ. Πίκερινγκ στην ταχυδρομική διαδρομή Snake Road. Μετά άλλα πέντε, με σωστή διεύθυνση- μπορούν να μπουν κατευθείαν στα γραμματοκιβώτιά τους. Το κάνει με μια επιδέξια κίνηση.

Μια χούφτα που ξέρει ότι προορίζονται για τον πάγκο, αλλά δεν έχει ιδέα πού.

Ο κ. Μπράουν πηγαίνει στο Μπ ή στο Μ με τον κ. Μεντ; Μπράουν και Μεντ. Θυμάται ότι είναι μαζί στην ίδια διεύθυνση, πράγμα που είναι κάτι. Δεν της αρέσει να ρωτάει. Θα μπορούσε να κοιτάξει τα ονόματα στη λίστα που της έδωσε η Καθ, σελίδες και σελίδες γεμάτες με ωραίες τυπωμένες σειρές, αλλά είναι κουραστικό και κουράζει τα μάτια. Αναξιόπιστο επίσης - η Καθ δεν έχει ενημερώσει τη λίστα.

Κάθε φορά που ρωτάει είναι μια μικρή ταπείνωση. Εδώ είναι η αδελφή της, η Καθ, πέντε χρόνια νεότερή της, το αφεντικό της.

Υπάρχουν τριακόσια γραμματοκιβώτια, καθώς και περίπου εκατό παραδόσεις στην οδό Snake Road και πάνω από εξακόσια άτομα που παραλαμβάνουν την αλληλογραφία τους από τον πάγκο. Θα μπορούσε να συγχωρεθεί αν δεν τα θυμόταν όλα αυτά, και η Καθ τη συγχωρεί, αλλά δεν δίνει στον εαυτό της καμία σημασία.

Η Καθ διευθύνει το ταχυδρομείο εδώ και δεκαετίες, με τον τρόπο της να αναπληρώνει την κληρονομιά. Η Σούζαν είχε πάρει τη δική της στην πόλη, αγόρασε ένα σπίτι σε σειρά στο Νιουτάουν και παντρεύτηκε έναν ωραίο νεαρό άντρα που σκαρφάλωσε ψηλά με τις δικές του οικονομικές συμβουλές. Μέχρι που εκείνος κατέρρευσε και πήρε μαζί του όλα τα περιουσιακά της στοιχεία.

"Γιατί δεν επιστρέφεις; Είχε πει η Καθ όταν άκουσε τα νέα. "Θα χρειαζόμουν λίγη βοήθεια εδώ γύρω.

"Για να ταξινομήσετε την αλληλογραφία;

"Μπορώ να σκεφτώ χειρότερα πράγματα.

"Ίσως αρμέγουν αγελάδες.

"Θα το συνηθίσεις".

Τι επιλογή είχε; Από εκθαμβωτική σε εξαθλιωμένη, το σπίτι βγαίνει σε πλειστηριασμό- το μόνο που της έχει απομείνει είναι το αυτοκίνητό της και μια βαλίτσα με ρούχα.

Το μυαλό της ξεχειλίζει από επώνυμα και σημαντικές επιστολές. Μην βάλεις τον Σαμ Πίτερσον μαζί με τη Μελίσα. Έχουν χωρίσει. Η Καθ λέει ότι πρέπει να τον βάλει μαζί με την αλληλογραφία του γκισέ. Αλλά υπάρχει και ο Στηβ ΠίτερσονΠιτ, ο γιος. Σ για τον Σαμ; Ή Σ για τον Στηβ;

Υπάρχουν στιγμές που το ρισκάρει, εκνευρισμένη από την υπόθεση της Καθ ότι είναι μέντιουμ. Ξέρει ότι η Καθ θα της το ανταποδώσει. Πάντα της το ανταποδίδει.

"Δεν πρέπει να βάλεις τον Σ. Πέτερσον μαζί με τη Μελίσα".

"Κάποιος Σ ΠίτερσονΠιτ;

"Όχι, εκτός αν θέλετε να ξεκινήσετε πόλεμο".

Για ένα κομμάτι ταχυδρομείου;

Από την άλλη, μπορεί να φανταστεί πώς θα αισθανόταν αν λάμβανε ένα γράμμα με παραλήπτη τον κ. Πλανκ. Ακόμα και ο κύριος και η κυρία Πλανκ θα ενοχλούνταν. Στην πραγματικότητα, η κυρία Πλανκ είναι αρκετή για να την αναστατώσει.

Επέστρεψε στην Φλιν. Σούζαν Φλιν.

Η Καθ γνωρίζει τους πάντες. Ξέρει όλα τα ονόματα όλων των παιδιών των μεγάλων αγροτικών οικογενειών και την κατάσταση της σχέσης κάθε ατόμου στην πόλη. Ξέρει πότε ένας τυφλοπόντικας πρέπει να μπει στο ίδιο κουτί με έναν Brace, πράγμα που αναμφίβολα σημαίνει ότι μοιράζονται το ίδιο κρεβάτι, αλλά η Σούζαν δεν θέλει να ρωτήσει.

Η Καθ αποδίδει διακριτικότητα στην τελειότητα. Είναι ο κάτοχος της μυστικής γνώσης, το αποθετήριο της απόλυτης εμπιστοσύνης. Έχει την ιδιότητα της ταχυδρομικής διευθύντριας σε ύψιστη εκτίμηση. Έχει μεγαλώσει μέσα στο ρόλο της, όπως το ταχυδρομείο έχει μεγαλώσει μέσα της, και τα δύο αποτελούν ένα ενάρετο σύνολο.

Η Σούζαν αισθάνεται απερίσκεπτη. Αισθάνεται συχνά απερίσκεπτη αυτές τις μέρες. Θέλει να οδηγήσει ανατολικά και να μη σταματήσει μέχρι να φτάσει στον ωκεανό. Θέλει να κολυμπήσει στη θάλασσα μέχρι τη Χιλή. Είναι εγκλωβισμένη σαν κοτόπουλο σε αυτή τη μικρή παλιά πόλη, παγιδευμένη πίσω από το γκισέ του επικοινωνιακού της κόμβου, στο έλεος της αδελφής της.

Κάθε μέρα η Σούζαν αναγκάζεται να εξηγεί σε κάποιον ότι είναι η αδελφή της Καθ, ότι έχει φύγει είκοσι χρόνια - τόσο καιρό; - και ότι μάλλον δεν τη θυμούνται από το σχολείο. Όχι, δεν μοιάζουν καθόλου. Ποτέ δεν έμοιαζαν.

Στην πραγματικότητα μοιάζουν τόσο πολύ όσο ένα emu και μια αγελάδα. Η Σούζαν είναι ψηλή, μικρόσωμη και αδύνατη. Είναι περήφανη για την εμφάνισή της. Φοράει ακριβά, αν και επαγγελματικά ρούχα, ακόμα και όταν πηγαίνει για ψώνια. Η Kath είναι γεροδεμένη και εύσωμη. Φοράει άνετα ρούχα που αποκαλύπτουν όλες τις πτυχές του σώματός της. Φοράει τη σφραγίδα της μάντρας, των μπαλών αρμέγματος.

Η πρόεδρος του συλλόγου γονέων και δασκάλων και υπεύθυνη του σχολικού καταστήματος μπαίνει μέσα με ένα κουτί μπράουνις που έχει φτιάξει για τον έρανο του σχολείου.

"Πώς πάει, Μπεβ;

"Ωραία, ευχαριστώ.

Η Μπεβ προσφέρει στην Kath ένα κεκάκι, η Καθ το παίρνει και το τρώει επί τόπου, ακουμπώντας στον πάγκο και συζητώντας για τα επίπεδα του φράγματος. Στέκεται εκεί, με τα μαλλιά της πιασμένα πίσω σ' εκείνο τον επιδεικτικό κότσο, και μασάει σαν να είχε όλη τη μέρα. Μόλις φεύγει η Μπεβ, η Καθ γυρίζει προς τη Σούζαν και λέει: "Της αρέσει να συζητάει".

Το ταχυδρομείο διαθέτει καταλύματα στο πίσω μέρος. Είναι ένα ωραίο παλιό κτίριο, με τοίχους από τούβλα και πέτρα, οροφές με το μεγαλειώδες ύψος μιας τράπεζας. Η Σούζαν πιστεύει ότι η Καθ κοιμάται πολύ κοντά στη δουλειά της. Η κρεβατοκάμαρά της βλέπει προς το χώρο διαλογής, ακριβώς δίπλα στο δρόμο όπου σταματάει το φορτηγάκι με τις διανομές. Ο διάδρομος έξω από την πόρτα του υπνοδωματίου της είναι η αποθήκη χαρτοκιβωτίων, κουτιών και σάκων δεμάτων.

Το δωμάτιο της Σούζαν βρίσκεται στο βάθος του χώρου, μετά τα καθιστικά και το μπάνιο. Ένα παράρτημα με πολλά παράθυρα, ένα δωμάτιο που μετατρέπει τις ιδιοτροπίες του καιρού σε ακρότητες, ένα δωμάτιο που επέλεξε για να προτιμήσει τον μακρύ και στενό θάλαμο που βρίσκεται ανάμεσα στο δωμάτιο τηςΚαθ και την κουζίνα.

Ποτέ δεν ήταν κοντά. Ακόμα και ως παιδιά είχαν διαφορετικά ενδιαφέροντα και γούστα, η Σούζανλάτρης των παιδικών παιχνιδιών και της όμορφης γραφικής ύλης, η Καθ ένα προσγειωμένο κορίτσι ευτυχισμένο με τα ζώα της φάρμας και το ποδήλατό της. Και η Σούζαν ήξερε από τότε που θυμάται τον εαυτό της ότι οι γονείς τους είχαν την επιθυμία να μοιάσει περισσότερο στην Καθ.

Αν οι γονείς τους είχαν γεννήσει περισσότερους απογόνους, αν έμοιαζαν περισσότερο με τους Μολ και τους Μπράτσο, αν η μητέρα τους ήταν περισσότερο καθολική κτηνοτρόφος παρά σταυροπόδι προτεστάντισσα, θα υπήρχε λιγότερη πίεση στη Σούζαν να είναι κάποια που δεν ήταν. Τώρα, η πίεση να συμμορφωθεί με τον απλό τρόπο ζωής της Καθ σημαίνει ότι πρέπει να κουβαλάει μαζί της την παιδική της ηλικία σαν έναν ταχυδρομικό σάκο με αναμνήσεις που επέστρεψαν στον αποστολέα.

Παρασκευή, και η αλληλογραφία έχει αργήσει. Η μισή πόλη έρχεται να πληρώσει έναν λογαριασμό ή να σηκώσει τα μετρητά του Σαββατοκύριακου. Υπάρχουν τηλεφωνήματα από κατοίκους σε απομακρυσμένες ιδιοκτησίες με ερωτήματα για τα αγροτεμάχια. Δεν ήθελαν να κάνουν όλη τη διαδρομή μέχρι την πόλη για το τίποτα. Η Καθ εξηγεί ότι υπάρχουν άνθρωποι στην Upper Snake Road που δεν βγαίνουν σχεδόν ποτέ από τα κτήματά τους.

Η Σούζαν βρίσκεται στα μισά της διαδρομής της τραπεζικής του σούπερ μάρκετ. Η Μπεβ ήρθε για να παραλάβει την αλληλογραφία του δημοτικού σχολείου. Η Καθ παρακολουθεί, βεβαιώνοντας ότι η Susan ακολουθεί τις διαδικασίες. Τότε βλέπει μέσα από ένα παράθυρο το λευκό φορτηγάκι της αλληλογραφίας να μπαίνει στην είσοδο.

"Θα είσαι εντάξει; Ακούγεται αμφίβολη.

Η Σούζαν την αγνοεί και συνεχίζει να μετράει.

"Δεν έχει καταθέσει πολλές επιταγές", λέει η Καθ απευθυνόμενη στην Μπεβ.

Σε αυτό το σημείο, η Σούζαν χάνει τη θέση της και πρέπει να ξεκινήσει από την αρχή.

Η Kath την σπρώχνει. Πήγαινε να βοηθήσεις την Τρέισι. Θα είμαι πιο γρήγορη. Πήγαινε.

Ο θυμός χτυπάει στα σωθικά της. Καθώς φεύγει από τον πάγκο, αποφεύγει το βλέμμα της Μπεβ.

Έξω, δέκα διογκωμένοι σάκοι δεμάτων στοιβάζονται δίπλα σε πέντε κουτιά με επιστολές.

Πού είναι η Τρέισι;

Αρπάζει ένα σάκο και τον σέρνει μέσα. Τι στο διάολο παραγγέλνουν οι άνθρωποι μέσω ταχυδρομείου εδώ γύρω; Έχει δει ανταλλακτικά αυτοκινήτων, ανταλλακτικά τρακτέρ, κουπιά, μπαστούνια του γκολφ, μια σέλα, ακόμα και ζωντανές μέλισσες. Βασίλισσες προφανώς. Όλα αυτά, και είναι εδώ μόνο δύο εβδομάδες.

Δύο εβδομάδες και η πλάτη της παραπονιέται.

Η Τρέισι μπαίνει μέσα, η τυπική ταχυδρόμος της επαρχίας, γεροδεμένη, περήφανη, με πρόσωπο τραχύ από τον ήλιο- το κεφάλι της γεμάτο εξηγήσεις. Έγινε ένα ατύχημα στην εθνική οδό. Η αστυνομία έκλεισε το δρόμο. Ένα θανατηφόρο άκουσα. Και έχουν ένα καινούργιο αγόρι. Η Σούζαν δεν μιλάει. Υπήρχε ένα νέο αγόρι, και ένα θανατηφόρο, μόλις την περασμένη εβδομάδα.

Με όλη την αλληλογραφία μέσα, η Σούζαν αρχίζει τη διαλογή, ανοίγοντας ένα κουτί γεμάτο γράμματα. Δεν έχει άλλη επιλογή από το να στέκεται με την πλάτη στην Kath και την Tracy. Να στέκεται με την πλάτη στη φιλία τους. Γιατί είναι κοντά, αγκαλιά με αγκαλιά, μιλάνε χαμηλόφωνα, ένας Θεός ξέρει για τι πράγμα. Ακούει αποσπάσματα, ονόματα, και όταν η κουβέντα γίνεται κρυφή και κανείς από τους δύο δεν φαίνεται να θέλει να την ακούσει, βγαίνουν έξω και μιλάνε δίπλα στο φορτηγάκι με την πρόφαση ότι η Τρέισι χρειάζεται ένα τσιγάρο.

Η Σούζαν έχει μια σειρά από γράμματα του Snake Road και δύο που απευθύνονται σε μια γυναίκα από το Broken Hill, τα οποία δεν έχουν ταξινομηθεί σωστά από κάποιον ανώτερο στην αλυσίδα. Ακολουθεί μια δέσμη λανθασμένων επιστολών της D & B Snell: B & D Smell. Σταματάει. Κάποιος πρέπει να κάνει πλάκα. Οι Σνελ ζουν στην Upper Snake Road σε ένα κτήμα στην άκρη του δάσους. Χωρίς δεύτερη σκέψη, βάζει τα γράμματά τους μαζί με την αλληλογραφία της Τρέισι.

Αναρωτιέται ποιοι είναι οι Σνελ, τι κάνουν και πώς μοιάζουν. Φαντάζεται ένα ζευγάρι περιστεριών, παχύσαρκων τύπων που ζουν με δίαιτα από βραστά αυγά και σούπα λάχανου. Προφανώς το Όραντζ δεν μπορούσε να τα βγάλει πέρα και τους έδιωξαν από την πόλη. Η αλληλογραφία τους ακολούθησε μετά. Μόνο που το γράμμα δεν είχε κίτρινο αυτοκόλλητο ανακατεύθυνσης. Ο αποστολέας έχει τη νέα τους διεύθυνση. Ίσως ένας βαρήκοος υπάλληλος του τηλεφωνικού κέντρου της Telco.

Τι σημαίνουν τα Μπ & Ντ; Μπέρθα και Ντάρεν; Μπεατρις και Νταν; Μπομπ και Νταϊάν; Η Καθ της το έχει πει αλλά το έχει ξεχάσει. Τα ονόματα συνηθίζουν να ξεφεύγουν από το μυαλό της. Στην πόλη, το τηλέφωνό της απομνημόνευε τα ονόματα για λογαριασμό της. Και δεν υπήρχαν πολλά που έπρεπε να θυμάται: ραντεβού για τα μαλλιά, γυμναστήριο, γεύμα με φίλες- ο σύζυγός της είχε φροντίσει για τα υπόλοιπα.

Η Καθ και η Τρέισι επιστρέφουν, φέρνοντας μαζί τους ένα άρωμα καπνού τσιγάρου.

"Εγκαταστάθηκες, Σούζαν; Ρωτάει η Τρέισι.

Αναρωτιέται πώς να απαντήσει. Τι λέει ο Καθ γι' αυτήν, εκεί έξω στο δρόμο;

"Λίγο διαφορετικό από την πόλη", επιμένει η Τρέισι.

"Εντελώς.

Η Τρέισι πρέπει να της είχε κάνει τις ίδιες ερωτήσεις τουλάχιστον δώδεκα φορές μέχρι τώρα. Δεν φαίνεται να ξεπερνούν ποτέ αυτό το σημείο. Η Σούζαν δεν έχει ιδέα γιατί. Δεν την πειράζει, αν προχωρήσει περισσότερο θα αναγκαστεί να αναφερθεί στην ερημιά που ήταν ο γάμος της.

Πέφτουν σε σιωπή, η Καθ δουλεύει στον πάγκο και ταξινομεί τα δέματα, η Τρέισι οργανώνει την αλληλογραφία του Snake Road και η Σούζαν αλληθωρίζει στους φακέλους, καταριζόμενη τον αδιάφορο τρόπο με τον οποίο οι άνθρωποι δίνουν τις διευθύνσεις τους- μια στάση "θα φτάσει" που αγγίζει τα όρια της τυφλής πίστης.

Παλεύει με το παραγεμισμένο γραμματοκιβώτιο του Brace, όταν χτυπάει το κουδούνι και μπαίνει μέσα ένα ζευγάρι στην ηλικία της. Η γυναίκα είναι ντυμένη με λεκιασμένη φόρμα και ο άντρας με κακοφορμισμένο μπλουζάκι και φαρδύ τζιν. Διαπιστώνοντας ότι είναι μόνη της, αφήνει κάτω τα γράμματά της και πηγαίνει να εξυπηρετήσει.

"Μπορώ να βοηθήσω;

"Είσαι η αδελφή της Καθ;

Μια έξαρση ενόχλησης την διαπερνά. Είναι

εντελώς άγνωστοι γι' αυτήν, όσον αφορά την ίδια, και ακόμη και αυτοί την ξέρουν ως "αδελφή της Καθ". Είναι σαν να έχουν σβήσει την ταυτότητά της και να την έχουν αντικαταστήσει με κάποιο απότοκο της Καθ.

"Τι μπορώ να σας φέρω;

"Δεν της μοιάζεις καθόλου".

"Πώς το λένε;

"Συγγνώμη, ξεχάσαμε το κλειδί. Κουτί 4.'

Στα μισά της διαδρομής προς το κουτί θυμάται: Οι Σνελ. Έδωσε την αλληλογραφία τους στο Snake Road Run. Ντροπιασμένη, αποφασίζει να μην το αναφέρει.

Δεν έχει προλάβει να επιστρέψει στον πάγκο όταν μπαίνει μέσα η Καθ. 'Μπελίντα, πώς είσαι; Γεια σου, Ντέιβ.

Η Σούζαν επιλέγει να μην μείνει εδώ, και πηγαίνει στο μπάνιο. Επιστρέφοντας, πέφτει πάνω στην Τρέισι, φορτωμένη με αλληλογραφία.

"Θα έρθεις στους Σνελς;

"Τι συμβαίνει στους Σνελ;

'Κάνουν εγκαίνια σπιτιού. Πρέπει να έρθεις".

Φαντάζεται τον εαυτό της εκεί, να δέχεται ερωτήσεις σχετικά με το γιατί έφυγε, γιατί επέστρεψε και να χαμογελάει κάθε φορά που κάποιος κάνει κάποια παρατήρηση για το ότι δεν έχει καμία σχέση με την Καθ.

"Πότε είναι;

"Κυριακή".

Η Σούζαν πηγαίνει να κρατήσει ανοιχτή τη σήτα καθώς η Τρέισι επιστρέφει έξω, κάνοντας μια νοερή σημείωση για να κάνει διπλή κράτηση.

Καθώς περνάει την πόρτα, η Τρέισι σταματά και γυρίζει.

"Η Καθ χαίρεται που επέστρεψες, ξέρεις.

"Είναι;

"Δεν είναι εύκολο γι' αυτήν. Είναι η μικρότερη. Κι

εγώ είμαι η μικρότερη, οπότε καταλαβαίνω. Είναι δύσκολο να ξέρεις ότι απογοητεύεις τους γονείς σου".

"Δεν καταλαβαίνω.

"Υποθέτω ότι δεν θα το έκανες. Ο νεότερος ζει πάντα στη σκιά του μεγαλύτερου".

Η Σούζαν αφήνει τη σήτα να γυρίσει πίσω από μόνη της. Μέσα από το συρματόπλεγμα παρακολουθεί την Τρέισι να φορτώνει το φορτηγάκι της.

Η Τρέισι κοιτάζει προς τα εκεί. Χαμογελάει και λέει: "Θα σε δω στους Σνελ;".

Ναι, τα λέμε στους Σνελ, σκέφτεται, βλέποντας έναν νέο τρόπο για να βάλει το χέρι στην τσέπη, εκεί για να το πάρει κανείς σαν ένα αδέσμευτο γραμματοκιβώτιο. Το μόνο που χρειάζεται να κάνει είναι να πάρει το κλειδί που της πρόσφερε η Τρέισι.

Επιστρέφει στην αίθουσα αλληλογραφίας για να συναντήσει την αδελφή της.

Η ιστορία με τον τίτλο αυτής της συλλογής, "Όλα εξαιτίας σου", είναι ένα απομνημόνευμα που έγραψα για τον Σκωτσέζο τραγουδοποιό Άλεξ Legg (1952-2014), και επίσης ο τίτλος ενός από τα τραγούδια του. Ο Άλεξ με βοήθησε με τη διάλεκτο. Ο πρωταγωνιστής Benny Muir είναι δικό του δημιούργημα. Ο Μπένι βρίσκει το δρόμο του *στο The Cabin Sessions*, ένα σκοτεινό ψυχολογικό θρίλερ που διαδραματίζεται σε ένα ανοιχτό μικρόφωνο. Εδώ είναι μια σύντομη και συγκινητική ιστορία ενός πατέρα που παρακολουθεί τον γιο του να παίζει ποδόσφαιρο.

ΌΛΑ ΕΞΑΙΤΊΑΣ ΣΟΥ

Αυτό είναι το αγόρι μου, που παίζει στη μεσαία γραμμή με τη φανέλα με το νούμερο δέκα. Φαίνεται να είναι ο κατάλληλος; Έχει τα πόδια του Muir. Τα πόδια του ποδοσφαιριστή. Δυνατές γάμπες. Πάντα ήξερα ότι θα ήταν καλός στο ποδόσφαιρο. Κλώτσαγε την μπάλα πριν καν τα ποδαράκια του αγγίξουν το έδαφος. Η μητέρα του παραπονιόταν ότι πονούσαν τα πλευρά της.

Κοιτάξτε τον τρόπο που πήρε την μπάλα και την έκανε δική του. Τον είδατε να την περνάει με το πλάι του ποδιού του ανάμεσα στους δύο αμυντικούς; Εγώ του το έμαθα αυτό. Τέλεια, κατευθείαν στο βήμα του συμπαίκτη του, Μαρτσέλο.

Σπουδαία πάσα Φέργκους!

Αυτό είναι κρίμα. Ο Μαρτσέλο χτύπησε την μπάλα πολύ μακριά από την πλάγια γραμμή.

Ο μπαμπάς του δεν θα είναι ευτυχισμένος. Είναι εκείνος ο κοντόχοντρος τύπος με το φαλακρό κεφάλι, που στέκεται σε εκείνη τη συστάδα δέντρων κοντά στο κλαμπ. Υπέροχος άνθρωπος, Φρανκ. Ιταλός δεύτερης γενιάς. Έχει ένα καφέ στο Warrandyte. Από τότε που έγινε πρόεδρος της λέσχης, το επίπεδο του φαγητού στην καντίνα ανέβηκε. Τώρα έχουμε και φοκάτσια, και μια Γκαγκία... Φτιάχνει υπέροχο καφέ!

Υπάρχει ένα παγκάκι εκεί πέρα. Είσαι ευχαριστημένη εδώ Φιόνα, ή θα ήθελες να καθίσεις;

Κοιτάξτε! Να ο Φέργκους, τρέχει δίπλα στο ψηλό αγόρι με τα αγκαθωτά μαλλιά. Αυτό είναι το σημάδι του. Και οι δύο κυνηγούν την απομάκρυνση του τερματοφύλακα.

Πήγαινε πρώτος, Φέργκους!

Ναι!

Το μαλάκωσε με τον μηρό του και παρέκαμψε το ψηλό αγόρι.

Αυτό είναι, Φέργκους!

Είδε τον Μαρτσέλο με χώρο.

Περάστε το νωρίς!

Ναι. Ο Μαρτσέλο πήρε την κατοχή.

Σήκω πάνω Μαρτσέλο! Ρίξε μια ματιά!

Δεν θα έπρεπε να κοιτάζει τα πόδια του. Είναι πολύ καλό να βλέπει την μπάλα, αλλά πού θα την πάει; Οι παίκτες πρέπει να γνωρίζουν τους συμπαίκτες τους στο γήπεδο. Από πού μπορεί να έρθει η επόμενη πρόκληση. Πού είναι οι ευκαιρίες. Είναι ένα παιχνίδι ευαισθητοποίησης, όπως η ίδια η ζωή. Στη Σκωτία οι άνθρωποι αντιμετωπίζουν το ποδόσφαιρο σαν ζήτημα ζωής και θανάτου. Αλλά είναι πολύ, πολύ πιο σημαντικό από αυτό.

Έχε το νου σου σ' εκείνο το αγόρι που μοιάζει με κακοποιό και κυνηγάει τον Φέργκους για τη χαμένη μπάλα.

Πηγαίνετε πρώτοι!

Περίμενε. Τα δύο αγόρια κυνηγούν την μπάλα.

Διαιτητή, έλα τώρα!

Είδατε αυτόν τον κακοποιό να σπρώχνει τον Φέργκους στην πλάτη;

Δεν πειράζει. Ο διαιτητής είδε το φάουλ. Έδωσε στον Φέργκους το ελεύθερο λάκτισμα. Και δείχνει στον κακοποιό κίτρινη κάρτα. Και γαμώ τα δίκια του!

Ο Φέργκους προσπαθεί να σκοράρει. Την πετυχαίνει καλά στην πάνω αριστερή γωνία.

Πήγαινε αγόρι μου! Μπορείς να το κάνεις!

Μπα! Η μπάλα αναπήδησε πίσω στο ξύλινο δοκάρι.

Αλλά ε! Ο Μαρτσέλο με κεφαλιά πέρασε το ριμπάουντ δίπλα από τον τερματοφύλακα.

YESSSS!

Ένα-μηδέν για εμάς.

Α! Αυτό είναι ωραίο να το βλέπεις, ο Φέργκους και ο Μαρτσέλο δίνουν πέντε. Σπουδαία ομαδική δουλειά. Σπουδαία παιδιά.

Είναι καλό να βλέπω το αγόρι μου με τους φίλους του. Όταν ήρθαμε στην Αυστραλία, το πρώτο πράγμα που έκανα ήταν να μπω στην ποδοσφαιρική ομάδα. Εξαιτίας του Φέργκους. Δεν ήθελε να έρθει. Απειλούσε ακόμα και ότι θα καθόταν στο δρόμο μπροστά από το φορτηγό μετακόμισης. Η ένταξή μου στο σύλλογο ήταν ο καλύτερος τρόπος για να εγκατασταθεί. Του έλειπαν οι παλιοί ποδοσφαιρικοί του φίλοι περισσότερο από τους φίλους του στο σχολείο, τα παιδιά των γειτόνων, ακόμα και τα ξαδέλφια του Andy και Mandy στη φάρμα.

Να σας φέρω έναν καφέ, Φιόνα; Είναι ημίχρονο. Ο Φέργκους είναι με τους συμπαίκτες του και ακούει τον προπονητή. Θα τον αφήσουμε να το κάνει.

Εδώ είναι ο Φρανκ, που κουνάει δύο δοχεία παγωτού με ένα στυλό.

Τι κάνεις Φρανκ;

Μια κλήρωση για το τουρνουά κάτω των δώδεκα ετών στο Ρίνγκγουντ; Ναι, πόσο;

Δύο δολάρια; Δώσε μου πέντε.

Συγγνώμη, Φρανκ. Δεν μπορώ να έρθω για τον έρανο της βραδιάς γνώσεων. Δουλεύω εκείνο το βράδυ. Έχω μια συναυλία στο Excelsior.

Όχι. Όχι γκάιντες Φρανκ. Για όνομα του Θεού! Η ο Andy Stewart για το θέμα αυτό. Ο Benny Muir είναι στο δρόμο. Γράφω το δικό μου. Ποιος θα τραγουδήσει τα τραγούδια μου, αν όχι εγώ; Το παιδί σου παίζει πολύ καλό παιχνίδι.

Είναι ποδόσφαιρο, Φρανκ. *Ποδόσφαιρο*. Ωωωχ, φύγε από δω.

Δεν μπορώ να το αποκαλέσω ποδόσφαιρο. Είναι ποδόσφαιρο. Αυτό το βδέλυγμα που αποκαλούν ποδόσφαιρο εδώ - το παίζουν με τα χέρια τους.

Αααα. Έρχεται ο Γουόλτερ. Είναι ένας πωλητής ειδών γραφείου από τη Γλασκώβη.

Πώς είσαι φίλε;

Όχι και τόσο καθοδηγητικό, ε; Βλέπω ότι το παιδί σου είναι πάλι στον πάγκο.

Πού πας; Ένα σακάκι; Είσαι τόσο καυτός;

Ο Γουόλτερ δεν είναι η πιο χαρούμενη ψυχή. Φαίνεται να φέρνει μαζί του τον μουντό του καιρό.

Ο κόσμος έχει μαζευτεί γύρω από το σπίτι της λέσχης. Είναι οι γονείς της ομάδας κάτω των δεκαέξι ετών. Ο Φέργκους θα είναι στην ομάδα του χρόνου. Θεέ μου, ο μικρός ήταν δέκα χρονών όταν ήρθαμε εδώ.

Η αλήθεια είναι ότι ούτε εγώ ήθελα ποτέ να έρθω εδώ. Ήταν επειδή η μητέρα του νοσταλγούσε το σπίτι της. Της έλειπε η οικογένειά της. Έτσι πουλήσαμε και φύγαμε. Και πάλι δεν ήταν αρκετό...

Έλα τώρα. Οι παίκτες μας είναι στο γήπεδο. Ο Γουόλτερ θα χαρεί να δει τον Ντάνιελ στο δεύτερο ημίχρονο. Ο Ντάνιελ είναι στον πάγκο τις περισσότερες φορές γιατί δεν έρχεται σχεδόν ποτέ στην προπόνηση και όταν έρχεται, αργεί. Αλλά δεν μπορείτε να το πείτε αυτό στον Γουόλτερ. Αυτός είναι η αιτία. Το γήπεδο είναι αρκετά μακριά από το σπίτι τους και ο Γουόλτερ οδηγεί μόνο τις καλές του μέρες.

Έρχεται πάλι, με το παλιό του μπουφάν του σκι. Ο άνθρωπος σίγουρα δεν του αρέσει το καζάνι.

Είσαι αρκετά ζεστή Φιόνα; Μπορείς να πάρεις το σακάκι μου αν θέλεις.

Οι αντίπαλοι ξεκινούν. Με τον άνεμο στην πλάτη τους αυτή τη φορά οι μπάλες τους θα κινηθούν λίγο πιο γρήγορα. Οι δικές μας θα στροβιλίζονται και θα κρέμονται στον αέρα. Και ο ήλιος είναι στα μάτια του τερματοφύλακά μας. Θα είναι ένα δύσκολο δεύτερο ημίχρονο.

Πού είναι ο Φέργκους; Σίγουρα δεν είναι στον πάγκο. Α, εκεί είναι. Μπορείτε να τον δείτε πίσω από εκείνο το κοντόχοντρο παλικάρι στη μεσαία γραμμή.

Κοιτάξτε! Οι αντίπαλοι έχασαν την κατοχή της μπάλας. Ο Μαρτσέλο και ο Φέργκους ορμούν προς τα εμπρός.

Προχωρήστε αγόρια!

Η μπάλα έσπασε στον Ντάνιελ. Στον Φέργκους.

Συνέχισε να τρέχεις Ντάνιελ!

Ο Φέργκους τον έχει δει. Σπουδαίο ένα-δύο!

Είδατε την ακρίβεια που έβαλε σε αυτή την πάσα;

Έι, κοιτάξτε! Ο Ντάνιελ βρίσκεται στην αντίπαλη περιοχή του πέναλτι.

Γρήγορα Ντάνιελ! Ο τερματοφύλακας πλησιάζει!

Ναιιι!!!

Την έστειλε κατευθείαν στη δεξιά κάτω πλευρά των διχτύων!

Σκατά! Τα γόνατά μου είναι βρεγμένα και λασπωμένα τώρα. Χα χα χα!

Γεια σου Γουόλτερ! Σπουδαίος στόχος!

Αν είχε μπει από την αρχή, θα είχαν προηγηθεί με τέσσερα μηδενικά μέχρι τώρα; Ναι, σίγουρα, Γουόλτερ.

Ονειρεύεται. Ο Ντάνιελ είναι καλός παίκτης, αλλά δεν έχει αντοχή.

Κερδίσαμε αυτόν τον αγώνα. Οι αντίπαλοι δυσκολεύονται πολύ να πάρουν την κατοχή της μπάλας. Ο Μαρτσέλο, ο Ντάνιελ και ο Φέργκους είναι σε ένα τρίγωνο και παίζουν μπάλα. Αυτός είναι ο τρόπος. Μόνο λίγα λεπτά έμειναν μέχρι το τελικό σφύριγμα.

. . .

Το παιχνίδι τελείωσε. Ο Φέργκους κατευθύνεται προς το κουτί του προπονητή για την ενημέρωση. Έπαιξε ένα δυνατό παιχνίδι. Θα είναι ο άνθρωπος του αγώνα, βάζω στοίχημα.

Έχετε δίκιο. Δεν σκόραρε. Αλλά έβαλε και τα δύο γκολ.

Θα τον αφήσουμε στους φίλους του. Θα τον χτυπήσουμε στο κεφάλι στο αυτοκίνητο.

Δεν θα αργήσει. Ο Φρανκ ήδη επιστρέφει στο αυτοκίνητό του με τον Μαρτσέλο και ο Γουόλτερ κοιτάει ανυπόμονα δίπλα στους κάδους περιμένοντας τον Ντάνιελ.

Έρχεται. Έι, Φέργκους! Ωραίο παιχνίδι!

Πεθαίνεις της πείνας; Τι θέλεις να φας;

Ωωωωχ, KFC; Η μητέρα σου δεν θέλει να τρως πρόχειρο φαγητό.

Ξέρω ότι δεν είναι μαζί μας, αλλά δεν είναι αυτό το θέμα.

Εντάξει. Υπάρχει ένα στο δρόμο για το σπίτι.

Είμαι περήφανος για σένα, Φέργκους. Φίλε, μεγαλώνεις! Ήσουν ο αρχηγός των ανδρών εκεί έξω σήμερα. Το έδωσες εκατόν είκοσι τοις εκατό. Βλέπεις τι συμβαίνει όταν παρενοχλείς τον αντίπαλο, όταν πλησιάζεις και ασκείς πίεση; Αυτό επιβάλλει το λάθος. Δεν του δίνετε χρόνο να κάνει κάτι χρήσιμο με την μπάλα. Εσύ κράτησες το κεφάλι σου ήρεμο χθες. Δεν άφησες την πίεση να σε επηρεάσει.

Και αυτό εννοώ, Φιόνα, ότι το ποδόσφαιρο είναι σαν την ίδια τη ζωή.

Οπότε, εδώ είμαστε.

Θα φάμε όταν γυρίσουμε στο σπίτι μου, Φιόνα, ε; Ή μήπως θέλεις κάτι για να συνεχίσεις;

Εντάξει. Εντάξει. Εντάξει. Πέρασα πάλι από το μικρόφωνο.

Το ίδιο ως συνήθως;

Ένα μεγάλο κοτόπουλο με ποπ κορν, σε μεγέθυνση με τέσσερις τραγανές λωρίδες, έξτρα αλάτι στα πατατάκια και μια Pepsi, παρακαλώ.

Ορίστε.

Γιατί δεν μπορώ να σας λέω καλαματιανό;

Δεν ήθελα να σας φέρω σε δύσκολη θέση. Αλλά αυτό είναι σωστό. Δεν είσαι πια παιδί.

Κατευθείαν σπίτι τότε, για ένα ζεστό μπάνιο;

Καλύτερα να τελειώσετε το φαγητό σας πριν μπείτε μέσα.

Όχι, δεν θα μπορέσω να σας πάρω την επόμενη εβδομάδα. Έχω μια συναυλία την Κυριακή. Έχω κρατήσει τη μεθεπόμενη εβδομάδα ελεύθερη. Οπότε, θα σας δω τότε.

Αντίο, Φεργκς. Σας αγαπώ.

Μισώ να τον αφήνω. Με πιάνει κάθε φορά.

Ναι, είναι καλό παιδί. Ήταν πάντα παιδί του πατέρα του.

Ωραίο παιχνίδι, έτσι δεν είναι;

Τι! Ποτέ;

Εννοείς ότι ήρθες μόνο εξαιτίας μου;

Δεν το γνώριζα αυτό.

Το "Μπλε Ουρανός Πάνω απ πο το Μπέντιγκο" είναι τα απομνημονεύματα ενός ταξιδιού που έκανα με τον πρώην σύντροφό μου και Σκωτσέζο τροβαδούρο Άλεξ Legg σε μια συναυλία για την Ημέρα της Αυστραλίας που πραγματοποιήθηκε σε ένα πάρκο. Αυτή η ιστορία προοριζόταν να γίνει το πρώτο κεφάλαιο των απομνημονευμάτων του Άλεξ, ένα σχέδιο που έβαλα στο ράφι. Σε συνδυασμό με θέματα πολιτιστικής ταυτότητας και αποξένωσης, εδώ υπάρχει μια ρομαντική ιστορία λαχτάρας και ευχής, καθώς και της εκτίμησης ενός ερμηνευτή προς τον νέο θαυμαστή του.

ΜΠΛΕ ΟΥΡΑΝΟΊ ΠΆΝΩ ΑΠΌ ΤΟ ΜΠ'ΕΝΤΙΓΚΟ

Οδηγώντας στον αυτοκινητόδρομο Calder Freeway προς τις οροσειρές Μάσεντον, βγαίνουμε από το πυκνό σύννεφο που δεσπόζει πάνω από τη Μελβούρνη και βλέπουμε έναν γαλάζιο ωκεανό ουρανού. Είναι σαν μια αποκάλυψη, τόσο δραματική όσο μια σκηνική κουρτίνα που σαρώνεται για να αποκαλύψει με φωτισμό και λάμψη, την πρώτη πράξη της φύσης. Ο πρωινός ήλιος ακτινοβολεί μέσα από το παρμπρίζ, ζεσταίνοντας το μαύρο παντελόνι μου. Νιώθοντας μια έξαρση ενθουσιασμού για τη μέρα που έρχεται, φορτίζω τον ψυχισμό μου σε κατάσταση απόδοσης, αξιοποιώντας ένα ισχυρό μείγμα αβεβαιότητας, προσμονής και φόβου. Κατευθυνόμαστε για τους εορτασμούς της Ημέρας της Αυστραλίας στο Μπέντιγκο, στη λίμνη Γουιρόνα. Μια συναυλία τεσσάρων ωρών.

Η Ίζομπελ είναι ντυμένη κομψά, από την κορυφή ως τα νύχια στα λευκά, με το γλυκό της πρόσωπο να κρύβεται πίσω από τα γυαλιά ηλίου της. Με τα χέρια της σφιχταγκαλιασμένα στα γόνατά της, έχει την εμφάνιση τιμώμενης καλεσμένης χωρίς τη συμπεριφορά της μεγαλοπρέπειας ή των προνομίων. Είμαστε μαζί στο δρόμο για πρώτη φορά. Είναι μια νευρική επιβάτης. Τα μάτια της δεν αφήνουν ποτέ την άσφαλτο. Αλλά τη θέλω μαζί μου. Η ζωή είναι πολύ μικρή για να χωρίσουμε. Και είναι τόσο οργανωμένη. Μαζί με σάντουιτς, φρουτόκρεμα και μπουκάλια νερό, έχει τη λίστα αλληλογραφίας σε ένα πρόχειρο, CD σφιχτά συσκευασμένα σε μια θήκη με φερμουάρ και ένα πτυσσόμενο τραπέζι εμπορευμάτων γεμάτο με μωβ βελούδινο ύφασμα. Πριν συναντηθούμε, τα CD μου κροτάλιζαν στο πορτμπαγκάζ του αυτοκινήτου μου μέσα σε μια πλαστική σακούλα, με τις θήκες τους να έχουν γδαρθεί και ραγίσει.

Στρίβουμε ελαφρώς προς την άκρη του δρόμου, καθώς σαρώνω τους θάμνους και τα αρμυρίκια κοντά στην άκρη του δρόμου. Η Ίζομπελ κρατάει το κάθισμά της. 'Άλεξ! Πρόσεχε πού πηγαίνεις!'

"Προσέχω την άγρια φύση.

'Λάθος ώρα της ημέρας.' Τα μάτια της είναι καρφωμένα ευθεία μπροστά. "Τα καγκουρό και τα γουόμπατς δραστηριοποιούνται την αυγή και το σούρουπο".

Υποθέτω ότι θα το ήξερε. Έχει ζήσει εδώ τη μισή της ζωή. Εγώ; - Είμαι ένας Σκωτσέζος εξόριστος, τον έφερε εδώ η Αυστραλή πρώην σύζυγός μου. Της έλειψε η οικογένειά της. Τώρα μου λείπει η δική μου. Αναμφίβολα αυτή τη στιγμή η αδελφή μου η Μάργκο, πίσω στο σπίτι της στο Αμπερντίν, γιορτάζει τη βραδιά του Burns. Αχ Σκωτία, να ένα έθνος που γνωρίζει τον εαυτό του και τιμά τον μεγαλύτερο βάρδο του, τον Ρόμπερτ Μπερνς, με μια γιορτή.

"Ημέρα της Αυστραλίας; Λέω. "Τι είναι αυτό;

"Η άφιξη του Πρώτου Στόλου".

Και η σύγχρονη Αυστραλία ανακηρύχθηκε; Είναι μια ανοησία.'

Ο αυτοκινητόδρομος διασχίζει με κορδέλες τους λόφους. Πεδία με χωράφια με γρασίδι στο χρώμα του άχυρου με κάνουν να νοσταλγώ τα καταπράσινα βοσκοτόπια του Aberdeenshire. Κοιτάζω στον καθρέφτη τον δρόμο πίσω μας. Γκρίζος ουρανός πάνω από τη Μελβούρνη. Ένα τετράτροχο μας προσπερνάει στην εξωτερική λωρίδα κορνάροντας, με το φαινόμενο Ντόπλερ να μουτζουρώνει στα τύμπανά μας τις οκτώ πρώτες νότες του "Advance Australia Fair". Θα πρέπει να κάνει εκατόν σαράντα, ο χαζός τόνος. Και - δεν το ξέρετε; - Δύο αυστραλιανές σημαίες προεξέχουν από τα παράθυρα των πίσω επιβατών σαν αυτιά πασχαλινού λαγού και υπάρχει άλλη μία κολλημένη στο πίσω παράθυρο. Εμπορικοποιημένος γινγκοϊσμός, όπως οι κονσέρβες με ταρτάν και τα χαριτωμένα σκυλάκια Σκότι τα Χριστούγεννα. Δεν το δέχομαι καθόλου αυτό. "Σε όλη τη χώρα ο Σταυρός του Νότου θα ανεμίζει στο αεράκι με το Union Jack", λέω.

Η Ίζομπελ διπλώνει τα χέρια της στο στήθος της. Δεν της αρέσουν αυτά τα εμβλήματα υποταγής όσο και σε μένα. "Είναι καιρός η Αυστραλία να γίνει δημοκρατία", λέει.

"Με το "Down Under" των Men at Work ως εθνικό ύμνο".

Γελάει και χωρίς να πάρει τα μάτια της από το δρόμο μπροστά της ψάχνει στα πόδια της για ένα μπουκάλι νερό.

Σκέφτομαι δυνατά και λέω: "Η Αυστραλία πρέπει να βρει την ψυχή της".

"Έχει ψυχή. Είναι εμφατική. "Εδώ στη γη.

"Μια ψυχή θαμμένη κάτω από την ιστορία που της προκάλεσε ο Sassenach".

Βάζω το χέρι μου κάτω από το τασάκι για το Πιιτrson και το κουτί του καπνού μου. Τη στιγμή που γεμίζω το μπολ με καπνό, η Ίζομπελ μου δίνει ένα σπιρτόκουτο, με ένα Red Head να ξεπροβάλλει από το χάρτινο συρτάρι.

Δεν γιορτάζω τις μέρες που είναι σε ιδρύματα. Για μένα είναι απλώς μια ακόμη συναυλία. Πάντα ήμουν κυνικός. Κάτι που έχει να κάνει με το ότι αναγκάστηκα, στα δεκαέξι μου, να φορέσω ένα ταρτάν σακάκι τρία νούμερα μεγαλύτερο, τη στολή των Baronettes, μιας σκωτσέζικης μπάντας χορού που περιόδευε σε όλη τη Σκωτία. Παίζαμε σε γκολφ κλαμπ, εξοχικά κλαμπ, ξενοδοχεία, γάμους και εκδηλώσεις. Κάναμε ακόμη και ένα πάρτι για το Hogmanay σε ένα κάστρο για κάποιον συγγενή της βασίλισσας με ράμφος. Έπρεπε να φορέσουμε κιλτ γι' αυτό. Τι φοράτε την Ημέρα της Αυστραλίας; Όχι λουκάνικο;

Μια ώρα αργότερα πλησιάζουμε την πόλη και το θαμνώδες μείγμα από κουτσουπιές εξαφανίζεται. Τώρα ο δρόμος πλαισιώνεται και από τις δύο πλευρές από ένα ακατάστατο μείγμα βενζινάδικων, μοτέλ, πάρκων τροχόσπιτων και τη συνήθη πληθώρα ταχυφαγείων. Χαμηλά τσιμεντένια κτίρια με φανταχτερές προσόψεις διαφημίζουν τις επιχειρήσεις τους τόσο αδιάκριτα όσο οι παπαγάλοι. Περιοχή Κανγκουρώ, και ούτε ένα καγκουρό στον ορίζοντα.

"Ηρέμησε", λέει η Ίζομπελ. "Είναι εξήντα".

"Εξήντα. Φρενάρω. 'Πλησιάζω τα εξήντα και δεν επιβραδύνω'. Της χαμογελάω.

"Τι;

"Ακόμα δίνω συναυλίες.

"Φυσικά και είσαι.

Α, Ίζομπελ, η μεγαλύτερη θαυμάστριά μου. Ρίχνω μια ματιά στην αγκαλιά της, τοποθετώ το χέρι μου στο μηρό της και γλιστράω τη φούστα της πάνω από το γόνατό της. Χωρίς λέξη τοποθετεί το χέρι μου πίσω στο τιμόνι και κατεβάζει τη φούστα της.

Πλησιάζουμε στο Μπέντιγκο και τα σπίτια αποκτούν έναν αέρα ομοσπονδιακής μεγαλοπρέπειας, μπροστά από κομμένους φράχτες και επιβλητικά δέντρα. Το Μπέντιγκο, μια υπέροχη παλιά πόλη που ιδρύθηκε με χρυσό, το κέντρο της είναι γεμάτο με νεοκλασική αρχιτεκτονική, με στρογγυλεμένες καμάρες, κολώνες και τεφροδόχους. Ο καθεδρικός ναός, το σιντριβάνι, το παλιό ταχυδρομείο και το εντυπωσιακό ξενοδοχείο Shamrock Hotel, με τις κρημνές του, τα καλούπια από στόκο και τις σιδερένιες βεράντες. Αναπολώντας το αστικό μεγαλείο των μπλε-γκρανίτικων προσόψεων της Union Terrace του Aberdeen, η νοσταλγία αναδεύεται, ανάλαφρη, όπως ο αέρας μιας γνώριμης μελωδίας.

Μια ρεγκάτα χρωμάτων περιβάλλει τη λίμνη Γουιρόνα. Κόκκινα, λευκά και μπλε σημαιάκια απλωμένα ανάμεσα σε ψευδο-αντίκες κολώνες φωτισμού, τα φωτεινά βασικά χρώματα του φουσκωτού κάστρου και της τσουλήθρας και τα χαρούμενα προϊόντα των εμπόρων της αγοράς. Φαίνεται ότι θα είναι μια μεγάλη μέρα. Μας είπαν να κατευθυνθούμε προς το λεμβοστάσιο και να αναζητήσουμε μια μικρή σκηνή σε κοντινή απόσταση.

Ανοίγοντας την πόρτα του αυτοκινήτου, με υποδέχεται ο καπνός του κρέατος που πλανάται στη λίμνη με ένα ελαφρύ αεράκι. Αχ! Εκδηλώσεις, πανηγύρια, έρανοι και εορταστικές ημέρες, στην Αυστραλία μπορείτε να εγγυηθείτε ότι θα γιορταστούν με μπάρμπεκιου.

Η Ίζομπελ φεύγει κουβαλώντας τη βάση του μικροφώνου, τη θήκη του CD και την κιθάρα μου, αφήνοντας εμένα να παλεύω με τα ηχεία. Ανάβω το Πιtrson μου και σαρώνω τις τέντες και τους πάγκους που απλώνονται κατά μήκος της ανατολικής άκρης της λίμνης, καταλήγοντας απότομα σε απόσταση περίπου τριάντα μέτρων από αυτό που φαίνεται να είναι η σκηνή μου. Όλη η δράση βρίσκεται στην άλλη άκρη του πάρκου. Έχω το κωλομέρος του φεστιβάλ, ρυθμισμένο για να αιχμαλωτίσω ένα κοινό που πηγαινοέρχεται από τις κύριες εκδηλώσεις στο πάρκινγκ του κλαμπ σκαφών και τις τουαλέτες. Δεν θα επιτρέψω στον εαυτό μου να νιώσει αποθαρρυμένος. Θα πρέπει απλώς να προσελκύσω τους περαστικούς, να τους κάνω να σταματήσουν και να ακούσουν. Βάζω το Πιtrson στην τσάντα ώμου και βγάζω ένα ηχείο από το πορτμπαγκάζ.

Η σκηνή είναι μια τετράγωνη εξέδρα χωρίς κάλυμμα, τοποθετημένη στο γρασίδι μπροστά σε μια διασπορά από αχυρόμπαλες. Ρουστίκ και άβολα καθίσματα, και για όσους φορούν σορτς ή λεπτές καλοκαιρινές φούστες, που είναι βέβαιο ότι είναι σχεδόν όλοι, μια αγκαθωτή, εξανθηματική εμπειρία. Τι σκέφτονται οι διοργανωτές;

Στήνω το ηχοσύστημα, τοποθετώ τη βάση του μικροφώνου μου στο κέντρο της σκηνής και ψάχνω για μια πηγή ρεύματος. Ακριβώς πίσω από τη σκηνή βρίσκεται το πράσινο δωμάτιο, μια μικρή, τετράγωνη σκηνή, και δίπλα της παρατηρώ μια γεννήτρια ντίζελ, περιτυλιγμένη με πλαστική πορτοκαλί ταινία τυλιγμένη γύρω από τέσσερις αστέρες, αναμφίβολα για να ανταποκρίνεται στους αυστηρούς κανονισμούς που επιβάλλονται σε μια δημόσια εκδήλωση. Έπρεπε να έχω ασφάλεια αστικής ευθύνης αξίας είκοσι εκατομμυρίων δολαρίων μόνο και μόνο για να παίξω κιθάρα. Περίεργο πώς μια χώρα που χτίστηκε με αυτοσχεδιασμούς που περιλάμβαναν κυματοειδές σίδερο και ένα κομμάτι σπάγκο, επέτρεψε στον εαυτό της να γίνει τόσο δέσμια των κανόνων.

Ξύνω το κεφάλι μου αναρωτώμενος πώς να βάλω σε λειτουργία τη γεννήτρια, όταν ένας φαλακρός και γερασμένος άντρας με μαύρο μπλουζάκι πόλο και βερμούδα έρχεται αποφασιστικά προς το μέρος μου. Μου συστήνεται ως Πιτ. Η κάρτα που είναι καρφιτσωμένη στο στήθος του μου λέει ότι είναι από την οργανωτική επιτροπή του Ρόταρυ. Μετά από μια σύντομη ανταλλαγή απόψεων σχετικά με τον καιρό -όμορφη μέρα γι' αυτό, θα έχει ζέστη- πατάει έναν διακόπτη, προετοιμάζει τον κινητήρα και τραβάει το καλώδιο εκκίνησης. Η μηχανή παίρνει φωτιά και στη συνέχεια ηρεμεί με ένα γουργουρητό.

Ο Πιτ δείχνει το δοχείο καυσίμων. "Δεν θα το χρειαστείτε για λίγο καιρό".

Ελπίζω όχι στα μισά του τραγουδιού. Μου χώνει στο χέρι ένα κομμάτι κουπόνια φαγητού και μου εύχεται καλή μέρα, ενώ το αποφασιστικό του βήμα τον οδηγεί στην επόμενη αποστολή του.

Σπρώχνοντας το κεφάλι μου μέσα από το πτερύγιο της εισόδου του πράσινου δωματίου, με συναντά ένα ζεστό άρωμα αέρα γεμάτο πλαστικό. Η σκηνή περιέχει μια σαθρή καρέκλα πικνίκ και μια πλάκα με νερό που ζεσταίνεται γρήγορα. Μια χάντρα ιδρώτα τρέχει από τον κρόταφο στον λαιμό μου. Αμφιβάλλω αν θα περάσουμε αρκετό χρόνο εδώ μέσα.

Η Ίζομπελ παίρνει ένα μπουκάλι νερό και την καρέκλα και στήνεται κάτω από ένα δέντρο. Για μένα υπάρχει ελάχιστη σκιά, μόνο μερικά κακοτράχαλα κλαδιά δέντρων που κρέμονται πάνω από τη σκηνή, και όπου κι αν σταθώ βρίσκομαι στον ήλιο. Κουρδίζω την κιθάρα μου, ελέγχω τον ήχο και αναρωτιέμαι με ποιο τραγούδι θα ξεκινήσω τη μέρα.

Ωχ! Αυτό πόνεσε. Το δέντρο δεν φαίνεται να με θέλει εδώ. Έχει ήδη αρχίσει να μου πετάει καρύδια τσίχλας. Ξεκινάω με το πρώτο μου τραγούδι, το επηρεασμένο από την ποπ Motown, 'You Gotta Laugh Sometimes, Else You're Gonna Cry'. Apt.

Η αλήθεια είναι ότι κόβεται για να είναι εδώ στην Αυστραλία. Μετά από επτά χρόνια εξακολουθώ να αισθάνομαι ξένος στον τόπο, ο τόπος ξένος σε μένα. Είμαι φυλακισμένος από τις συνθήκες. Και σήμερα, την Ημέρα της Αυστραλίας, την ημέρα που όλοι οι μετανάστες και οι Αυστραλοί πρώτης, δεύτερης, τρίτης και τέταρτης γενιάς γιορτάζουν τη χώρα τους, λοιπόν, κάνει την εξορία μου πιο οδυνηρή. Άφησα πίσω μου τρεις δεκαετίες ζωής και συναυλιών στο Λονδίνο. Περιόδευσα σε όλο το Ηνωμένο Βασίλειο και την Ευρώπη. Είχα ένα είδος θρύλου στο όνομά μου. Εδώ δεν είμαι κανένας. Και η Αυστραλία αγαπά το δικό της, εγχώριο ταλέντο. Τους δικούς της θρύλους. Δεν είναι κακό αυτό. Αλλά όταν ακούω, "Παίξε τον Paul Kelly. Ή, "Ξέρεις κανέναν Cold Chisel; Ανατριχιάζω. Ποτέ δεν μπήκα στον κόπο να μάθω τραγούδια από αυτούς τους τύπους. Πάντα λέω στο κοινό ότι δεν παίζουν κανένα δικό μου, οπότε δεν παίζω κανένα δικό τους. Το μόνο αυστραλιανό τραγούδι που ξέρω είναι το 'Down Under' και έπρεπε να το μάθω για έναν γάμο.

Η Ίζομπελ μετακινεί την καρέκλα της πιο μέσα στη σκιά. Στο τελευταίο χτύπημα χειροκροτεί με ενθουσιασμό. Της χαμογελάω. Ένα νεαρό ζευγάρι που περπατάει χέρι-χέρι, σταματάει κοντά στους κάδους, γυρίζει και πλησιάζει. Ώρα για άλλο ένα up-tempo τραγούδι, το τζαζ-λατινο-ρυθμικό 'When They've Gone I'll Still Be Loving You'. Η νεαρή γυναίκα χαμογελάει. Μέχρι να φτάσω στο τέλος του τραγουδιού, ένα ηλικιωμένο ζευγάρι και δύο γυναίκες με μικρά παιδιά στέκονται δίπλα στις αχυρόμπαλες. Η Ίζομπελ ηγείται του χειροκροτήματος. Ενθουσιασμένος από τη μικρή συγκέντρωση, πιάνω το στήριγμα για τον αυχένα της φυσαρμόνικας μου και ξεκινάω δυναμικά με το blues 'Seven Creatures', ένα δυνατό τραγούδι για το κοινό. Δεν είμαι σίγουρος αν το δέντρο αισθάνεται το ίδιο με το κοινό, αλλά ο ενθουσιασμός του να ρίχνει καρύδια τσίχλας στο κεφάλι μου αρχίζει να γίνεται οδυνηρά κουραστικός.

Στη σκηνή είμαι δυνατός και ευάλωτος ταυτόχρονα. Όλο και περισσότεροι άνθρωποι σταματούν στο μονοπάτι και μερικοί αψηφούν ακόμη και τις μπάλες για ένα ή δύο τραγούδια. Νιώθω υπέροχα. Αλλά όταν το ηλικιωμένο ζευγάρι απομακρύνεται στο τέλος ενός τραγουδιού, δεν μπορώ να μην ρωτήσω: "Είναι κάτι που είπα;". Ακούγονται γέλια και μια έκφραση προσδοκίας στα πρόσωπα των άλλων. Τι να παίξουμε μετά; Μερικές πάπιες γλιστρούν στη λίμνη. Ένα σύνταγμα ανδρών και γυναικών ντυμένων με μακριά παντελόνια και στενά μπλουζάκια περνάει, καρφώνοντας το μονοπάτι με μπαστούνια πεζοπορίας σαν να βρίσκονται σε πίστα σκι. Παράξενο. Ρίχνω μια ματιά στην Ίζομπελ. Φαίνεται αρκετά χαρούμενη με την εβδομαδιαία εφημερίδα *Guardian* στην αγκαλιά της. Δεν διαβάζει αυστραλιανές εφημερίδες. Να παίξω κάτι οικείο; Αλλά τότε δεν θα ακούσουν τι εννοώ. Οι Αυστραλοί λατρεύουν τα τραγούδια για την Αυστραλία. Τραγουδάω το πιο κοντινό τραγούδι που έχω σε αυστραλιανό ύμνο, το "Healesville".

Όταν ο γιος μου Angus ήταν έξι ετών, τον πήγα στο καταφύγιο ζώων Healesville, ένα μέρος για τραυματισμένα και σπασμένα πλάσματα για να επιδιορθωθούν. Καθώς επέστρεφα στη Μελβούρνη, παρατήρησα ότι ένα κοντινό οινοποιείο φιλοξενούσε συναυλία του Jackson Μπράουνε. Ήδη έπαιζα με την ιδέα ενός τραγουδιού για το Healesville, έναν προορισμό, ένα μέρος απόλυτης θεραπείας. Αναρωτήθηκα τι είδους τραγούδι θα μπορούσε να κάνει ο Jackson Μπράουνε από την ιδέα αυτή. Κάθισα εκείνο το βράδυ κάτω από τα αστέρια και έπαιξα ένα οδηγητικό groove.

Πρόσφατα μου είπαν ότι το Healesville κατοικείται από τους Αβορίγινες του Έθνους Kulim. Σφαγιάστηκαν, δηλητηριάστηκαν, στάλθηκαν σε στρατόπεδα συγκέντρωσης και μεταφέρθηκαν από τόπο σε τόπο, σκλαβωμένοι για να καθαρίσουν τη γη. Τελικά εγκαταστάθηκαν στο σταθμό της Αποστολής των Αβοριγίνων Corrunderrk στο Healesville. Ένα μεγάλο τμήμα του Corrunderrk κόπηκε για να δημιουργηθεί το καταφύγιο

Healesville. Οι σπασμένοι άνθρωποι περιμένουν ακόμα να επιδιορθωθούν.

"...Εικόνες στην κατακόκκινη άμμο, που τοποθετήθηκαν εκεί από κάποιο αρχαίο χέρι,

Βρίσκομαι στη Γη της Επαγγελίας

Ή μήπως βρίσκομαι σε απόσταση αναπνοής από το Healesville; ... '

Η ειρωνεία του τραγουδιού δεν μου διαφεύγει καθώς αυτό το έθνος με ένοχη συνείδηση κυματίζει τη σημαία της εισβολής.

Το τραγούδι δουλεύει. Μια νεαρή γυναίκα κουνάει τους γοφούς της και ένας φαλακρός άντρας σκαρφαλωμένος στην άκρη ενός δεματοποιητή χτυπάει το πόδι του. Συνδέονται. Συνδέομαι. Αυτό είναι το είδος της ανταπόκρισης που θέλει ένας μουσικός.

Δέκα τραγούδια αργότερα, η Ίζομπελ βάζει την τσάντα της στα γόνατά της και με κοιτάζει. Είναι ο τρόπος της να μου πει ότι τραγουδάω πάνω από μια ώρα και ότι είναι ώρα για διάλειμμα. Το ίδιο μου λέει και η κύστη μου.

Καθώς πηγαίνω προς τις τουαλέτες, πρέπει να περάσω μέσα από ένα πλήθος συγκεντρωμένων γύρω από έναν μεγάλο κύκλο από άνδρες με κιλτ και γκάιντες που παίζουν το "Scotland the Brave". Την Ημέρα της Αυστραλίας; Τι είναι αυτό; Πρέπει να υπάρχουν τουλάχιστον είκοσι άτομα στην ορχήστρα. Είκοσι γκάιντες. Σίγουρα δεν χρειάζονται ηχοσύστημα.

Επιστρέφοντας στη σκηνή, συνδέω την κιθάρα μου και πιάνω το στήριγμα της φυσαρμόνικας. Το κοινό έχει πυκνώσει. Καταφέρνω να εξαλείψω τον υπερβολικό θόρυβο της μπάντας με τις πίπιζες. Στα μισά του δεύτερου σετ, η Ίζομπελ περιπλανιέται στους πάγκους με τα κουπόνια φαγητού και επιστρέφει δέκα λεπτά αργότερα με χαρτοπετσέτες λερωμένες με κέτσαπ που κρατούν τρίγωνα λευκού ψωμιού. Λουκάνικα! Το ήξερα!

Μια ομάδα γυναικών με μακριά ρέοντα φορέματα τοποθετεί πτυσσόμενες καρέκλες στη σκιά ενός δέντρου. Μια από αυτές ανοίγει το καπάκι ενός καλαθοφόρου και μοιράζει κουτιά μπύρας. Δύο νεαρές γυναίκες με λευκά σορτσάκια και καπέλα για τον ήλιο απλώνουν ένα χαλί για πικνίκ και ξαπλώνουν μπρούμυτα, παρακολουθώντας με. Μαμάδες και μπαμπάδες διακινδυνεύουν το εξάνθημα της μπάλας, ενώ τα παιδιά τους τρέχουν τριγύρω. Όλοι χειροκροτούν έντονα μετά από κάθε τραγούδι. Πριν περάσει πολύς καιρός, η Ίζομπελ τρέχει προς το τραπέζι με τα CD. Είμαι αναζωογονημένος. Τα δάχτυλά μου βρίσκουν τη δύναμή τους στις χορδές. Και κανείς δεν μου ζητάει να παίξω Paul Kelly ή Cold Chisel. Τραγουδάω σκωτσέζικα λαϊκά τραγούδια, ιρλανδικά λαϊκά τραγούδια, ποπ τραγούδια, τραγούδια κάντρι, μπλουζ, μπαλάντες και τζαζ σε ένα πλήθος που ξεσηκώνεται. Η συναυλία μου δεν έχει καταλάβει την κεντρική σκηνή του φεστιβάλ, είμαι σίγουρος. Αλλά ξέρω από την ασταμάτητη δουλειά στο τραπέζι με τα CD, τη λίστα αλληλογραφίας που περνούσε από χέρι σε χέρι όλο το απόγευμα και το χαμογελαστό μπράβο που μόλις έλαβα από την Ίζομπελ, ότι έχω καταφέρει να γυρίσω ένα ή δύο κεφάλια.

Καθώς μαζεύουμε τα πράγματά μας για να φύγουμε, μια όμορφη γυναίκα με μακριά ξανθά μαλλιά έρχεται προς το μέρος μου. Έχεις ηχογραφήσει το τραγούδι που έγραψες για τη γυναίκα σου;' μου λέει.

"Θα μπορούσα να κάθομαι και να σε κοιτάζω για ώρες;"

"Είναι το καλύτερο ερωτικό τραγούδι που έχω ακούσει ποτέ.

"Όχι ακόμα", της λέω και την κατευθύνω προς το τραπέζι με τα CD. "Μείνετε σε επαφή και θα σας ενημερώσω όταν το κάνω".

Μπαίνω στο πράσινο δωμάτιο και παίρνω δύο μπουκάλια νερό, καταβροχθίζοντας το ζεστό περιεχόμενο του ενός καθώς επιστρέφω στη σκηνή για να μαζέψω τον εξοπλισμό. Είμαι εξαντλημένος. Ο ιδρώτας τρέχει στα μάγουλά μου και το κεφάλι μου πάλλεται. Το να παίζω μουσική είναι ένα από τα ισχυρότερα παυσίπονα που ξέρω. Μπορείς να παίζεις μέχρι να ματώσουν τα δάχτυλά σου, να στέκεσαι στον ήλιο σαν ζεματισμένος αστακός και να μην αντιλαμβάνεσαι τον πόνο μέχρι να σταματήσεις.

Η Ίζομπελ δίνει στην ξανθιά γυναίκα τη λίστα αλληλογραφίας και ένα στυλό. Σύντομα ακούω: "Είναι πανέμορφος. Τόσο χαρισματικός. Πώς είναι να ζεις μαζί του; Σου τραγουδάει συνέχεια;

Ανατριχιάζω. Μια άλλη γυναίκα μπορεί να αισθάνεται κολακευμένη ή περήφανη που άλλες γυναίκες βρίσκουν τον άντρα της επιθυμητό. Η Ίζομπελ το βρίσκει απειλητικό.

Μόλις μένουμε μόνοι μας, μου λέει: "Γιατί οι γυναίκες πρέπει να μου λένε πόσο πολύ σε γουστάρουν;".

"Δεν χρειάζεται να ανησυχείτε για τίποτα. Ποτέ δεν θα σε πρόδιδα.

"Δεν είναι αυτό το θέμα. Εισβάλλουν στην περιοχή μου".

Φαίνεται εκνευρισμένη. Θέλω να την κατευνάσω αλλά δεν ξέρω πώς.

"Δεν μπορώ να βάλω ένα ring-pass-not γύρω μας", λέει. "Θα είναι σαν θηλιά. Αλλά αυτό δεν με εμποδίζει να το θέλω".

Είναι προστατευτική, όχι ότι με βλέπει ως ιδιοκτησία της, αλλά δεν της αρέσουν οι γυναίκες που υπονοούν ότι θα ήθελαν να με κλέψουν. Υποθέτω ότι είναι ένα είδος βασικού ενστίκτου. Και σήμερα είναι ιδιαίτερα ευαίσθητη. Πιστεύει ότι η Ημέρα της Αυστραλίας πρέπει να είναι ημέρα πένθους. Πώς ένιωσαν οι Αβορίγινες όταν είδαν τον Πρώτο Στόλο να αγκυροβολεί στον κόλπο του Σίδνεϊ; Απειλημένοι; Φοβούμενοι την απαλλοτρίωση που επρόκειτο να τους συμβεί; Πώς μπορούσαν να προβλέψουν τις ψεύτικες διαβεβαιώσεις, τις προδοσίες, τις κενές υποσχέσεις που περιέχονταν στις συνθήκες που προσφέρονταν στο όνομα του Union Jack; Το μόνο που ξέρω είναι ότι σήμερα γιορτάζουμε αυτή την κληρονομιά της αυτοκρατορίας.

Στο δρόμο για το σπίτι μας, σταματάμε στο παλιό ξενοδοχείο Shamrock Hotel, παραγγέλνουμε καφέ και καθόμαστε έξω στη σκιά ενός πλατάνου. Το βράδυ είναι ακόμα ζεστό. Κλείνοντας, είμαι χαλαρός και ικανοποιημένος, παρά το ηλιακό μου έγκαυμα. Ατενίζοντας το Pall Μαλλ, η Ίζομπελ χαζεύει αφηρημένα τον αφρό σοκολάτας στον καπουτσίνο της. "Πίσω στο Λονδίνο συνήθιζα να περπατάω από το Marble Arch στο Pall Μαλλ για ένα μάθημα διδασκαλίας που παρακολουθούσα", λέει.

"Πότε ήταν αυτό;

Κοιτάζοντας ψηλά δαγκώνει το κάτω χείλος της. 'Εμ... ογδόντα επτά'.

Ρουφάω τον καφέ μου, απολαμβάνοντας τη δύναμή του. "Έκανα τότε τις επαγγελματικές μου συναντήσεις στο καφενείο Dorchester στο Park Lane. Θα περνούσες από εκεί.

Δείχνει μελαγχολική. "Θα ήθελα πολύ να σε είχα γνωρίσει τότε. Θα μπορούσα να είχα κάνει τα μωρά σου".

Της σφίγγω το χέρι. "Πάμε σπίτι.

Ο ήλιος κρέμεται χαμηλά στον δυτικό ουρανό και θαμπώνει μέσα από το σκονισμένο παρμπρίζ. Χασμουριέμαι. Η Ίζομπελ γέρνει προς τα πίσω και χαμογελάει. "Ήταν μια όμορφη συναυλία. Πούλησα περίπου τριάντα CD".

"Μπράβο!

"Κυρίως το CD του *Healesville*. Πράγμα που προκαλεί έκπληξη, αφού κοστίζει πέντε δολάρια περισσότερα από τα άλλα". Κάνει μια παύση. 'Είναι ο τίτλος - μια επαρχιακή πόλη στη Βικτώρια. Είναι Banjo Patterson. Είναι ο Tim Winton. Αν θέλεις να τα πας καλά στην Αυστραλία πρέπει να κάνεις τη μουσική σου αυστραλιανή. Δώσε στο κοινό σου κάτι με το οποίο μπορεί να ταυτιστεί. Δεν πουλάω σχεδόν καθόλου από το "*The Best Laid Plans of Chocolate Mice*".

Είμαι αμυντικός. "Νόμιζα ότι ήταν μια έξυπνη αναφορά στο ποίημα του Ρόμπερτ Μπερνς, Σε ένα Ποντίκι.

"Είναι πολύ σκοτεινό.

Έχει δίκιο.

Πλησιάζουμε την οροσειρά Μάσεντον, οδηγώντας προς τα πυκνά μαύρα σύννεφα. Αχ Μελβούρνη! Πριν έρθω στην Αυστραλία νόμιζα ότι ήταν πραγματικά μια χώρα που καίγεται από τον ήλιο. Ούτμπακ και ειδυλλιακές παραλίες. Δεν ήξερα ότι ο καιρός στη Μελβούρνη μπορεί να είναι τόσο μουντός όσο και στο Αμπερντίν. Κοιτάζω στον καθρέφτη. Πίσω μας ο ουρανός είναι καθαρός. "Υπάρχουν γαλάζιοι ουρανοί πάνω από το Μπέντιγκο", λέω.

"Σπουδαίος τίτλος.

"Τίτλος; Όχι, όχι, *υπάρχουν πραγματικά γαλάζιοι ουρανοί πάνω από το Μπέντιγκο*".

"Αυτός είναι ο τίτλος του αυστραλιανού άλμπουμ σας".

"Ποιο αυστραλιανό άλμπουμ;" Ψάχνω κάτω από το τασάκι για το Πίτερσόν μου.

"Αυτό που θα φτιάξεις και θα αγαπήσει η Αυστραλία". Κοιτάζει ευθεία μπροστά, χαμογελώντας. Δεν υπάρχει αμφιβολία ότι έχει συντάξει στο μυαλό της τη λίστα με τα τραγούδια τουλάχιστον κατά το ήμισυ. Στο μυαλό μου, μια οχλαγωγία από κερδοσκόπους εκφράζει κάθε είδους αντίσταση. Όμως σύντομα η βοή τους πνίγεται από ένα τραγούδι, τον λαϊκό, αντι-Αυτοκρατορικό ύμνο μου, το "Guns, Bayonets and Whisky".

...Και εσείς που λαχταράτε την
περιπέτεια
Και ένας δεσμοφύλακας που θα ήθελες
να γίνεις
Υπάρχει ένας στόλος που φεύγει για τη
χώρα των Κόκκινων Σκελετών
Και η γη των Αβοριγίνων.

Με όπλα, ξιφολόγχες και ουίσκι
Θα πάρουμε τα ιερά τους εδάφη
Με όπλα, μπαρούτι, ξιφολόγχες και
ουίσκι
Και αλυσίδες για τα πόδια και τα χέρια
τους...

Το "Το Δώρο" ξεκίνησε ως ιδέα για ένα μιούζικαλ και είναι γραμμένο σχεδόν ως μονόλογος. Ήθελα να αποτυπώσω κάτι από την πρόσφατη ιστορία της Αυστραλίας και επέλεξα να τοποθετήσω την ιστορία στη δεκαετία του 1980 ανατρέχοντας στη δεκαετία του 1950. Επέλεξα την πόλη των χρυσωρυχείων Στάγουελ στα χρυσοφόρα κοιτάσματα της Βικτώριας ανατολικά των Grampions και δημιούργησα την ΚάρμελΚόμπκροφτΚάρμελ Κόμπκροφτ, μια κομμώτρια που νοσταλγεί την πόλη. Η ιστορία έχει έντονη αυστραλιανή φωνή και είναι πλήρης μυθοπλασία.

ΤΟ Δ'ΩΡΟ

Η Μπέριλ μόλις τελείωσε την περμανάντ. Έχει αφήσει τον αέρα πυκνό από σπρέι μαλλιών με αμμωνία. Ντυμένη με ένα μπλουζάκι με φτερά νυχτερίδας και μια φουντωτή φούστα πολύ νεανική για την ηλικία της, χορεύει λίγο καθώς σαρώνει την πίστα ενώ οι Swingers είναι απασχολημένοι με το μέτρημα του ρυθμού.

Τυλιγμένη μέχρι το πηγούνι με το μαύρο φόρεμα που της έδεσε η Μπέριλ, η Μέγκαν είναι αναγκασμένη να περιμένει. Προσπαθεί να αποφύγει το βλέμμα της στον καθρέφτη που εκτείνεται στο μισό μήκος του τοίχου. Το φλιτζάνι με τον στιγμιαίο καφέ που έφτιαξε η Μπέριλ όταν μπήκε μέσα παραμένει μισομεθυσμένο στον πάγκο μπροστά της. Θα έπρεπε να προλάβει το επόμενο τρένο της πόλης, εγκαίρως για την πτήση της επιστροφής. Ένα γρήγορο κούρεμα δεν θα έβλαπτε, σκέφτηκε πριν από μισή ώρα, όταν στεκόταν στην αποβάθρα με ελεύθερο χρόνο, έχοντας περάσει μερικές ώρες περιπλανώμενη πάνω-κάτω σε γνώριμους δρόμους, αναρωτώμενη γιατί μπήκε στον κόπο να κάνει μια ημερήσια εκδρομή σε ένα μέρος που χαίρεται να βλέπει πίσω του.

Ένα κούρεμα σε μια επαρχιακή πόλη ήταν πάντα

ένα ρίσκο, αλλά κανείς δεν μπορούσε να κάνει τις ατημέλητες τούφες των σκούρων καστανών μαλλιών της χειρότερες από ό,τι ήταν. Εξάλλου, της άρεσε να καθίσει σε μια από εκείνες τις παλιές δερματίνες καρέκλες, να κλέψει μια ύπουλη περιστρεφόμενη ίσως. Είναι πολύ ψηλή για να κρεμάσει τα πόδια της.

Μέχρι τη στιγμή που έρχεται η Μπέριλ, ο Τόνι Χάντλι των Spandau Ballet ανασαίνει την τελευταία συλλαβή του 'Indestructible'. Έξω, η γυναίκα με την περμανάντ στέκεται ευθεία στο πεζοδρόμιο, συζητώντας με μια φίλη της. Η Μπέριλ στέκεται πίσω από την καρέκλα, με τη χτένα έτοιμη. Ρίχνει μια ματιά έξω από το παράθυρο και λέει με τον φλύαρο τρόπο της: "Η Χέιζελ έρχεται κάθε μήνα. Μαλλιά σαν σύρμα, αλλά επιμένει να τα κάνει περμανάντ. Αν με ρωτάς εμένα, έχει ξεφύγει. Ποτέ δεν την βλέπω να φοράει κάτι άλλο εκτός από φόρμες. Μακάρι να μπορούσε να δει τον εαυτό της από πίσω. Είναι πάλι γιαγιά, τρίτη φορά τώρα, και τα παιδάκια είναι το μόνο που της απασχολεί. Έχει όλη την οικογένειά της να την περιτριγυρίζει. Κανείς τους δεν έχει φύγει από το Στάγουελ. Πιστεύει ότι όλα οφείλονται σε αυτήν. Κυριακάτικες μεσημεριανές μπάρμπεκιου πριν μαζευτούν στην τηλεόραση για το ποδόσφαιρο. Πρέπει να της βγάλεις το καπέλο. Δεν έχουν μείνει πολλοί από το είδος της και δεν είναι και πολύ εκκλησιαστικός. Πολύ καλοί φίλοι με τον Γκουίν. Δεν κάνουν ένα αστείο ζευγάρι: ένα ζευγάρι γιαγιάδες με φόρμες. Σίγουρα τους λείπει η Κάρμελ.

Η Μέγκαν δεν μπορεί να σκεφτεί τίποτα να πει. Όχι ότι χρειάζεται. Η Μπέριλ έχει πάρει φόρα. Ό,τι κι αν έχει να πει η γυναίκα, η Μέγκαν δεν θέλει να το ακούσει. Της περνάει από το μυαλό να το σκάσει, να βγάλει τη ρόμπα και να τρέξει πίσω στο τμήμα, αλλά αποφασίζει ότι είναι δικό της λάθος που γύρισε πίσω και αφήνει τη Μπέριλ να περάσει τα δάχτυλά της στα μαλλιά της.

"Η καημένη η Καρμέλ", λέει η Μπέριλ. 'Αφημένη σε ένα ράφι σαν μια παλιά σκονισμένη κονσέρβα, που την έχουν σπρώξει στο βάθος πίσω από το Drano. Κόλλησε στο Στάγουελ. "Πού θα βρει μια κοπέλα έναν τύπο στο Στάγουελ;" έλεγε. "Όλοι οι καλοί άντρες είναι πιασμένοι και οι ανύπαντροι άντρες της ηλικίας μου είναι όλοι αποτυχημένοι, μπεκρήδες, πρώην και μη πρώην, γλύφτες, χοντροκώληδες ή απλά άσχημοι." Η Μπέριλ γελάει. "Με τέτοια συμπεριφορά θα έπρεπε να είχε πάει στην πόλη, αλλά δεν είχε ποτέ την ευκαιρία".

"Απλά ένα κούρεμα; Βγάζει μια χτένα από την τσέπη της και την περνάει από τα μαλλιά της Μέγκαν.

"Τριάντα πέντε χρόνια ζούσε εδώ, οπότε θεωρούσε ότι ήταν ντόπια. Ήρθε από τη Σκωτία το 1950", είπε η Μπέριλ, καθώς η χτένα τράβαγε τους κόμπους της Μέγκαν. "Οι γονείς της ήταν χορηγοί ενός Ρέλι από την πλευρά του πατέρα της: Ο Σιντ Κόμπκροφτ από την Γαλοπούλες Κόμπκροφτ . Ήταν δεκαπέντε χρονών τότε, ένα χρόνο πριν το σχολείο. Έπρεπε να δώσει εξετάσεις για το Δημόσιο και μετά ήταν ελεύθερη να φύγει από την πόλη. Και αυτό ακριβώς σκόπευε να κάνει.

"Ήταν δύσκολο γι' αυτήν να ενταχθεί σε αυτό το σχολείο. Υπήρχε μια κενή θέση στην τάξη μας, και αυτή ήταν δίπλα στην Grace. Ένα όμορφο κορίτσι, είχε μάτια σαν φεγγάρια. Αλλά κανείς τότε δεν ήθελε να καθίσει δίπλα της.

"Την πρώτη μέρα της Καρμέλ μελετούσαμε τα βουνά. Συγκεκριμένα, τα Grampians. Θυμάμαι την Κάρμελ να φωνάζει "Είναι στη Σκωτία", και όλη η τάξη να την κοροϊδεύει και ο γερο-Κύριος Grout να στρέφεται εναντίον της. "Βλέπεις εκεί έξω;" είπε καθώς έδειχνε έξω από το παράθυρο. "Είναι τα Γκράμπιανς".

"Χριστέ μου, το πρόσωπό της έκαιγε. Μάλλον νόμιζε ότι της κλέψαμε τα βουνά.

"Το ίδιο θα σκέφτηκε και η Γκρέις.

"Ναι;

Τους διακόπτει το τηλέφωνο. Η Μπέριλ πηγαίνει να απαντήσει. Όταν επιστρέφει συνεχίζει την ιστορία της.

"Φτωχή Καρμέλ. Η θεία της η Mavis πίστευε ότι θα γινόταν καλή κομμώτρια και θα την διαδεχόταν μια μέρα, αλλά η Κάρμελ ήθελε να ταξιδέψει. Λονδίνο, Παρίσι, Νέα Υόρκη. Μελβούρνη. Έκανε οικονομίες. Δεν θα αργούσε να πληρώσει το εισιτήριο για το λεωφορείο. Είπε ότι δεν υπήρχε τίποτα που θα την κρατούσε στο Στάγουελ.

"Βλέπεις, όλες οι φίλες της είχαν αγόρι. Η Γκουίν είχε τον Φρανκ. Η Βερόνικα είχε τον Κεβ, και η Χέιζελ είχε τον Μαλ. Ήθελε κι εκείνη ένα αγόρι. Όχι έναν Φρανκ ή έναν Κεβ ή έναν Μαλ. Ήθελε ένα αγόρι της πόλης με τρόπους και στυλ.

Η Γκρέις δεν είχε αγόρι. Η Χέιζελ υπολόγισε ότι έφταιγε το χρώμα της. Είχε δίκιο. Τότε δεν υπήρχαν πολλά λευκά αγόρια σε αυτή την πόλη που να ήθελαν να ζευγαρώσουν με ένα μαύρο κορίτσι. Η Γκρέις ήταν δρομέας, έκανε σπριντ σαν τσιτάχ. Αν επιτρεπόταν στα κορίτσια να τρέξουν στον αγώνα Το Δώρο, θα είχε κερδίσει. Και ήταν έξυπνη. Έκανε μάστερ στα μαθηματικά και έμεινε για την τελευταία της τάξη, αλλά όταν προσπάθησε να βρει δουλειά κανείς δεν την έπαιρνε.

"Τι περίμενες", είπε τότε ο Γκουίν, αλλά ο Γκουίν είχε πάντα μια σκληρή γλώσσα. Καθόταν πίσω από την Κάρμελ στο σχολείο και πέρασε εκείνη την πρώτη εβδομάδα εκτοξεύοντας σάλια στο πίσω μέρος του λαιμού της. Χρειάστηκε να περάσει όλο το πρώτο τρίμηνο για να μιλήσει στην Κάρμελ, εκτός από το να πει: "Τι κολλάς;". Η Καρμέλ δεν είχε ιδέα τι εννοούσε και σκούπισε το στόμα της μήπως και είχε ακόμα μαρμελάδα στα χείλη της από το ντόνατ που είχε φάει για μεσημεριανό.

Η Χέιζελ δεν της μιλούσε. Ούτε η Βερόνικα. Όχι μέχρι τη μέρα που η Καρμέλ χτύπησε τον Φρανκ στα αρχίδια επειδή κοίταξε κάτω από τη φούστα της. Τα κορίτσια μόλις είχαν στριμώξει την τουαλέτα όταν είδαν τη γροθιά. Ο Φρανκ κυλιόταν στο έδαφος σαν να ήταν χάλια. "Μπράβο σου", ήταν το μόνο που είπε η Γκουίν. Μετά από αυτό έκαναν παρέα και δεν άργησαν να καλέσουν την Καρμέλ για να κοιμηθούν μαζί. Ποτέ δεν κάλεσαν την Γκρέις. Πρέπει να λυπάσαι την Γκρέις. Έμενε σχεδόν πάντα στο σπίτι. Ήταν υιοθετημένη. Οι γονείς της είχαν μια φάρμα στα ανατολικά. Έρχονταν στην πόλη μόνο για να πάνε στην Αγγλικανική Εκκλησία τα πρωινά του Σαββάτου.

"Νόμιζα ότι η προσευχή ήταν για τις Κυριακές.

"Όχι για τους Αντβεντιστές. Προσεύχονται τα Σάββατα. Το οποίο είναι βολικό, γιατί μπορούν να χτυπήσουν την εκκλησία από τους Αγγλικανούς".

Η Μπέριλ πιάνει ένα μπουκάλι σπρέι. Μερικές ριπές και συνεχίζει.

"Όλοι ήξεραν ότι η Κάρμελ ήθελε να φύγει. Η Βερόνικα έκρινε ότι έπρεπε να σταματήσει να γκρινιάζει. Η Χέιζελ είπε ότι δεν είχε δώσει δίκαιη ευκαιρία στη Στάγουελ. Και μια φορά που το ανέφερε, ο Γκουίν είπε, "Γιατί θες να πας εκεί; Είναι γεμάτο από dagos, reffos και wogs. Δεν μιλάνε καν τη γλώσσα". Σου είπα ότι είχε βρώμικο στόμα. Δεν το σκεφτόταν εκείνη, αλλά οι γονείς της, ο Φρανκ και η μισή πόλη.

"Ίσως αυτό συμβαίνει σε όσους δεν φεύγουν ποτέ από το Στάγουελ.

"Έτσι νομίζεις; Σηκώνεται λίγο πιο ψηλά. Κανένας από τους φίλους της Καρμέλ δεν θα έφευγε από την πόλη. Μέχρι τότε η Γκουίν είχε παντρευτεί τον Φρανκ και είχαν δύο μικρά παιδιά. Η Χέιζελ δούλευε στο γραφείο του αλευρόμυλου. Ήταν αρραβωνιασμένη με τον Μαλ. Και η Βερόνικα ήταν κατώτερη υπάλληλος στην τράπεζα. Ο Κεβ την πήγαινε στο χορό τα βράδια του Σαββάτου και δεν θα αργούσε να δέσουν κι αυτοί τον γάμο τους".

Έβγαλε από την τσέπη της ένα ψαλίδι με μακριά λεπίδα και στάθηκε με αυτό στο χέρι της.

"Τέλος πάντων, όλοι ξέραμε ότι η Κάρμελ δεν θα έφευγε από το Στάγουελ αφού η θεία Mavis πέθανε και της άφησε το κομμωτήριο. Η Κάρμελ θα ήταν μόλις είκοσι τεσσάρων ετών τότε. Ο Γκουίν υπολόγιζε ότι ήταν έτοιμη για όλη της τη ζωή. Αχ Γκουίν. Θα το έλεγε αυτό. Η ζωή δεν εξελίχθηκε όπως θα μπορούσε να την είχε φανταστεί.

"Η Γκουίν ήταν δεκαεπτά ετών όταν άρχισε να βγαίνει με τον Φρανκ Μακ Κένσι. Τότε ήταν χτισμένος σαν άρμα μάχης και όλοι ξέραμε πού να βρούμε αυτούς τους δύο στους χορούς του Σαββάτου. Ένα βράδυ ο μπαμπάς της τους έβγαλε από τη μέση και η μαμά της έγινε έξαλλη. Μπορούσες να την ακούσεις να φωνάζει τρία τετράγωνα μακριά. Είπε στον Φρανκ ότι έπρεπε να κάνει μια τίμια γυναίκα την κόρη της. Και το έκανε. Ο γάμος κανονίστηκε σύντομα, αλλά όχι αρκετά γρήγορα, γιατί όλοι έβλεπαν ότι η μέση της Γκουίν ήταν πιο παχιά. Γέννησε ένα αγόρι και πριν κλείσει τα δεκαεννέα της είχε ένα ζευγάρι με δαγκωματιές στον αστράγαλο. Ήταν πολύ αδέξια. Πίστεψε τον Menzies στο λόγο του και γέννησε συνολικά οκτώ παιδιά, συμπεριλαμβανομένων δύο σετ διδύμων. Μετά από αυτό ανάγκασε τον Φρανκ να κάνει την εγχείρηση. Είναι πολύ καλή η Γκουίν. Έρχεται εδώ όποτε μπορεί για ένα φλιτζάνι τσάι. Αλλά δεν έχει κρατήσει τον γόνο της μαζί όπως η Χέιζελ. Όλα τα παιδιά της έχουν φύγει από το σπίτι. Έχει δύο στο Κουίνσλαντ, τρία στη Μελβούρνη, ένα στο Μπρουμ και το μικρότερο στο Αραράτ, που δουλεύει σε μια τράπεζα.

Και ένα στο Σίδνεϊ, ένα από τα μεσαία αγόρια, ο Λανς. Πάντα αγωνιζόταν με το πώς εξελίχθηκε. Η Χέιζελ πιστεύει ότι τον καταράστηκε όταν τον ονόμασε, αλλά η Γκουίν τα αποδίδει όλα στο ότι ο Φρανκie Goes to Hollywood του έδινε ιδέες.

Γελούν και οι δύο. Έξω, η Γκουίν και η Χέιζελ εξακολουθούν να συζητούν. Η Μπέριλ βάζει τα χέρια της, σταθερά και σίγουρα, στο κεφάλι της Μέγκαν.

Η Χέιζελ το ανακάλυψε, έπιασε τον Λανς στα αποχωρητήρια στο πίσω μέρος της αίθουσας. Δεν είπε ποτέ σε κανέναν τι έκανε εκεί συγκεκριμένα, αλλά καθαρίζει την αίθουσα μια φορά την εβδομάδα, οπότε πρέπει να ήταν τότε. Η Χέιζελ πιστεύει ότι η σεξουαλικότητα του Lance είναι δική του υπόθεση, αλλά η Γκουίν επέμεινε ότι ήταν απλώς μια φάση και ότι θα παντρευτεί ένα καλό κορίτσι όταν είναι έτοιμος. Ναι, σωστά.

"Η Χέιζελ δεν είναι κοσμική γυναίκα, αφού πέρασε όλη της τη ζωή σε μια φάρμα προβάτων, αλλά είναι έξυπνη. Υποθέτω ότι είναι το είδος της σοφίας που προέρχεται από τον γάμο με τον Μαλ. Φαλακρώνει τώρα. Σταμάτησε το ποτό πριν μερικά χρόνια και αυτό μείωσε το στομάχι του χωρίς τέλος. Έβγαζε το πρόσωπό του κάθε βράδυ πριν μερικά χρόνια, έλεγε ότι ήταν το μόνο πράγμα που ξεφορτωνόταν το γαργάλημα στο λαιμό του μετά από μια μέρα στο μάλλινο εργοστάσιο. Δεν χρειαζόταν πολλές δικαιολογίες. Στεκόταν στο μπαρ του ξενοδοχείου κάθε Παρασκευή βράδυ και η μόνη φορά που η Χέιζελ δεν του φώναζε όταν επέστρεφε ήταν αν είχε κερδίσει ένα δίσκο με κρέας στη λοταρία με τα κοτόπουλα.

"Η Βερόνικα αποκαλούσε τον Μαλ βλαμμένο. Ο μπαμπάς της ήταν δήμαρχος της περιοχής, οπότε νομίζει ότι είναι καλύτερη από όλους μας. Πάντα ήταν η ίδια ψηλά. Κανείς δεν μπορούσε να το πιστέψει όταν τα έφτιαξε με τον Κεβ. Είναι ο καλύτερος βλάκας που υπάρχει. Βρήκε δουλειά στο πριονιστήριο στα δεκαέξι του. Αλλά οι γονείς του είχαν λεφτά και αυτό είναι το μόνο που μετράει για τη Βερόνικα. Η Καρμέλ δεν είπε τίποτα γιατί η Βερόνικα ήταν πάντα η καλύτερη πελάτισσά της. Η Βερόνικα γουστάρει τα μεγάλα μαλλιά. Φέρνει ακόμα και τον Κεβ εδώ. Εχει ένα μούλτι. Νομίζει ότι είναι σωσίας του Μπόνο, πάντα σιγοτραγουδάει Sunday, Bloody Sunday.

"Ο Κεβ ανέβηκε στον κόσμο. Δουλεύει στο ορυχείο χρυσού νότια του Big Hill. Είναι ένα ορυχείο με φθίνουσα πορεία και λέει ότι έχουν ήδη κατέβει ένα χιλιόμετρο. Κερδίζει και τα χρήματα. Ποτέ δεν βλέπω τη Βερόνικα με αθλητικά ρούχα. Περπατάει με ηλιοφάνεια στους ώμους της, φουσκωμένη σαν ξεσκονόπανο τώρα που η κόρη της Τρίξι βρήκε δουλειά στο ΑΒC. Είναι βοηθός, αλλά έτσι όπως είναι η Βερόνικα, θα έλεγε κανείς ότι γέννησε τη Ρουθ Κρέκνελ.

"Μπορώ να του δώσω λίγο σχήμα αν θέλετε".

"Ένα κούρεμα είναι μια χαρά.

"Σωστά. Σπρώχνει το κεφάλι της Μέγκαν προς τα εμπρός, αρπάζει τις κοτσίδες των μαλλιών της και τις κουμπώνει ψηλά πάνω από το λαιμό της. Η Μέγκαν νιώθει τη δροσιά της χτένας να πιέζεται στο λαιμό της, το σκληρό ατσάλι του ψαλιδιού.

"Το ήξερες ότι το Στάγουελ αναπτύσσεται και πάλι; Πριν από μερικά χρόνια καθάρισαν τη χωματερή και γκρέμισαν μερικά σπίτια για να κάνουν χώρο για τα ανοιχτά ορυχεία. Η Γκουίν μένει στην οδό Fisher Street και το σπίτι της βλέπει προς τα ορυχεία του Wonga Gift. Ο γερο-Φρανκ έχει μόνιμο βήχα. Ποτέ δεν είχε κάνει αναρρωτική στα τριάντα πέντε χρόνια που δούλευε στα τούβλα και τώρα ο καημένος γυρίζει σπίτι του και βλέπει σκόνη από τα ορυχεία. Η Χέιζελ πιστεύει ότι πρέπει να τα πουλήσουν και να φύγουν από την πόλη, αλλά η αξία του σπιτιού τους έχει πέσει τόσο πολύ που δεν μπορούν να αγοράσουν ούτε ένα στρέμμα θάμνο στο Γουόπ Γουόπ. Εξάλλου, υπάρχει μια τεράστια ρωγμή σε όλο το μήκος του πίσω τοίχου. Από την ανατίναξη, υπολογίζει ο Γκουίν. Πως πουλάς ένα σπίτι που έχει καταρρεύσει κατά το ήμισυ; Θα πρέπει να είσαι μαχαιροβγάλτης για να το αγοράσεις.

Η Βερόνικα πιστεύει ότι η Γκουίν είναι γκρινιάρα. Αυτή και ο Κεβ δεν μιλάνε στον Γκουίν και τον Φρανκ. Από τότε που ο Κεβ άρχισε να δουλεύει στο ορυχείο δεν ακούει τίποτα κακό για τα ορυχεία. Κατά την άποψή της, το ορυχείο είναι καλό για την πόλη. Φέρνει δουλειές και πλούτο και όλοι επωφελούνται.

"Είναι εντάξει γι' αυτούς. Μένουν στην καταπράσινη οδό Ligar. Έχει χρυσές βρύσες στα μπάνια, στον πληθυντικό.

"Η αλήθεια είναι ότι η Στάγουελ υπάρχει επειδή υπάρχει χρυσός. Δεκάδες χιλιάδες χρυσοθήρες έσπευσαν εδώ με την ελπίδα να γίνουν πλούσιοι, και μερικοί το έκαναν, την εποχή που μπορούσες να ψάξεις στα ποτάμια. Αυτές τις μέρες η εξόρυξη δεν είναι για τους μαχητές. Είναι η μεγαλύτερη επιχείρηση που μπορεί να γίνει".

Η Μπέριλ πιάνει το κεφάλι της Μέγκαν ανάμεσα στα χέρια της και το γέρνει προς τα δεξιά.

"Ο μόνος χρυσός που είδε η Καρμέλ ήταν στο σωληνάριο που έβαλε στα μαλλιά της Βερόνικα".

Μια γυναίκα μπαίνει μέσα και κάθεται σε έναν καναπέ δίπλα στο παράθυρο. Είναι χλωμή, λιπόσαρκη, με έναν σκούφο τραβηγμένο στο κεφάλι της. Η Μπέριλ χαμηλώνει τη φωνή της και συνεχίζει.

"Η Κάρμελ δεν άργησε να χάσει τη σκωτσέζικη προφορά της. Αν και ο Γκουίν δεν το πίστευε. Ακόμα την αποκαλεί pom. "Πρέπει να μοιάζεις". Να εξομοιωθείς. Η λέξη της Γκουίν. Η Κάρμελ προσπάθησε να της πει ότι η λέξη είναι αφομοιώνω, αλλά η Γκουίν είπε: "Bull dust, το θέμα είναι να κάνεις τους ανθρώπους να μοιάζουν, σωστά;". Δεν μπορείς να πεις στην Γκουίν ότι κάνει λάθος, αφού όταν έχει μια σκέψη κολλήσει στο κεφάλι της, είναι η απόλυτη αλήθεια.

"Μέχρι τότε η Κάρμελ δεν ενδιαφερόταν για το τι πίστευε η Γκουίν. Είχε γνωρίσει ένα αγόρι. Τον Τρέβορ. Ήρθε από το Ballarat για να δουλέψει στο σφαγείο. Ο Τρέβορ με τα φουντωτά μαλλιά. Η Χέιζελ πίστευε ότι έμοιαζε με τον Τζέιμς Ντιν. Ίσως είχε δίκιο. Πήγαν στον κινηματογράφο μια Παρασκευή για το "Επαναστάτης χωρίς αιτία" και βγήκαν ονειρεμένοι. Μετά την ταινία πήγαν στο γαλακτοπωλείο και εκεί τον είδε. Ήταν σκυμμένος πάνω από τον πάγκο όταν πέρασαν την πόρτα. Δεν σηκώθηκε, απλά γύρισε το κεφάλι του και κοίταξε για λίγο. Έπειτα, με τα μάτια του καρφωμένα στην Καρμέλ, ισιώθηκε, έσκυψε το κεφάλι και είπε: "Χάρηκα για τη γνωριμία, κυρία μου". Η Χέιζελ έσπρωξε τον αγκώνα της. Είχε βάλει την Καρμέλ να της φτιάξει τα μαλλιά την προηγούμενη εβδομάδα και οι σφιχτές μπούκλες της κουνιόντουσαν σαν πομ πομ. Η Βερόνικα έκανε ένα μικρό τσαλάκωμα και στάθηκε μπροστά. Η Γκουίν την έσπρωξε στα πλευρά και σφύριξε: "Τι κάνεις, σκουπίδι; Είσαι με τον Κεβ". Η Καρμέλ δεν ενοχλήθηκε. Ήξερε ότι η Βερόνικα απλώς την ανακάτευε. Μόλις οι άλλοι κάθισαν κάτω, ο Τρέβορ τσακίστηκε πάνω της. Το τζουκ μποξ άρχισε να παίζει το Only You, και εκείνος τύλιξε ένα χέρι γύρω από τη μέση της και χόρεψαν.

"Οι άλλοι χασκογελούσαν και ψιθύριζαν, αλλά εκείνη δεν νοιαζόταν. Εκείνος έσφιξε το κεφάλι του στον ώμο της και εκείνη είπε ότι γλίστρησε μέσα της.

"Την επόμενη εβδομάδα ο Τρεβ την πήγε στο ντράιβ-ιν. Όταν είπε στους γονείς της ότι θα την έπαιρνε, ο πατέρας της μίλησε συνέχεια για τα αγόρια της περιοχής. Αλλά η μητέρα της πήγε εκεί που καθόταν, έβαλε τα χέρια της στους γοφούς της και του είπε να σταματήσει να μιλάει σαν χοιρινό παϊδάκι. Η Κάρμελ είπε ότι απλά στεκόταν εκεί με το στόμα ανοιχτό. Δεν είχε ξανακούσει τη μητέρα της να μιλάει έτσι.

"Ο Trev σταμάτησε έξω από το σαλόνι λίγο μετά τις έξι. Η Κάρμελ ήταν ενθουσιασμένη όταν χτύπησε το παράθυρο με ένα μικρό μπουκέτο μαργαρίτες τυλιγμένο. Τη φίλησε στο μάγουλο και της άνοιξε την πόρτα του συνοδηγού. Κατέβηκαν στον ιππόδρομο και στάθμευσαν τρεις σειρές από μπροστά. Έβλεπαν το *The Seven Year Itch* και όταν η φούστα της Μέριλιν Μονρόε φούσκωσε σχεδόν πάνω από το κεφάλι της, το χέρι του Τρέβορ γλίστρησε το χέρι της Καρμέλ πάνω στο μηρό της. Δεν τον σταμάτησε. Ήξερε ότι ήταν λάθος, ότι ήταν πολύ γρήγορος, αλλά είπε ότι το δέρμα της μυρμήγκιζε και ότι ήταν τόσο ζαλισμένη που δεν την ένοιαζε. Φιλιόντουσαν και φιλιόντουσαν και το χέρι του πήγε να εξερευνήσει και βυθίστηκαν χαμηλά στο κάθισμα για το υπόλοιπο της ταινίας. Όταν γύρισε σπίτι, είχε ένα κολασμένο έργο να πει στη μαμά της πώς τελείωσε η ταινία.

"Ο Τρεβ την έπαιρνε μετά τη δουλειά κάθε Παρασκευή μετά από αυτό. Πήγαιναν για πάρκινγκ στο Big Hill, και όταν ήταν αργά κατέβαιναν στο milk bar και συναντούσαν τους άλλους, κυρίως τη Βερόνικαα και τον Κεβ, γιατί ο Γκουίν είχε τέσσερα παιδιά κάτω των τεσσάρων ετών μέχρι τότε, και η Χέιζελ είχε ένα στο δρόμο.

"Η Βερόνικα ήταν γεμάτη από σχέδια γάμου και δεν μιλούσε για τίποτα άλλο. Ο Κεβ καθόταν και άκουγε με ένα ηλίθιο χαμόγελο στο πρόσωπό του και ο Τρέβορ κοίταξε την Κάρμελ και της έκλεισε το μάτι. Κι έτσι νόμιζε ότι θα της έκανε πρόταση γάμου μια μέρα. Ήταν σίγουρη γι' αυτό. Και φυσικά, όταν το έκανε, θα έλεγε ναι'.

Η Μπέριλ ρίχνει μια γρήγορη ματιά στη γυναίκα

δίπλα στο παράθυρο προτού γυρίσει πίσω στη Μέγκαν. Περνάει μια χτένα από τα μαλλιά της, πιέζοντας σταθερά το τριχωτό της κεφαλής της, και μετά ξαναφτιάχνει τα μεσαία με ένα πέρασμα.

"Τα τελευταία χρόνια δεν υπήρχε τίποτα άλλο παρά το σαλόνι για να κρατήσουμε την Κάρμελ στο Στάγουελ. Θα έλεγε ότι το νεκροταφείο είναι γεμάτο με Κόμπκροφτs και δεν σκόπευε να τους προσθέσει. Οι γονείς της πέθαναν και οι δύο, πριν από πέντε χρόνια περίπου. Η μητέρα της πέθανε πρώτη και ο πατέρας της δεν μπορούσε να τα βγάλει πέρα χωρίς αυτήν. Είναι θαμμένοι στο νεκροταφείο Μπελελέν. Στο τέλος της οδού Σφαγείων. Πρέπει να πιστώσουμε τους πολεοδόμους που σκέφτηκαν αυτό το όνομα του δρόμου. Εκεί είναι και το σφαγείο. Ευτυχώς, λίγο πιο κάτω, στην άλλη πλευρά του δρόμου. Το νεκροταφείο είναι απέναντι από το εργοστάσιο τούβλων. Έχεις πάει εκεί κάτω; Το πριονιστήριο και ο μάλλινος μύλος είναι επίσης εκεί κάτω. Ο Μαλ λέει ότι δεν έχει να πάει μακριά όταν τελειώσουν οι μέρες εργασίας του. Η Βερόνικα εκτιμά ότι το νεκροταφείο θα έπρεπε να είναι στο Big Hill, ώστε όσοι το επισκέπτονται να έχουν θέα, αλλά ο Κεβ λέει ότι εκεί είναι ο χρυσός και ότι δεν υπάρχει περίπτωση η Στάγουελ να θάψει τους νεκρούς της σε ένα χρυσωρυχείο. '

Η Μπέριλ γέρνει το κεφάλι της Μέγκαν προς τα δεξιά. Έξω, η Χέιζελ και η Γκουίν κατευθύνονται προς το δρόμο.

"Καημένε Γκουίν. Δεν μπορεί να αντέξει περισσότερα από ένα κούρεμα κάθε λίγους μήνες. Δεν έχει ούτε σεντς τώρα που ο Φρανκ ασχολήθηκε με τα άλογα. Πιστεύει ότι ακολουθεί τα χνάρια του γέρο Two-Up McKensie. Ο Φρανκ δεν είναι έξυπνος και χρειάζεσαι λίγο μυαλό για να παίξεις. Η Γκουίν παλεύει, αλλά θα περνούσε καλύτερα αν ο Φρανκ συγκρατιόταν. Ποτέ δεν ήταν ο ίδιος από τότε που βγήκε ο Λανς. Δεν αντέχει τη σκέψη ότι γέννησε έναν ομοφυλόφιλο.

Η Κάρμελ νόμιζε ότι ο Lance ήταν αγριόγαλος. Έρχεται εδώ για κούρεμα κάθε φορά που είναι στην πόλη και μιλάει για το Σίδνεϊ και το Μάρντι Γκρα και πόσο πολύ θα το λάτρευε, και θα έπρεπε να δείτε τα μαλλιά της. Την τελευταία φορά που ήρθε, πίστευε ότι θα την έφερνε εκεί πάνω για να κουκουλώσει μερικούς από τους φίλους του. Εκείνη ήταν ενθουσιασμένη.

"Το γεγονός είναι ότι εκείνη την ημέρα ήμασταν πολύ απασχολημένοι με γάμους και το Στάγουελ Gift. Φριζάρισμα και τσαλακώματα όλη την ημέρα, και δεν βοήθησε το γεγονός ότι οι παράνυμφοι ενός γάμου έπρεπε να μοιάζουν όλοι με τους ΒαΓιαγιάarama. Μέχρι το τέλος του σαλονιού τα μαλλιά, οι μπούκλες και τα bobby pins ήταν παντού και η Κάρμελ βρωμούσε τόσο πολύ από την λακ, που έπρεπε να βγει στο δρόμο για να πάρει αέρα.

Γέρνει το κεφάλι της Μέγκαν προς τα αριστερά.

"Μέχρι το τέλος ζούσε στο παλιό σπίτι των γονιών της με τα εκατό στρέμματα δίπλα στο Κόμπκροφτ Turkeys. Μετά το θάνατό τους, φρόντιζε τα μαντριά και ένα από τα αγόρια του Κόμπκροφτ κούρευε την αυλή της. Δεν ήταν και πολύ καλή κηπουρός. Η μητέρα της ήταν. Είχε ορτανσίες και τριαντάφυλλα και ένα χωράφι με λαχανικά στο πίσω μέρος. Θα είχαν και κοτόπουλα, αλλά ο πατέρας της είπε ότι είχε αρκετά πουλερικά για μια ζωή. Η Καρμέλ είχε μερικά κοτόπουλα. Είχαν ωραία αυγά και της άρεσε ο τρόπος που έπεφταν για εκείνη. Τα σήκωνε και χάιδευε τις φτερωτές τους πλάτες. Της θύμιζε όταν πήγαινε για ύπνο στο σπίτι της Χέιζελ. Η μαμά της είχε κοτόπουλα και έδειχνε στην Καρμέλ πώς να τα κρατάει. Είπε ότι ήταν φυσικό ταλέντο και πάντα της έδινε το μπολ με τα αποφάγια για να τα πάει στο κοτέτσι.

Γέρνει το κεφάλι της όρθιο και χτενίζει τα μαλλιά από τους ώμους της. Η Μέγκαν κοιτάζει τη γυναίκα στο παράθυρο με έναν αόριστο παλμό αναγνώρισης.

"Για έξι μήνες η Κάρμελ έβγαινε με εκείνον τον Τρέβορ. Την έπαιρνε με το φορτηγάκι του τα βράδια της Παρασκευής και πήγαιναν στο Big Hill ή για μια βόλτα στο Halls Gap και φιλιόντουσαν και χαζολογούσαν και μετά την πήγαινε σπίτι. Μερικές φορές πήγαιναν να επισκεφτούν την Γκουίν και τον Μαλ, ή την Χέιζελ και τον Φρανκ, και κάθονταν στη βεράντα και έπιναν μπύρες. Άλλες φορές έκαναν μια τετράδα με τη Βερόνικα και τον Κεβ και πήγαιναν στο ντράιβ-ιν.

Και τα βράδια του Σαββάτου τον έβλεπε στο χορό. Εκείνος ήταν με τους φίλους του από το σφαγείο και εκείνη πήγαινε με τις φίλες της. Μια φορά ήταν εκεί και η Γκρέις. Ήρθε μόνη της και τριγυρνούσε με την Κάρμελ. Κανείς δεν της ζήτησε να χορέψει. Τους κοιτούσαν συνέχεια με τα μάτια στα πλάγια και τότε ο Τρέβορ κοίταξε προς το μέρος τους και πήγε και οδήγησε την Γκρέις στο κέντρο της αίθουσας. Η ορχήστρα έπαιξε το "Tutti Frutti" και τα βλέμματα άλλαξαν σε μάτια φλογερού θαυμασμού. Όλοι ξέραμε ότι η Γκρέις μπορούσε να χορέψει, αλλά δεν είχαμε ιδέα πόσο καλά, όχι μέχρι τότε. Η Κάρμελ στεκόταν εκεί με το στόμα ανοιχτό και τις παρακολουθούσε να στριφογυρίζουν και να πατούν και να κουνιούνται και να στροβιλίζονται και να γλιστρούν και να περπατούν αγκαλιά. Οι φούστες της Γκρέις φτερούγιζαν, οι γοφοί του Τρέβορ στριφογύριζαν και η Καρμέλ ήξερε ότι δεν θα μπορούσε ποτέ να χορέψει όπως η Γκρέις και ότι έπρεπε πραγματικά να σηκωθεί δυνατά, γιατί δεν υπήρχε περίπτωση να τα χάσει μπροστά σε αυτό το πλήθος. Η μπάντα ακολούθησε με το "Rock Around the Clock" και μέχρι τότε όλοι χειροκροτούσαν και ζητωκραύγαζαν. Όταν τελείωσε αυτό το τραγούδι, η μπάντα άλλαξε ρυθμό με το "Unchained Melody" και ο Τρέβορ τύλιξε το χέρι του γύρω από την Grace και την τράβηξε κοντά του και η Κάρμελ έφυγε από την αίθουσα.

"Δεν πήγε ποτέ στο χορό μετά από εκείνο το βράδυ.

"Ούτε τον Τρέβορ είδε ποτέ ξανά Παρασκευή βράδυ. Δεν ρώτησε ποτέ για την Γκρέις και κανείς δεν της είπε ποτέ, αλλά το έμαθε έτσι κι αλλιώς".

"Τι συνέβη; Η Μέγκαν ρωτάει με ξαφνικό ενδιαφέρον.

Η Κάρμελ τα έβαλε με τα κορίτσια στο Brix. Περίεργο, κανείς δεν κατηγόρησε την Γκρέις. Βλέπετε, η Γκουίν ποτέ δεν συμπαθούσε τον Τρέβορ. Είπε ότι δεν θα τον είχε κατουρήσει ακόμα κι αν είχε πάρει φωτιά. Η Χέιζελ είπε στην Καρμέλ ότι ήταν καλύτερα χωρίς αυτόν. Ο Μαλ υπολόγιζε ότι θα του έριχνε μπουνιά. Και η Βερόνικα είπε ότι πάντα πουλούσε εισιτήρια για τον εαυτό του.

"Ούτε η θεία Μάβις συμπαθούσε ποτέ τον Τρέβορ. Η Κάρμελ την άκουσε να λέει στον Γκουίν ότι τον θεωρούσε γλειφιτζούρι. Δεν νομίζουμε ότι η θεία Mave ήξερε τι σήμαινε αυτό και η Carmel δεν μπορούσε να καταλάβει τι είχε εναντίον του έτσι κι αλλιώς. Ο πατέρας της δεν τον άντεχε. Κοιτούσε έξω από το παράθυρο της κουζίνας και γκριμάριζε κάθε φορά που ο Τρέβορ έβγαινε έξω. Και η μαμά της, η αγαπημένη της γριά μαμά, η Καρμέλ έλεγε ότι σκούπιζε τα χέρια της στην ποδιά της και χαμογελούσε νευρικά όταν έφτανε στην πόρτα, και την αποχαιρετούσε με ένα φιλί και του ζητούσε να την προσέχει καλά, και δίσταζε πριν κλείσει την πόρτα.

"Ίσως ήξερε ότι η οικογένεια και οι φίλοι της δεν τον εκτιμούσαν ιδιαίτερα. Ίσως γι' αυτό έφυγε με την Γκρέις και δεν επέστρεψε ποτέ.

"Αυτός ο Τρέβορ οδήγησε τον Καρμέλ ακριβώς

πάνω στον Μεγάλο Λόφο. Και μετά της έκανε ένα τίναγμα σαν να ήταν μια ψόφια μύγα στην οδοντόβουρτσά του. Όσο για την Γκρέις, ήταν πάντα γρήγορη, αλλά όλοι νομίζαμε ότι θα έκανε στην Καρμέλ την τιμή να την ενημερώσει. Όσο για τους γονείς της Γκρέις, ήταν συντετριμμένοι. Νόμιζαν ότι η Γκρέις είχε υποβιβάσει τον εαυτό της καλά και σωστά. Πράγμα που είχε κάνει, αν θέλετε τη γνώμη μου.

"Μετά από αυτό, η ερωτική ζωή της Κάρμελ ήταν μια καταιγιστική. Ο Τρέβορ ήταν η μοναδική της ελπίδα. Η μητέρα της είπε ότι δεν είχε δώσει καμία ευκαιρία στο Στάγουελ και ότι έπρεπε να πάει στο Harness Racing Club που μόλις είχε ανοίξει στο Laidlaw Park. Εκεί θα γνώριζε σίγουρα ένα καλό αγόρι. Το ίδιο πίστευε και η Χέιζελ. Μέχρι τότε περνούσε περισσότερο χρόνο με τα άλογά της παρά με τους φίλους της, οπότε ήταν προκατειλημμένη. Παρόλα αυτά, μπορεί να είχαν δίκιο. Η μαμά της ήθελε απεγνωσμένα να νοικοκυρευτεί και να παντρευτεί. Η Βερόνικα είπε ότι θα φρόντιζε να πετάξει στην Καρμέλ την ανθοδέσμη στο γάμο της. Η Καρμέλ ήταν παράνυμφος. Η Χέιζελ θα ήταν επίσης παράνυμφος, αλλά η κοιλιά της ήταν πολύ μεγάλη. Και με τα μικρά της η Γκουίν έπρεπε να είναι κουμπάρα, αν σκεφτείς. Είχαν ορίσει την ημερομηνία ένα μήνα πριν από τα είκοσι πρώτα της Κάρμελ. Η Βερόνικα είπε ότι θα καλούσε ένα σωρό συγγενείς από τη Μελβούρνη και μια από αυτές ήταν σίγουρο ότι θα ταίριαζε".

Παίρνει το πιστολάκι μαλλιών της και το βάζει στην πρίζα. Στη συνέχεια ψεκάζει το styling mouse στην παλάμη του ενός χεριού και το περνάει από τα μαλλιά της Μέγκαν. Με το σεσουάρ αναμμένο, υψώνει τη φωνή της και η Μέγκαν αναρωτιέται πόσο από την ιστορία της καταλαβαίνει η γυναίκα που κάθεται στο παράθυρο.

Η Καρμέλ δεν γνώρισε κανένα καλό αγόρι. Δεν είχε την καρδιά γι' αυτό. Η ζωή της τελείωσε την ημέρα που ο Τρέβορ έφυγε, έτσι ένιωθε. Δεν ήταν ότι ήταν μια γερασμένη γεροντοκόρη, τίποτα τέτοιο. Ήταν νέα. Είχε όλη τη ζωή μπροστά της. Είχε αποταμιεύσει περισσότερα από αρκετά για το εισιτήριο του λεωφορείου για τη Μελβούρνη και η θεία Μάβις είχε μια φίλη της τη Βάι που είχε ένα κομμωτήριο στο Γουίλιαμσταουν και ήταν σίγουρη ότι η Βάι θα έπαιρνε την Καρμέλ. Τι περίμενε;

"Έπρεπε να περιμένει μέχρι να τελειώσει ο γάμος της Βερόνικα και του Κεβ. Και μετά ήταν τα εικοστά πρώτα της, έπρεπε να είναι εδώ γι' αυτό. Θα έφευγε, και οι φίλοι της και οι δικοί της συνέχισαν να δίνουν συμβουλές για λίγο.

"Αλλά οι μήνες περνούσαν και σύντομα όλοι σταμάτησαν να κάνουν προτάσεις.

"Εκείνο το Πάσχα όλοι οι φίλοι της πήγαν στο Gift. Η Μαλ και ο Φρανκ έτρεχαν στις προπονήσεις. Ο Γκουίν και η Χέιζελ πήραν τα παιδιά τους και η Βερόνικαήταν εκεί χέρι-χέρι με τον Κεβ. Αυτός δεν συμμετείχε γιατί είχε μια σύγκρουση με ένα τραμπολίνο και παραλίγο να χάσει το χέρι του. Ήταν εντάξει, μόνο μια γρατζουνιά και κούτσαινε. Εκείνος και η Βερόνικα τον περιποιούνταν με τα μάτια ανοιχτά. Η Καρμέλ ήξερε ότι όλοι θα ζητωκραύγαζαν και θα επευφημούσαν και προσπάθησαν να την πάρουν μαζί τους, αλλά δεν ήθελε να πάει.

"Υποθέτω ότι τότε ήταν που η Καρμέλ κατάλαβε ότι είχε κολλήσει στο Στάγουελ. Και δεν ήταν εύκολο τότε, η ντροπή. Όχι ότι οι φίλοι της την είχαν εγκαταλείψει. Η Χέιζελ ερχόταν μέσα και της έλεγε να βγάλει το βάρος και να βγει από πίσω για να φτιάξει ένα φλιτζάνι τσάι. Και η Γκουίν περνούσε όποτε περνούσε. Έλεγε στην Καρμέλ ότι καλύτερα να συνηθίσει να είναι ελεύθερη, γιατί κανένας άντρας δεν θέλει την αρουραία ενός άλλου άντρα. Ο Γκουίν την λυπόταν. Ήταν έξαλλη με την Γκρέις, αλλά η Καρμέλ της είπε ότι δεν έφταιγε η Γκρέις. Ήταν του Τρέβορ.

Η Βερόνικα την κοιτούσε περίεργα. Την αποδοκίμαζε. Είχε γίνει λίγο εκκλησιαστική και ήταν πάντα σεμνότυφη, αλλά δεν διέσχιζε το δρόμο όταν έβλεπε την Καρμέλ στο δρόμο, όπως κάποιες άλλες".

Κλείνει το πιστολάκι μαλλιών. "Η παρανομία της Καρμέλ δεν την έκανε κακή γυναίκα".

Η Μέγκαν δεν απαντά.

"Ο πατέρας της βρυχήθηκε όταν το έμαθε και πήγε να τη χαστουκίσει στο πρόσωπο, αλλά η μητέρα της παρενέβη και του είπε ότι ο θυμός του δεν βοηθούσε. Ήξερε ότι η Κάρμελ είχε κολλήσει και το μόνο που μπορούσε να κάνει ήταν να της συμπαρασταθεί. Έβαλε τον πατέρα της Κάρμελ να αδειάσει το δωμάτιο και άρχισε να πλέκει μπότες. Ήταν πεπεισμένη ότι η Κάρμελ θα γεννούσε κορίτσι, αλλά έμεινε στο κίτρινο, για κάθε ενδεχόμενο. Ένα πράγμα ήταν σίγουρο, δεν υπήρχε περίπτωση η μαμά της να αφήσει το μωρό να δοθεί για υιοθεσία. Η θεία Μάβις της είχε διηγηθεί τρεις κοπέλες από το Στάγουελ που μπήκαν στην οικογένεια χωρίς σύζυγο και στις τρεις τους πήραν τα μωρά στη γέννα, τα άρπαξαν και τα υπέγραψαν τα χαρτιά της υιοθεσίας όταν η καημένη η μητέρα ήταν εντελώς ντοπαρισμένη. Ακατάλληλες, αυτό τους είπαν. "Ακατάλληλες και μαλακίες", είχε πει. Η θεία Mavis άκουσε για όλα όσα συνέβαιναν στο Στάγουελ και είπε στην Κάρμελ σε ποιον γιατρό να πάει και πώς θα χρειαζόταν να εγγυηθεί η μαμά της γι' αυτήν για να μην προσπαθήσουν να της πάρουν το μωρό.

"Ευτυχώς που έκανε οικονομίες, γιατί θα μπορούσε τουλάχιστον να αγοράσει μια κούνια. Η Χέιζελ και ο Γκουίν της είπαν να μην μπαίνει στον κόπο να αγοράσει βρεφικά ρούχα, γιατί είχαν πολλά, και όταν τελείωνε με αυτά μπορούσε να τα επιστρέψει.

"Η μητέρα της πίστευε ότι όταν άρχιζε να δείχνει, θα έπρεπε να σταματήσει να εργάζεται. Ήρθε να μιλήσει στη θεία Mavis, η οποία κοκκίνισε και ασχολήθηκε με το σκούπισμα του πατώματος και η Κάρμελ νόμιζε ότι θα έσπαγε το χερούλι της σκούπας που σκούπιζε τόσο δυνατά. Είπε ότι αν έπαιρνε χαμπάρι ότι κάποιος την κακολογούσε, θα τους έβγαζε τα μάτια. Και τότε μπήκε μέσα η Γκουίν και όλοι μαζεύτηκαν και είπαν: "Ό,τι κι αν νομίζει ο κόσμος, αν η Κάρμελ πρόκειται να γίνει ανύπαντρη μητέρα, τότε θα χρειαστεί όλα τα μετρητά που μπορεί να βρει".

"Λίγο αργότερα, η Κάρμελ είχε το δικό της χάρισμα, το χάρισμα του Τρέβορ, αν και δεν νομίζω ότι το είδε έτσι. Όμορφο πλασματάκι, και η μαμά της στάθηκε δίπλα της και απέκρουσε τις νοσοκόμες που συνέχιζαν να λένε ότι το μωρό θα ήταν καλύτερα με μια καλή παντρεμένη γυναίκα και ότι θα μπορούσαν να τα κανονίσουν όλα στο άψε σβήσε και η Κάρμελ θα το ξεπερνούσε. Η μαμά της δεν το δέχτηκε καθόλου. Ήταν υπέροχη. Ξεκίνησε αμέσως να πλέκει σε ροζ χρώμα.

"Αυτή ήταν λοιπόν η Κάρμελ, κολλημένη στο Στάγουελ, να παλεύει ενώ η μικρή της έκοβε το πρώτο της δόντι και έκανε τα πρώτα της βήματα και έπαιζε με τα παιδιά του McKensie στην οδό Fisher και στης Χέιζελ με τη φυλή της.

Η Μπέριλ λύνει το φόρεμα και κρατάει έναν καθρέφτη στο πίσω μέρος του κεφαλιού της Μέγκαν. Παρά την ελαφρά κλίση του κρόσσια, η κόμμωση φαίνεται μια χαρά. Πιάνει το βλέμμα της Μπέριλ και κάνει να σηκωθεί όταν η Μπέριλ βάζει το χέρι της στον ώμο της. Η γυναίκα στο παράθυρο έχει εξαφανιστεί.

Η Χέιζελ είχε μια παλιά πιανόλα. Το θυμάσαι

αυτό; Όταν ήσουν λίγο μεγαλύτερος, περνούσες ώρες με το πεντάλ και προσποιούσουν ότι παίζεις. Υποθέτω ότι τότε καταλάβαμε το χάρισμά σου. Η Καρμέλ ήταν τόσο περήφανη.

Και ανυπομονούσες να φύγεις από το Στάγουελ. Ήταν πιο εύκολο για σένα. Ο Γουίτλαμ κατάργησε τα δίδακτρα την ίδια χρονιά που μπήκες στο πανεπιστήμιο. Πάντα ήσουν τυχερός, που πήγες στη Μελβούρνη και μετά στο Λονδίνο. Μέχρι τότε η θεία Mavis είχε πεθάνει και άφησε στη μητέρα σου το κομμωτήριο και οι παππούδες σου είχαν γίνει εύθραυστοι, οπότε έμεινε στο Στάγουελ. Αλλά εσύ δεν έμεινες. Όλα αυτά τα χρόνια ήθελε να σου το πει". Η Μπέριλ της σφίγγει το χέρι και η Μέγκαν νιώθει ένα άβολο σφίξιμο στο πίσω μέρος του λαιμού της. Ένα κομμάτι της βγήκε τελικά από το Στάγουελ'.

Το "Τίποτα να Δηλώσετε" ξεκίνησε ως το πρώτο κεφάλαιο του μυθιστορήματος οικογενειακής ιστορίας *Έμμα's Tapestry* και ήταν υποψήφιο για το Ada Cambridge Prose Prize for Biographical Fiction 2019. Εδώ είναι η αρχή της αληθινής ιστορίας της προγιαγιάς μου, με την οποία μοιράζομαι τα ίδια γενέθλια. Η Έμμα έζησε μια εξαιρετική ζωή, αλλά δεν μίλησε ποτέ πολύ γι' αυτήν. Ανακάλυψα κάτι από τις εμπειρίες της ερευνώντας τη γενεαλογία.

ΤΊΠΟΤΑ ΝΑ ΔΗΛΏΣΕΤΕ

Ένα κουδούνι χτυπάει και το κουδούνισμα κατεβαίνει τις σκάλες μέχρι εκεί που στέκεται η Έμμα. Αναγκάζεται να το αγνοήσει. Συγκεντρωμένη στην αίθουσα με τους υπηρέτες - τον μπάτλερ, τον σοφέρ, τη μαγείρισσα και την υπηρέτρια - περιμένει τη σειρά της για να παραλάβει την εθνική ταυτότητα, σφραγισμένη και με την ευθύνη της να τη φυλάξει για όλη τη διάρκεια του πολέμου.

Η διάθεση είναι σοβαρή και γεμάτη ανησυχία. Η γυναίκα που κάθεται στο τραπέζι της κονσόλας γράφει με πολλή προσοχή. Το κουδούνι χτυπά ξανά, λίγο πιο ανυπόμονα. Η Έμμα περιμένει.

Η καμαριέρα είναι η πρώτη που λαμβάνει την κάρτα της και επιστρέφει στα καθήκοντά της. Η Έμμα παρακολουθεί τη γυναίκα να γράφει τα στοιχεία του σοφέρ. Με κάθε λέξη, η καρδιά της χτυπάει λίγο πιο γρήγορα. Οι παλάμες της είναι ζεστές. Όταν ο κ. Γουέμπστερ απομακρύνεται με την κάρτα στο χέρι, προσπαθεί να διατηρήσει την ψυχραιμία της. Ο κ. Χολτ, ο μπάτλερ, είναι ο επόμενος, ακολουθούμενος από τον μάγειρα.

"Έμμα Τέιλορ", διαβάζει επιτέλους η γυναίκα, με τον τόνο της αυταρχικό. "Δεκαεννιά Ιανουαρίου 1885".

Αυτό είναι το μόνο που γράφει η γυναίκα. Τα υπόλοιπα, η οικογενειακή κατάσταση και το επάγγελμά της, θα κρατηθούν στο μητρώο. Το μυαλό της Έμμας πετάει στις κόρες της, στους συζύγους τους, σε αυτό που διαφαίνεται για όλες τους.

"Πολύ καλά, κυρία Τέιλορ.

Βάζει στην τσέπη της την κάρτα που της δίνεται.

"Έμμα!

Η καμπάνα χτυπάει.

Με μια γρήγορη ματιά στον κΧολτ, ανεβαίνει βιαστικά τις σκάλες. Η κυρία Σούστερ μπορεί να είναι ογδόντα εννέα ετών, αλλά το μυαλό της παραμένει νεανικό και κοφτερό, η θέλησή της απαιτητική.

Μπαίνοντας στο δωμάτιο, η Έμμα βλέπει αμέσως την αιτία που χτυπάει το κουδούνι. Η δεσποινίς Σούστερ - η Αντέλα, η Μίνι για τους φίλους της - κείτεται ανάσκελα, με τα σκεπάσματα του κρεβατιού μισά από πάνω της. Φαίνεται στην Έμμα ότι προσπάθησε να αναδιατάξει τα πράγματα και μπήκε σε δύσκολη θέση.

"Ελπίζω να μην ενοχλήσουν εμένα", λέει η Αντέλα, χωρίς ανάσα και αγχωμένη, καθώς η Έμμα ισιώνει τόσο τον ασθενή της όσο και τα κλινοσκεπάσματα. "Δεν θα βγω καν από το σπίτι".

"Υποθέτω ότι ο κΧολτ το φροντίζει.

"Και έχετε το δικό σας ασφαλές στην τσέπη σας;

Η Έμμα χτυπάει απαλά το γοφό της. Η Αντέλα την καρφώνει με το βλέμμα της.

Δεν είναι καθόλου καθησυχαστικό, όμως, έτσι δεν είναι; Ο πόλεμος είναι πάνω μας, πάλι. Δεν θα είμαι εδώ για να τον δω. Αλλά εσύ θα το δεις. Πρέπει να είσαι δυνατός.

"Καλύτερα να μην ασχολείσαι με τέτοια πράγματα. Δεν θέλει η συζήτηση να μείνει εδώ, όχι στην προοπτική του πολέμου. Είστε άνετα; Να σας φέρω κάτι;

"Μια καινούργια καρδιά θα ήταν ωραία. Εκπέμπει ένα απαλό γέλιο.

Η Έμμα κάθεται στην καρέκλα δίπλα στο κρεβάτι και πιάνει το χέρι της Αντέλα, κρατάει τον καρπό της, αισθάνεται τους σφυγμούς, μετράει. Λίγο ορμητικό, σκέφτεται, αλλά θα πρέπει να καταλαγιάσει με την ανάπαυση. Νοσηλεύει την Αντέλα εδώ και περίπου έξι μήνες και έχει συνηθίσει τις αδυναμίες της, την αργή επιδείνωση της καρδιάς της. Συνήθισε, επίσης, να κάθεται στο ευρύχωρο υπνοδωμάτιο της Αντέλα, με το ψηλό ταβάνι και τα κομψά έπιπλα. Το είδος των επίπλων που μόνο οι πλούσιοι μπορούν να αντέξουν οικονομικά, όλα λεπτοδουλεμένα ξύλα και κομψές ταπετσαρίες, αν και όχι μοντέρνα, ούτε καν του αιώνα. Πολύ πριν αρρωστήσει, η Αντέλα δημιούργησε για τον εαυτό της ένα μπουντουάρ γεμάτο φαντασμαγορία, γεμάτο στροβιλισμούς χρωμάτων- η ταπετσαρία, τα χαλιά, τα μαλακά έπιπλα μια πανδαισία κινήσεων εμπνευσμένη από τον Γουίλιαμ Μόρις. Δεν είναι ένα ήσυχο δωμάτιο και δεν είναι του γούστου της Έμμα, όμως υπάρχει πάντα κάτι για να χαθεί κανείς, κάτι για να απορροφήσει το μυαλό, αν όχι να το ηρεμήσει.

Βάζει το χέρι της ηλικιωμένης γυναίκας κάτω από τα σκεπάσματα και απαλύνει μια τούφα αδέσποτων μαλλιών από το πρόσωπό της. Είναι ακόμα όμορφη, παρά τις βαθιές ρυτίδες και τις πτυχές της σάρκας γύρω από το λαιμό της. Έχει ευγενικά μάτια και μια οξυδερκή στροφή στα χείλη της.

Σαν να γνωρίζει ότι τη μελετούν, η Αντέλα μουρμουρίζει κάτω από την αναπνοή της και τα βλέφαρά της πέφτουν.

Η Έμμα κάθεται πίσω. Το βλέμμα της περιπλανιέται, πρώτα εδώ και μετά εκεί, και τελικά καταλήγει στις κουρτίνες, το μπροκάρ, παρατηρώντας ένα άγγιγμα ξεθωριάσματος στο άνοιγμα, αποτέλεσμα του έντονου καλοκαιρινού ήλιου. Φθινόπωρο τώρα, και οι μέρες μικραίνουν. Προτιμά το καλοκαίρι. Οι ετοιμοθάνατοι είναι πάντα πιο ευτυχισμένοι τους καλοκαιρινούς μήνες, πρόθυμοι να κρατηθούν. Ο χειμώνας φέρνει κατήφεια στα πνεύματα και οι μεγάλες νύχτες κουράζουν, οι κουρτίνες είναι σχεδόν πάντα τραβηγμένες. Είναι σίγουρη ότι έχει χάσει τους περισσότερους ασθενείς της το χειμώνα.

Η αναπνοή της Αντέλα γίνεται ρυθμική. Η Έμμα παρατηρεί τον ασθενή που κοιμάται, ένα μικρό βουνό κάτω από το πάπλωμα, που ανεβοκατεβαίνει και πέφτει. Η Αντέλα είναι μια μεγαλόσωμη γυναίκα, τόσο μεγαλόσωμη που ο φίλος της, ο Όσκαρ Ουάιλντ, της έδωσε το παρατσούκλι "Δεσπονίς Μικροσκοπική". Η Έμμα τη φαντάζεται να γελάει μαζί του, να φοράει το όνομα με καλοδιάθετη χάρη. Η Αντέλα λέει ότι την αποκαλούσε επίσης Λαίδη του Γουίμπλετον, ένα πιο κολακευτικό παρατσούκλι. Στο μυαλό της Έμμα, η Αντέλα ήταν πάντα μια κυρία, αν όχι στον τίτλο. Ακόμα και τώρα, στην ηλικία της, δεν παραπαίει ποτέ, δεν γλιστράει ποτέ και σίγουρα δεν παραπονιέται ποτέ. Είναι πάντα γοητευτική, ξέρει πάντα τι να πει. Από τότε που συναντήθηκαν στην εκκλησία πολλά φεγγάρια πριν, η Έμμα βρήκε πολλά να θαυμάσει στη δεσποινίδα Σούστερ. Μετανιώνει που γνώρισε την Εβραία κληρονόμο μόνο τόσο αργά στη ζωή της, όταν μεγάλο μέρος της ζωντάνιας της έχει φύγει, αφού ο κόσμος της έχει συρρικνωθεί στους τέσσερις τοίχους της κρεβατοκάμαράς της.

Λίγες επισκέψεις. Στη μεγάλη της ηλικία, πολλοί από τους συγχρόνους της έχουν ήδη φύγει από τη ζωή. Δεν υπάρχουν παιδιά. Δεν υπήρξε ποτέ σύζυγος. Η Έμμα αναρωτιέται γιατί δεν παντρεύτηκε ποτέ. Ίσως προτιμούσε την εργένικη ζωή. Σίγουρα, είχε μνηστήρες. Εδώ κάθεται η Έμμα, όπως έχει καθίσει με πολλούς ασθενείς όλα αυτά τα χρόνια, τόσο συχνά στο τέλος της ζωής τους, και πάντα αναρωτιέται τι περιπέτειες έχουν ζήσει, τα ψηλά και τα χαμηλά, τις επιτυχίες και τις τραγωδίες. Είναι πολύ πιο εύκολο να ασχοληθεί με τις ζωές των άλλων παρά με το δικό της ταραχώδες παρελθόν.

Η αναπνοή της Αντέλα επιβραδύνεται. Μερικές φορές, το μόνο που χρειάζεται είναι η παρέα της Έμμα, μια παρουσία σε αυτό το δωμάτιο που έχει γίνει το σύμπαν της καθώς γλιστράει τόσο αργά από αυτόν τον κόσμο.

Η Έμμα βάζει το χέρι της στο ψάθινο καλάθι στο πλάι της. Τα δάχτυλά της συναντούν το καλάμι και βγάζει το οβάλ στεφάνι. Μπλε μεταξωτή κλωστή κρέμεται από τη βελόνα. Μια λεπτή λωρίδα απλού μπλε ουρανού καλύπτει μια απλή σκηνή κήπου. Είναι πρόθυμη να το τελειώσει. Η ταπισερί με τη σφηνοειδή πλέξη θα δείχνει όμορφη στο τζάκι της και το έργο είναι μικρό και αρκετά ελαφρύ για την αγκαλιά της. Τραβάει τη βελόνα μέσα και έξω από το στημόνι, τραβώντας απαλά, προσέχοντας να μην τραβήξει το νήμα, διατηρώντας την ένταση ακριβώς έτσι.

Ο χρόνος περνάει. Η πόρτα ανοίγει ακριβώς στις εννέα και η δεύτερη νοσοκόμα μπαίνει μέσα. Ανταλλάσσουν μερικές κουβέντες χαμηλόφωνα ψιθυριστά. Σοβαρή και απλή νεαρή γυναίκα, η Σούζαν έχει τα νιάτα αν όχι την εμπειρία με το μέρος της. Έχει προσληφθεί για τη νυχτερινή βάρδια.

"Κοιμηθείτε καλά", λέει.

Η Έμμα δεν πιστεύει ότι θα το κάνει. Θα μπορούσε να κατέβει κάτω και να μοιραστεί ένα φλιτζάνι τσάι με τον κ. Χολτ στην κουζίνα, αλλά είναι προβληματισμένη και αναζητά τη μοναξιά του δωματίου της, όπου μπορεί να προσευχηθεί.

Προσευχηθείτε για τις κόρες της, για τους συζύγους τους, για την ασφάλεια όλων τους. Η νεότερη, η Ειρήνη, είναι έγκυος και λέει μια μικρή προσευχή για να είναι το μωρό ασφαλές, ελπίζοντας ότι ο κόσμος στον οποίο ζουν και κινούνται δεν θα καταστραφεί, ότι δεν θα επικρατήσει χάος, ότι όλα θα τελειώσουν γρήγορα και θα επικρατήσει ειρήνη. Προσεύχεται, επίσης, για την άλλη οικογένειά της, πολύ μακριά, για την οποία έχει να ακούσει τόσο καιρό.

Κάθεται στο κομοδίνο της, βάζει το χέρι της στην τσέπη και βγάζει την κάρτα. Το όνομά της, η ημερομηνία γέννησής της, μερικοί αριθμοί και μια σφραγίδα. Η ταυτότητά της. Ελπίζει η Αντέλα να κρατηθεί στη ζωή για λίγο ακόμα- εδώ, η Έμμα αισθάνεται ασφαλής. Βάζει την κάρτα στην τσάντα της. Το κούμπωμα κάνει ένα αμβλύ κούμπωμα καθώς κατευθύνει το βλέμμα της στο δωμάτιο.

Η Αντέλα επέμεινε να πάρει το δωμάτιο του φιλοξενούμενου που βρίσκεται δίπλα στο δικό της και όχι, όπως συνηθίζεται, ένα δωμάτιο στους χώρους των υπηρετών. Είναι προνομιούχος, κάτι που ο κΧολτ, ο οποίος έχει ένα πολύ μικρότερο δωμάτιο στην ανατολική πτέρυγα, της επισημαίνει όποτε μπορεί. Η Έμμα δεν θυμάται να έχει μείνει πουθενά τόσο ωραία και είναι ευγνώμων.

Καθώς ετοιμάζεται για ύπνο, αναρωτιέται τι της επιφυλάσσει το μέλλον τώρα που ένας ακόμη πόλεμος πλησιάζει. Ο τελευταίος πόλεμος αποδείχτηκε δύσκολος αλλά όχι αφόρητος όπως για πολλούς, ωστόσο τα προβλήματά της, που προκλήθηκαν από την τυχαία γέννησή της, αποτέλεσαν ένα σκοτεινό σκηνικό και, στο τέλος, μια τεράστια απώλεια.

Αυτή τη φορά θα ήταν διαφορετικά; Χειρότερη; Είναι εδώ, μια ξένη στην Αγγλία, μια χώρα σε πόλεμο με τη δική της, και όχι όπως ήταν πριν, μια Βρετανίδα υπήκοος λόγω γάμου που ζει σε μακρινά κλίματα, στη Σιγκαπούρη, στην Ιαπωνία, στην

Αμερική. Οι αναμνήσεις την κατακλύζουν, φλύαρες φωνές, οδυνηρές σκηνές. Τις διώχνει.

Δεν τη νοιάζει να σκέφτεται το παρελθόν, ούτε και το μέλλον, γιατί τέτοιες σκέψεις συνεπάγονται αναπόφευκτα το θάνατο και τώρα που ο πόλεμος είναι εδώ, ο θάνατος είναι πολύ μεγαλύτερος από την Αντέλα στο διπλανό δωμάτιο. Επιστρέφει στη σκέψη της ασθενούς της. Θα ήταν καλύτερα να το κρατήσει έτσι. Η νοσηλεία την κρατάει στο παρόν, όπου προτιμά να υπάρχει.

Την επόμενη μέρα, η Αντέλα είναι πανέξυπνη. Είναι πάντα στα καλύτερά της το πρωί. Σε αντίθεση με τη Σούζαν, η οποία είναι με μάτια βουρκωμένα και ανυπόμονη για ύπνο. Μόλις οι δύο γυναίκες έχουν σηκώσει την Αντέλα στα μαξιλάρια της, η Σούζαν φεύγει από το δωμάτιο. Η Αντέλα κουβεντιάζει ενώ η Έμμα τραβάει τις κουρτίνες και φροντίζει για το ύφασμα συσκότισης που ο κύριος Χολτ τοποθέτησε στα πλαίσια του παραθύρου μόλις την περασμένη εβδομάδα. Η Αντέλα παρακολουθεί την Έμμα καθώς επιστρέφει στο κρεβάτι για να στηρίξει την ασθενή της ακόμα πιο ψηλά στα μαξιλάρια της. Ο κ. Χολτ χτυπάει και μπαίνει με το δίσκο για το πρωινό της.

"Θα το φροντίσω εγώ αυτό", λέει η Έμμα, τον συναντά στο κέντρο του δωματίου και παίρνει τον δίσκο.

"Όπως επιθυμείτε.

Αφήνει τον δίσκο και η Έμμα αισθάνεται το βάρος του.

Τσάι, ένα βραστό αυγό, τοστ και μαρμελάδα, και ένα μικρό μπολ με κάποιο εμφιαλωμένο φρούτο. Υπάρχουν δύο φλιτζάνια. Η τσαγιέρα είναι γεμάτη. Η Έμμα χύνει πριν το τσάι βράσει, προσθέτοντας μια δόση γάλα. Προτιμά τον καφέ, αλλά έχει μάθει να απολαμβάνει το τσάι. Οι Άγγλοι λατρεύουν το τσάι τους. Ανακάλυψε πόσο πολύ στη Σιγκαπούρη. Ακόμη και στη ζέστη, οι Άγγλοι έπιναν ζεστό τσάι.

Βοηθάει την Αντέλα, της οποίας το ασταθές χέρι δεν είναι τόσο ικανό όσο ήταν κάποτε να βρίσκει το στόμα της. Το δικό της Έμμα, ευγενικό και καθοδηγητικό, βοηθά να κατευθύνει από το δίσκο όλα όσα η Αντέλα μπορεί να καταφέρει να φάει. Δεν είναι πολλά.

Πίνουν τσάι μαζί, με την Έμμα να κάθεται στην άκρη του κρεβατιού.

'Λάμπει ο ήλιος σήμερα;'

"Πιστεύω ότι θα είναι.

Πηγαίνει και αφήνει τον δίσκο στο κομοδίνο κοντά στην πόρτα και στη συνέχεια παίρνει την καρέκλα της.

Αφού τελείωσε το πρωινό, το πρόσωπο της Αντέλα αποκτά ένα αναμενόμενο βλέμμα. Η Έμμα γνωρίζει αυτό το βλέμμα. Χαμογελάει στον εαυτό της. Η αγαπητή γριά δεν αγαπάει τίποτα περισσότερο από το να εκφράζει τις αναμνήσεις της από τις στιγμές που πέρασε στο Torquay στο Babbacombe Cliff. Ήταν μεθυστικές, χαρούμενες μέρες. Τότε που η Έμμα ήταν μικρό παιδί και μεγάλωνε μακριά στη Φιλαδέλφεια, η Αντέλα και η μητέρα της ταξίδευαν από το Γουίμπλεντον στο Ντέβον για να μείνουν στο αρχοντικό της λαίδης Μάουντ Τεμπλ.

"Η Τζωρτζίνα ήταν η τέλεια οικοδέσποινα και δεν θα έβρισκε κανείς πιο ενδιαφέρουσα γυναίκα. Ξέρετε, εκείνη την εποχή, οι άνθρωποι έδειχναν ενδιαφέρον για τα πιο συναρπαστικά πράγματα. Σε αντίθεση με σήμερα. Σήμερα τα πράγματα είναι πολύ ζοφερά".

"Πώς ήταν το σπίτι; λέει η Έμμα, προσποιούμενη ότι δεν ήξερε, οδηγώντας τις σκέψεις της Αντέλα πίσω στο παρελθόν.

"Απλά υπέροχο. Μάλλον σαν αυτό το δωμάτιο,

Έμμα. Μπορείς να φανταστείς ένα ολόκληρο σπίτι στολισμένο με τέτοια λουλουδάτα σχέδια όπως αυτά; Για να μην αναφέρω τους πιο ένδοξους πίνακες! Αυτοί οι προ-Ραφαηλίτες σίγουρα μπορούσαν να ζωγραφίσουν. Θύμισέ μου να σου πω για τους προ-Ραφαηλίτες, μια μέρα. Τόσο ενδιαφέροντες άνθρωποι. Και μάλλον κακοί, μερικές φορές. Γελάει και η Έμμα βλέπει το παιδί στη γριά.

"Και τότε φυσικά η Constance θα ερχόταν και θα έφερνε τον αγαπημένο της Oscar. Έτσι γνωριστήκαμε, ξέρετε, ο Όσκαρ κι εγώ.

Διακόπτεται, χαμένη για λίγο σε έναν ιδιωτικό κόσμο. Η Έμμα περιμένει, περιμένοντας περισσότερα. Κάθε μέρα η Αντέλα εξυμνεί τον πολύτιμο Όσκαρ της.

"Διασκεδάσαμε πολύ στο Torquay, αν και όταν ήρθε ο Όσκαρ δεν βγαίναμε συχνά από το σπίτι. Απλώς συνέβαιναν πάρα πολλά μέσα σε αυτό για να ασχοληθούμε με τους εξωτερικούς χώρους". Γελάει. "Υποθέτω ότι οι άλλοι έκαναν βόλτες. Ήταν τόσο πνευματώδης. Τι ήταν αυτό που έλεγε;

"Δεν έχω τίποτα να δηλώσω παρά μόνο την ιδιοφυΐα μου."

"Αυτό είναι. Σταματάει και χτυπάει το κρεβάτι. "Κάτσε εδώ για να σε βλέπω". Η Έμμα μετακινεί την καρέκλα της και η Αντέλα συνεχίζει. 'Η Τζωρτζίνα ήξερε πώς να οργανώνει μια καλή συνεδρία. Έχεις πάει ποτέ σε κανονική συνεδρία; Δεν έχουν καμία σχέση με τις συνεδρίες που κάνουν μετά τη λειτουργία στην εκκλησία.

Η Έμμα προσποιείται ότι δεν έχει ακούσει ποτέ την ιστορία. Για ένα μεγάλο, κυκλικό τραπέζι σε ένα σκοτεινό δωμάτιο. Τα χέρια ενωμένα μεταξύ τους και ακουμπισμένα πάνω στο βελούδινο κάλυμμα του μπλε χρώματος. Της φορτισμένης ατμόσφαιρας. Τις παράξενες εκφράσεις του μέντιουμ καθώς πέφτει σε έκσταση. Για τα μηνύματα που έρχονταν από τους νεκρούς. Από τα ουρλιαχτά, τις κραυγές, τα δάκρυα και τις λιποθυμίες. Η Έμμα απεικονίζει το δράμα με ευκολία. Για εκείνους τους περιπετειώδεις αριστοκράτες, η συνεδρία ήταν κάτι περισσότερο από ένα παιχνίδι. Ο πνευματισμός για κάποιους ήταν πάντα ένα παιχνίδι. Για άλλους, για εκείνους που αγνοούν αγαπημένα πρόσωπα όπως εκείνη, η συνεδρία δεν είναι ένα παιχνίδι, αλλά μάλλον ένα γνήσιο μέσο επαφής και μια πηγή παρηγοριάς και ελπίδας. Και έτσι θα έπρεπε να είναι. Ωστόσο, η Έμμα αντιστέκεται τώρα, όπως κάνει πάντα, στην παρόρμηση να υπερασπιστεί την πίστη της σε μια γυναίκα που ενδιαφέρεται περισσότερο για τα επιπόλαια και τα κοινωνικά.

Η συγκέντρωση της Αντέλα χάνεται και οι αναμνήσεις της ξεθωριάζουν. Αναπαύει το κεφάλι της στα μαξιλάρια της. Η αγαπημένη της γριά έχει τόσο λίγη ενέργεια για οτιδήποτε άλλο.

"Διάβασέ μου, αγαπητή μου", λέει με κομμένη την ανάσα.

Η Έμμα παίρνει το βιβλίο δίπλα στο κρεβάτι της Αντέλα, το μοναδικό βιβλίο που βρίσκεται εκεί. Είναι η δεύτερη φορά που διαβάζει *την Εικόνα του Ντόριαν Γκρέι*. Υποψιάζεται ότι μόλις φτάσει στο τέλος θα χρειαστεί να ξαναρχίσει από την αρχή. Αλλά το προτιμά από τον *Ευτυχισμένο Πρίγκιπα*. Στην αρχή της παραμονής της, μετά από επιμονή της Αντέλα, η Έμμα είχε ασχοληθεί με το *Η Σπουδαιότητα του να είσαι Σοβαρός* , αλλά οι δύο γυναίκες σύντομα συμφώνησαν ότι ήταν πέρα από τις δυνατότητές της να αποδώσει τους διαλόγους με φινέτσα. Κατά συνέπεια, όπως ήταν αναμενόμενο, δεν της ζητήθηκε ποτέ να ασχοληθεί με το έργο *Lady Windermere's Fan*. Ο Ντόριαν θα γίνει.

Η Έμμα καταφέρνει να διαβάσει δύο ολόκληρες σελίδες χωρίς διακοπή. Καθώς γυρίζει στην επόμενη σελίδα, η Αντέλα διακόπτει με το: "Κυρία Τέιλορ. Δεν μου είπατε με ποιο όνομα ξεκινήσατε".

Η μη-συνέχειά της αιφνιδιάζει την Έμμα.

"Το πατρικό μου όνομα;

"Δεν το ξέρω.

"Προτιμώ να μην πω.

Η Αντέλα σηκώνει το κεφάλι της από τα μαξιλάρια και εξετάζει το πρόσωπο της Έμμα πριν αφήσει το κεφάλι της να πέσει πίσω.

"Σε έφερα σε δύσκολη θέση", λέει ελαφρά τη καρδία. Μια ελαφρότητα που υποκρύπτει επιμονή. Μετά, "Δεν σου αρέσει το όνομά σου;

"Δεν είναι αυτό.

"Τότε τι είναι;

"Σας παρακαλώ, δεσποινίς Σούστερ, θα προτιμούσα να μη χρειαστεί να σας το πω".

"Ω, αλλά επιμένω. Δεν χρειάζεται να φοβάστε. Δεν θα γελάσω και δεν θα το αναπνεύσω σε κανέναν. Αναμφίβολα θα το ξεχάσω, σε κάθε περίπτωση. Πείτε μου!

Δεν υπάρχει επιλογή. Είναι πολύ ειλικρινής για να πει ψέματα.

"Χαρμς", λέει απαλά, ελπίζοντας ότι η Αντέλα δεν αντιλαμβάνεται τη γερμανική ετυμολογία.

"Χαρμς; βροντοφωνάζει η Αντέλα. 'Τι στο καλό συμβαίνει με τον Χαρμς; Πολύ καλύτερο από το Τέιλορ, αν θέλετε τη γνώμη μου.'

"Υποθέτω ότι το Τέιλορ είναι κάπως...

'Κοινό. Ορίστε, το είπα. Συγχωρέστε με. Προτιμώ να σας σκέφτομαι ως κυρία Χαρμς". Παίρνει μια ανάσα και μετά προσθέτει συνωμοτικά: 'Μπορεί να είναι το μυστικό μας'.

Η Έμμα ανακουφίζεται και ελπίζει ότι η συζήτηση θα τελειώσει εκεί. Παίρνει το βιβλίο και εισπνέει, ετοιμάζεται να συνεχίσει. Δεν προλαβαίνει να πει την επόμενη λέξη της, όταν η Αντέλα λέει: "Πού είναι; Αναρωτιέσαι ποτέ πού είναι;

"Ποιος;

"Ο σύζυγός σας.

Η Έμμα σφίγγεται. Ό Έρνεστ πέθανε, δεσποινίς Σούστερ. Είμαι σίγουρη ότι σας το είπα.

"Ναι, ναι, το ξέρω αυτό", μουρμουρίζει αόριστα η Αντέλα. "Έχει επικοινωνήσει ποτέ μαζί σας;

"Όχι.

"Κρίμα.

Η Αντέλα δεν λέει τίποτα άλλο. Βλέποντας ότι η ασθενής της έχει εξαντλήσει όλη την ενέργειά της προς το παρόν, η Έμμα κλείνει το βιβλίο.

Η συζήτηση την έχει αφήσει αναστατωμένη. Λέει στον εαυτό της ότι οι καιροί είναι ανησυχητικοί. Ανησυχητικές για περισσότερους λόγους από όσους μπορεί να υποθέσει η Αντέλα. Πάρα πολλά που είχαν θαφτεί για πολύ καιρό τώρα αναβλύζουν κάτω από την επιφάνεια.

Νομίζει ότι κατάφερε να εξαλείψει τις αναμνήσεις, αλλά καθώς μετακινεί την καρέκλα της πίσω δίπλα στο κρεβάτι, η Αντέλα διερευνά την Έμμα με αισθήσεις που αρχικά δεν αναγνωρίζει. Κάτι προσπαθεί να ανέβει μέσα της, αργά και σταθερά, και νιώθει την πίεση σαν βαριά βήματα στην κοιλιά της, που επιτέλους πιέζει την καρδιά της, ένα μεγάλο βάρος μέσα στο στήθος της, ένα σίδερο που καίει αυτόν τον ζωτικό μυ, ώσπου η πίεση δεν καίει πια, αλλά πονάει. Υγρασία ξεχειλίζει από τα μάτια της και παλεύει να συγκρατήσει τα δάκρυα, καταπίνει, πνίγεται στην παρόρμηση να ενδώσει στην απρόσκλητη αγωνία. Βρίσκει τον εαυτό της να επιστρέφει σε ένα μέρος που αρνείται εδώ και καιρό να θυμηθεί. Σε ένα άγριο καλοκαίρι που ακολουθήθηκε από έναν τσουχτερό κρύο χειμώνα, σε ένα δωμάτιο πολύ μικρό για εκείνη και τα μωρά της, στη μοναξιά και τη σύγχυση, και μετά στο κακόβουλο μίσος, στο μίσος επειδή ήταν αυτή που ήταν: Γερμανίδα.

Αργότερα, όταν το σπίτι κοιμάται, πετάει τα καλύμματα του κρεβατιού, αφήνει τα πόδια της να βρουν τις παντόφλες της, πηγαίνει στις μύτες των ποδιών της στο κομοδίνο της. Στο κάτω συρτάρι, χωμένο κάτω από τις ζακέτες της, βρίσκεται ένας καφέ φάκελος. Δεν κοιτάζει μέσα, στο πιστοποιητικό γέννησής της, στα χαρτιά της. Φοράει τη ρόμπα της και σέρνεται στην κουζίνα. Η φωτιά στο Αγά είναι ακόμα αναμμένη. Σπρώχνει μέσα τον φάκελο.

Βλέποντας τις φλόγες πίσω της καθώς κλείνει την πόρτα, ο πυρήνας της αισθάνεται ότι είναι κλεισμένος, σαν να έχει διαγράψει την ίδια της την ύπαρξη.

Αγαπητέ αναγνώστη,

Ελπίζουμε να σας άρεσε η ανάγνωση του *Όλα Εξαιτίας σου*. Παρακαλούμε αφιερώστε λίγο χρόνο για να αφήσετε μια κριτική, ακόμη και αν είναι σύντομη. Η γνώμη σας είναι σημαντική για εμάς.

Με τους καλύτερους χαιρετισμούς,

Isobel Blackthorn και η Ομάδα του Next Chapter

ΣΧΕΤΙΚΆ ΜΕ ΤΟΝ ΣΥΓΓΡΑΦΈΑ

Η Isobel Blackthorn είναι μια βραβευμένη συγγραφέας μοναδικής και συναρπαστικής μυθοπλασίας. Γράφει συναρπαστικά μυστήρια, σκοτεινά ψυχολογικά θρίλερ και ιστορικά και λογοτεχνικά μυθιστορήματα. Η Isobel ήταν υποψήφια για το Ada Cambridge Prose Prize 2019 για το βιογραφικό διήγημα "Nothing to Declare", μια εκδοχή του πρώτου κεφαλαίου του επερχόμενου μυθιστορήματος οικογενειακής ιστορίας της. Η Isobel είναι κάτοχος διδακτορικού διπλώματος για την έρευνά της σχετικά με τα έργα της θεοσοφίστριας Alice A. Bailey, της "μητέρας της Νέας Εποχής". Είναι συγγραφέας του βιβλίου *The Unlikely Occultist: ένα βιογραφικό μυθιστόρημα της Alice A. Bailey*. Με ένα μεγάλο πάθος για τα Κανάρια Νησιά καταχωνιασμένο στην καρδιά της, η Isobel συνεχίζει να γράφει μυθιστορήματα που διαδραματίζονται στο Lanzarote και στη Fuerteventura.

Όλα Εξαιτίας σου
ISBN: 978-4-82416-777-4
Χαρτόδετο χαρτί μαζικής αγοράς

Εκδόσεις
Next Chapter
2-5-6 SANNO
SANNO BRIDGE
143-0023 Ota-Ku, Tokyo
+818035793528

4 Φεβρουάριος 2023